Diogenes Taschenbuch 21788

H. C. Bailey

# *Die Hotten-totten-Venus*

*Sechs Kriminalfälle*

*Aus dem Englischen von Cornelia C. Walter*

Diogenes

Titel der 1920 erschienenen
Originalausgabe:
›Call Mr. Fortune‹

Umschlagzeichnung
von Hans Traxler

*Deutsche Erstausgabe*


80/89/43/1
ISBN 3 257 21788 9

# *Inhalt*

## Fall 1

### *Zum Tee beim Erzherzog*

Mr. Reginald Fortune, Magister Artium, Bakkalaureus der Medizin, Bakkalaureus der Chirurgie und Mitglied des königlichen Chirurgen-Kollegs, bekam gerade von seinem Vater eine Lektion erteilt.

»Du tust nur gerade das Nötigste«, beklagte sich Dr. Fortune. »Bist nie brillant. Kein Eifer. Wirklich, Reginald, das reicht nicht. Gerade genug ist immer noch zu wenig. Glaub mir. Und kümmere dich um den Erzherzog. Gott sei mit dir!«

»Alles Gute, Sir«, sagte Mr. Reginald Fortune und sah zu, wie sein Vater sich im Auto neben seiner Mutter niederließ (ein langwieriger Prozeß) und losfuhr. Endlich waren sie weg, was Reginald kaum mehr für möglich gehalten hatte, und die wohlbestallte Praxis von Dr. Fortune lag nun einen Monat in den jungfräulichen Händen von Reginald.

»Wunderbar geduldig ist sie, die Mama«, sagte Reginald zu sich und aß dabei sein drittes Toastbrötchen. »Wie ärgerlich es sein muß, sein Leben damit zu verbringen, auf einen Mann zu warten, bis er fertig ist. Ulkiger alter Vogel, der Papa. Wegen eines Magengrimmens benimmt er sich wie am Totenbett. Wundert mich, daß die Patienten das schlucken.«

Aber der alte Dr. Fortune war ein guter Diagnostiker,

und nicht ohne Grund sagte er, daß es Reggie an Eifer fehlen ließ. In seinem Krankenhaus in Oxford tat Reggie, was nötig war, um respektable Titel zu erwerben, aber nie mehr, als unbedingt sein mußte. Sein Dekan ließ einmal die Bemerkung fallen, er tue alles zu lässig. Er hatte immer viel Zeit, die er mal hier, mal da verbrachte, mit Musicals und Urgeschichte, Golf und neuer Chemie, Schiffahrt und der Erforschung des Übersinnlichen. Es gab nichts, über das er gründlich Bescheid wußte, aber auch kaum etwas, über das er nicht genügend wußte, um sich darin zurechtzufinden. Niemand, außer seiner Mutter, hatte ihn je besonders gemocht, denn er war ein ziemlich überheblicher Mensch, aber jeder mochte ihn leidlich; von Bardamen bis zu Gelehrten kam er mit allen gut aus.

Er war von rundlichem, fröhlichem Äußeren und hatte ständig Appetit. Dies gab ihm ein solides Aussehen, was von seiner peniblen Ordentlichkeit noch betont wurde. Weder sein Haar noch sonst irgend etwas an ihm war je zerzaust. Er war mehr mit der Welt in Einklang, als es ein Mann von fünfunddreißig Jahren eigentlich sein dürfte.

Es ist anzunehmen, daß er nie etwas wollte, was er nicht auch bekam. Der alte Dr. Fortune besaß ein kleines Vermögen und eine gutgehende Praxis, und Reggie kam in den Genuß der Einkünfte und hatte die Aussicht, beides zu erben. Die Praxis lag in dem hübschen Londoner Vorort Westhampton, einer Gegend mit Bürgerhäusern und einem großen Park, dem Allerheiligsten der Wohlhabenden, und der sich einiger Häuser rühmte, in denen noch, wie Auktionäre es ausdrückten, Adlige wohnten.

In Boldrewood, dem schönsten Anwesen, lebte zu Zeiten von Reggie Fortune gerade der Erzherzog Maurice, Thronfolger des Kaisers von Böhmen. Man wird sich vielleicht erinnern, daß der Erzherzog kurz nach seiner Heirat nach England kam, um hier zu leben. Es ist jedoch unrichtig, daß, wie ein Skandalgerücht verbreitete, sein Onkel, der Kaiser, ihn ins Exil schickte. Es gibt Gründe, anzunehmen, daß die Erzherzogin, eine ebenso heftige wie schöne Frau, an einigen europäischen Höfen nicht sehr geschätzt wurde. Nach ihrer Rückkehr aus den Flitterwochen spielte sie dem zackigen Offizier von einem König, Maximilian von Schwaben, einen üblen Streich, und einige Wochen lang drohten die zentralen Mächte sich zu mobilisieren. Da sie jedoch eine Durchlaucht aus dem Hause Erbach-Wittelsbach war, das in direkter Linie von Odin abstammt, und ein unabhängiges Reich von beinahe zwei Quadratmeilen besaß, komplett mit Parlament und Heer, konnte selbst der Kaiser von Böhmen nicht behaupten, Maurice habe unter seinem Stand geheiratet. Die Geschichte wird die simple Wahrheit bestätigen, daß der Erzherzog und die Erzherzogin die Abgeschiedenheit Englands aufsuchten, da sie sich am böhmischen Hofe zu Tode langweilten, der ständig damit beschäftigt war, zu beweisen, daß man sehr langweilig sein kann, ohne im geringsten respektierlich sein zu müssen. Erzherzog Maurice war ein Mann von großer Herzlichkeit und außergewöhnlich natürlichem Geschmack. Sein Garten, ein langer Spaziergang und ein Krug Bier in einem der alten Gasthöfe in Westhampton waren alles, was er brauchte, um glücklich zu sein. Die Erzherzogin war nicht so einfach; sie liebte es, ihren eigenen Wagen zu chauffieren, ein wildes Gefährt. Aber so etwas dürfen Erzherzoginnen in Böhmen nicht.

Nachdem Reggie alle Toastbrötchen aufgegessen hatte, zündete er sich eine Pfeife an und dachte über die Fälle nach, die ihm sein Vater hinterlassen hatte. Die alte Mrs. Smythe hatte ihre Herbstgrippe, der alte Talbot Browne seine Herbstgicht, und die kleinen Robinsons brachten gerade ihren Keuchhusten hinter sich. Die Welt war in Ordnung! ... Er döste eben in der Dunkelheit so vor sich hin, als das Telefon klingelte.

Ob Dr. Fortune am Apparat sei? Er möge sofort nach Boldrewood kommen – sofort. Der Erzherzog sei von einem Auto angefahren und bewußtlos aufgefunden worden.

»Armer alter Papa!« grinste Reggie, während er seine Instrumente einpackte. Der Papa würde es sich nie verzeihen, das hier zu verpassen. Er liebte den Adel, der Papa, und seitdem er einmal gerufen worden war, um eine Gräte aus dem erzherzoglichen Hals zu entfernen, gab es keine Unterhaltung, in der er nicht den Erzherzog erwähnte. Die majestätische Herzlichkeit des Erzherzogs, die majestätische Verächtlichkeit der Erzherzogin – Dr. Fortune hatte sich ja so gefreut damals, und Reggie hatte sich fest vorgenommen, Ihre Königlichen Hoheiten zu hassen. Gott sei Dank war der Papa sicher im Urlaub! Wenn ihm der Kopf schon bei einer erzherzoglichen Gräte so geschwollen war, dann wäre er bei einem überfahrenen Erzherzog sicher geplatzt.

Reggie war ein praktischer Mensch und besaß kein Mitgefühl; er machte sich rasch und routiniert fertig, und Dr.

Fortunes gemessener Chauffeur war entsetzt, als ihm befohlen wurde, loszurasen. Die Straßen von Westhampton waren nicht dafür geschaffen. Der Bezirk hatte alles darangesetzt, den ländlich ruhigen Charakter zu bewahren, und die ursprünglich engen Sträßchen waren immer noch schlecht beleuchtet und von Bäumen gesäumt. Boldrewood stand etwas erhoben, und das Terrain grenzte an die Westhamptoner Heide, wo nur alle Achtelmeile eine Laterne stand. Gerade als Reggies Wagen in die Heide einbog, kam er plötzlich mit einem Ruck zum Stehen.

»Was ist los, Gorton?« fragte Reggie den Chauffeur.

Gorton lehnte sich hinaus und schaute in den düsteren Graben. Das Licht des Seitenscheinwerfers fiel auf eine reglose Gestalt am Boden. »Ich werd verrückt«, murmelte Gorton. Sein Gesicht war ganz weiß. Reggie sprang aus dem Wagen, aber Gorton war schneller. »Mein Gott, es ist der Erzherzog!« sagte er, und seine Stimme wurde ganz hoch.

»Reden Sie kein dummes Zeug, Gorton.« Reggie beugte sich über die Gestalt. »Richten Sie die Scheinwerfer auf ihn.«

Gorton fuhr etwas rückwärts, bis die Gestalt im Licht lag. Ihr Gesicht war eingedrückt. Gorton japste nach Luft und schluckte. »Und doch ist er's nicht«, murmelte er.

Nach einer Weile stand Reggie auf. »Vor einer Stunde ging's dem Burschen noch gut«, sagte er sanft.

»Vorbei, Sir?« Reggie nickte. »Ein Raser hat ihn niedergemacht?«

»So ist es, Gorton. Ganz klar überfahren worden. Großer Wagen. Hat ihn von hinten erwischt. Über den Kopf gefahren. Aber ich versteh nicht, wie er in den Graben kommt.« Er ging um die Leiche herum, schob sie ein wenig zur Seite und hob zwei Streichhölzer auf – ungewöhnliche Streichhölzer in England – sehr dünne Wachsstreichhölzer mit dunkelblauen Köpfen. »Warum dachten Sie, es sei der Erzherzog, Gorton?«

»So ein großer Mensch, Sir. Gibt nicht viele von seiner Statur. Und der arme Kerl hat auch recht große Ähnlichkeit mit ihm. Jedenfalls ist es nicht der Erzherzog, Gott sei Dank.«

»Wieso?« fragte Reggie, der keinen Respekt vor Erzherzögen hatte. »Na, wir nehmen ihn mit.«

Sie brachten den Toten zum Pförtnerhaus von Boldrewood und ließen ihn dort mit einer Nachricht, die der Polizei telefonisch übergeben werden sollte.

Die Empfangshalle auf Boldrewood war im viktorianischen Prunkstil gehalten, absurd und doch gemütlich. Reggie blinzelte immer noch in die Lichter, als ihm eine Frau entgegenlief. Sein erster Eindruck von Erzherzogin Ianthe war ihre Heftigkeit. Sie kam auf ihn zu, ihren weiten Pelzmantel verlor sie im Lauf, sie keuchte, ihre schwarzen Augen funkelten; dann blieb sie plötzlich stehen, ihr bleiches Gesicht von Leidenschaft verzerrt. »Dr. Fortune! Sie sind nicht Dr. Fortune!« rief sie aus.

»Dr. Fortune junior, Madam. Mein Vater ist verreist, und ich vertrete ihn in der Praxis.« Sie murmelte etwas in einer ihm unbekannten Sprache und sah dabei aus, als wollte sie ihn umbringen. Sein zweiter Eindruck von ihr war ihre verruchte Schönheit. Das griechische Ebenmaß ihrer blassen Züge, aber, mein Gott, was für ein Temperament! Wie zierlich und anmutig ihr Körper war – aber er bewegte sich zitternd wie eine Peitschenschnur.

»Meine liebe Ianthe!« Ein Mann kam lächelnd hinter dem Paravent am Kamin hervor. Er war groß, schlank und geckenhaft: seine Kleidung war farbenfroh, er selbst jedoch ziemlich farblos. Eine leuchtendblaue Krawatte mit einem Smaragd darin, ein leuchtendblaues Taschentuch, das halb aus der Tasche des silbergrauen Jacketts heraushing. Sein Gesicht war jedoch von wächserner Blässe, sein Haar, sein Schnurrbart und der kleine Spitzbart waren so hell, daß sie aussahen wie Farbflecke auf einer Maske. »Wir sind Dr. Fortune für sein rasches Kommen sehr zu Dank verpflichtet.«

Die Erzherzogin wirbelte herum. »Er ist zu jung«, sagte sie auf deutsch. »Sieh ihn dir an. Er ist ein Junge.«

»Ich bitte um Verzeihung, Madam«, sagte Reggie in derselben Sprache. »Kann ich nun den Patienten sehen?«

Der Mann lachte. »Ich versichere Ihnen, daß wir volles Vertrauen in Ihre Fähigkeiten haben, Dr. Fortune.« Dann verschwand das Lachen von seinem Gesicht. »Und in Ihre Diskretion«, sagte er etwas leiser. »Ich bin Erzherzog Leopold. Sie können offen mit mir reden. Und Sie können mit meiner Unterstützung rechnen.«

Reggie verbeugte sich. »Wie ist der Unfall passiert, Sir?«

Der Erzherzog wandte sich an seine Schwägerin. »Du weißt, daß ich keine Ahnung habe«, rief sie. »Ich war mit dem Wagen unterwegs.«

»Wie meine Schwägerin sagt, Dr. Fortune, sie war mit dem Wagen unterwegs.« Der Erzherzog machte eine

Pause. »Sie chauffiert selbst. Es ist eine kleine Leidenschaft von ihr. Mein Bruder war allein auf einem Spaziergang.«

»Diese langen Spaziergänge! Wie ich sie hasse!« brach es aus der Erzherzogin hervor.

»Nun, das ist wiederum eine kleine Leidenschaft von ihm. Also, er kam nicht zurück. Ich fing an, mir Sorgen zu machen. Ich bin hier zu Besuch, Sie verstehen. Meine Schwägerin hatte sich auch verspätet. Ich schickte ein paar Diener nach ihnen. Man fand meinen Bruder nicht weit vom Pförtnerhaus auf der Straße liegen. Er ist immer noch ohnmächtig. Ich befürchte – –« Er machte eine zweifelnde Geste.

»Du – du befürchtest immer!« rief die Erzherzogin aus. Sie sahen einander an, als wollten sie sich ohrfeigen.

»Kann ich nach oben gehen, Madam?« fragte Reggie ernst. Sie wirbelte herum und lief hinaus.

»Die Erzherzogin ist sehr erregt«, sagte der Erzherzog.

»Das ist nur natürlich«, murmelte Reggie.

»Nur natürlich. Bitte folgen Sie mir, Dr. Fortune. Ich bringe Sie zu meinem Bruder.«

Erzherzog Maurice lag in einem Zimmer von strenger Einfachheit. Ein Schreibtisch, ein kleiner Garderobentisch, drei Stühle und ein schmales Eisenbett, das war alles an Mobiliar. Lediglich drei kleine Teppiche lagen auf dem Fußboden. Am Kopfende des Bettes stand ein Diener Wache. Die Erzherzogin lag auf den Knien, ihr Gesicht an den Körper ihres Gatten geschmiegt, und schluchzte heftig.

Erzherzog Leopold schaute Reggie an, machte eine Geste in ihre Richtung und sagte: »Meine liebe Ianthe!«

Sie sah auf, gerötet und tränenverschmiert.

»Ich bitte um Verzeihung, Madam. Das ist gefährlich für den Patienten«, sagte Reggie.

Sie stieß einen unterdrückten Schrei aus und lief aus dem Zimmer.

Erzherzog Leopold schien bleiben zu wollen, aber einen Augenblick später war die Stimme der Erzherzogin zu hören, die nach ihm verlangte. »Sie gehen wohl besser zu ihr, Sir. Lassen Sie sie nicht mehr hier herein«, sagte Reggie und wandte sich seinem Patienten zu. Es war offensichtlich, daß der Erzherzog einen so brüsken Befehl nicht sonderlich schätzte. Aber die leidenschaftliche Stimme war nicht zu überhören.

Der Mann am Bett und Reggie nahmen einander in Augenschein. »Engländer?« fragte Reggie.

»Jawohl, Sir. Holt heiße ich. Der Kammerdiener des Erzherzogs.«

»Haben Sie ihn entkleidet?«

»Jawohl, Sir. War das falsch?«

»Kommt drauf an, wie Sie's angestellt haben.« Reggie begann mit seiner Untersuchung.

Erzherzog Maurice war ein stattlicher Mann. Das liegt in der Familie. Er war so hellhäutig wie die anderen, aber selbst im Koma besaßen seine Wangen mehr Farbe als die seines Bruders Leopold, und sein gelbliches Haar und der Bart hatten einen rötlichen Schimmer. Ein kühnes, offenes Gesicht mit stolzem Ausdruck. Reggie untersuchte den Körper voller Begeisterung für die Anatomie dieses herrlichen Exemplars.

»Holen Sie mir doch etwas warmes Wasser!« Holt ging aus dem Zimmer. Reggie beugte sich über die breite Brust.

Dann zog er knapp über dem Herzen ein schmales, abgebrochenes Stahlstückchen heraus. Mit einer Grimasse legte er es beiseite. Holt kam zurück, und man betupfte und verband den Körper.

»Ich sehe, Sie haben ihn schon gewaschen. Hat ihn außer Ihnen sonst noch jemand berührt?«

»Nur beim Hereintragen, Sir. Ich war die ganze Zeit bei ihm. Ich habe ihn gefunden.«

»Ach so. Er lag auf dem Gesicht, nehme ich an?«

»Nein, Sir. Auf dem Rücken. So wie jetzt.«

»Ach so. Ist Ihnen irgendwas aufgefallen?«

»Nein, Sir, ich wünschte, mir wäre was aufgefallen. Den Mistkerl, der das getan hat, würde ich mir gern vorknöpfen.«

»Na, na, regen Sie sich mal nicht auf. Absolute Ruhe bewahren, Holt. Er ist sehr beliebt, nicht wahr?«

»Nun, Sir, wir würden alles für ihn tun. Er – oh, er ist ein Gentleman.«

»Ganz recht. Sie dürfen ihn keinen Augenblick alleinlassen. Niemand – Sie verstehen, niemand hat das Zimmer zu betreten. Ich bin gleich wieder da.«

»Sehr wohl, Sir. Verzeihung, Sir.« Der brave Holt wurde rot. »Wie sieht's aus?«

»Es ist noch nicht ganz aus!« Reggie ging nach unten.

Und es hatte den Anschein, als unterbreche er einen Streit zwischen dem Erzherzog und der Erzherzogin. Der Erzherzog war jedoch sehr erfreut, ihn zu sehen, und bot ihm überschwenglich einen Stuhl an. Reggie war unzufrieden. »Ich brauche Krankenschwestern, Sir«, verkündete er. »Ich würde auch gern einen zweiten Experten dazu hören.«

»Siehst du!« rief die Erzherzogin. »Ich sagte es dir doch. Dieser Junge!«

»Die Erzherzogin ist natürlich sehr besorgt«, sagte der Erzherzog entschuldigend. »Krankenschwestern, selbstverständlich. Aber ein weiterer Experte – Sie sollten Vertrauen in sich selbst haben, guter Freund.«

»Hab ich. Aber ich will, daß sich Sir Lawson Hunter den Fall ansieht.«

Der Erzherzog zuckte die Achseln. »Ist es denn so ernst, Dr. Fortune? Wir wollen kein Aufsehen. Nicht wahr, Ianthe?«

»Ich gäbe alles drum, damit Ruhe bewahrt wird«, rief sie.

»Ganz recht«, sagte Reggie.

»Sehr gut. Also Diskretion, Sie verstehen, guter Freund.«

»Ich rufe Sir Lawson sofort an.«

»Oh, tatsächlich? Es ist also ernst?«

»Es ist eine schlimme Gehirnerschütterung.« Reggie verbeugte sich und ging zur Tür.

»Sie – Dr. Fortune – –«, schrie die Erzherzogin. »Wird er – was wird geschehen?«

»Es besteht durchaus Grund zur Hoffnung, Madam«, erwiderte Reggie und hielt einen Augenblick inne, um die beiden zu beobachten. Gefühle haben eigenartige Auswirkungen auf Gesichter. Sie waren beide von Gefühlen gefangen.

Sir Lawson Hunter ist ziemlich dick, und seine Beine sind ziemlich kurz. Sein Gesicht ist leicht grau, und seine Augen sehen aus wie geschwollen. Manche bezeichnen ihn als magenschwach, obwohl sein leistungsfähiger Magen ihm noch nie Schmerzen bereitete, oder stellen sich vor, er wäre Trinker, obwohl Alkohol und Ärzte ihm zutiefst zuwider sind. Seinen in ganz Europa bekannten Ruf als Chirurg hatte er sich mit seiner Zielstrebigkeit erworben.

Reggie begrüßte ihn an der Tür und nahm ihn mit nach oben, noch bevor dieses verwirrende Pärchen, der Erzherzog und die Erzherzogin, ihn zu Gesicht bekam. »Ich bin froh, daß Sie kommen konnten, Sir. Ein ungewöhnlicher Fall.«

»Jeder Fall ist ungewöhnlich«, antwortete Sir Lawson Hunter.

»Er ist überfahren worden. Der – –«

»Und wenn, das kann ich doch selbst feststellen. Verdammt noch mal, Fortune, machen Sie mich nicht befangen. Höchst unprofessionell. Das ist das Schlimmste an den Allgemeinärzten. Ihr Burschen müßt immer gleich was sagen.«

Reggie hielt den Mund. Er kannte Sir Lawsons kleine Eigenheiten, da er bei ihm einmal praktiziert hatte. Der treue Holt wurde hinausgeschickt. Sir Lawson Hunter untersuchte den fühllosen Körper mit seiner üblichen Schnelligkeit und wusch sich dann die Hände.

»Prächtiges Stück«, bemerkte er. »So sind sie, diese Pragas. Ich erinnere mich an die Lendenmuskeln seines Onkels. Heroisch. Also. Er ging spazieren. Ein großer Wagen fuhr ihn mit hoher Geschwindigkeit von hinten rechts an, brach ihm zwei Rippen und überfuhr ihn. Mit dem Kopf schlug er auf dem Pflaster auf, was die schlimme Gehirnerschütterung hervorrief. Der Wagen hätte anhalten müssen.«

Reggie lächelte. »Oh, einer der seltsamen Aspekte bei der Sache ist, daß er nicht anhielt.«

»Es gibt einen Haufen Raser auf den Straßen, mein Junge«, sagte Sir Lawson herzhaft. Er selbst war auch ein Freund von hohen Geschwindigkeiten. »Also. Man ließ ihn suchen, nehm ich an. Fand ihn bewußtlos auf dem Gesicht liegen.«

»Nein, Sir.«

»Was?« fragte Sir Lawson erstaunt.

»Er lag auf dem Rücken.«

»Ach, das ist doch absurd.«

»Ja, Sir. Aber ich habe mit seinem Diener gesprochen, der ihn gefunden hat.«

»Diese Burschen haben doch keine Beobachtungsgabe«, brummte Sir Lawson, aber seine geschwollenen Augen wurden etwas lebhafter. »Verdammt noch mal, Fortune, er hätte aber auf dem Gesicht liegen müssen.«

»Jawohl, Sir.«

»Es gibt keine Wunder.«

»Nein, Sir.«

»Und diese Abschürfungen an den Beinen. Als ob ihn ein Auto angefahren hätte, während er dalag. Komische Sache. Oder waren es vielleicht zwei Autos?«

»Da ist noch dies hier, Sir.« Reggie hielt ihm das abgebrochene Stahlstückchen hin.

»Ich hab den Einstich gesehen. Darauf komme ich gleich noch zu sprechen. Hm! Wer immer das getan hat, hat's ernst gemeint.«

»Und nicht gewußt, wie man's richtig macht. Es ist am Knochen entlanggerutscht und hat nichts erwischt.«

Sir Lawson drehte das Ding in den Fingern. »Eine Hutnadel. Ungefähr die Hälfte von einer Hutnadel.«

»Frische Bruchstelle. Beim Hineinstoßen abgebrochen.«

»Wild sind die schon«, sagte Sir Lawson und lächelte. »Sie haben wohl keine guten Nerven, Fortune?«

»Ich glaube nicht, Sir.«

»Davon kriegen Sie bestimmt welche. Sie müssen mal durchgerüttelt werden. Sie sollten unbedingt hierbleiben. Übrigens, wer ist im Hause?«

»Die Erzherzogin natürlich – –«

»Ianthe. Ja. Tante ist im Irrenhaus. Ianthe. Ja. Verrückt nach Autofahren. Chauffiert selbst. Und haben Sie Ianthe gesehen – seit . . . ?« Sir Lawson machte eine Kopfbewegung zu der Gestalt auf dem Bett hinüber.

»Sie ist sehr erregt.«

»Oh, tatsächlich?« Sir Lawson lachte. »Ist sie das wirklich? Wie überraschend!«

»Sie ist überraschend, Sir.«

»Was denn? Was denn? Vorsicht, mein Junge. Hübsches Ding, nicht wahr?«

»Ja, Sir.« Reggie weigerte sich, sich belustigt zu zeigen. »Erzherzog Leopold ist gerade zu Besuch.«

»Leopold. Das ist der dandyhafte Insektenspezialist. Zahmer Kerl. Also, nach dem Burschen hier ist er der Hausherr. Sagen Sie's ihm lieber.« Er zwinkerte Reggie zu. »Können Sie sich auf Ihre Krankenschwestern verlassen? Na gut, wir bleiben im Zimmer, bis eine kommt, mein Junge. Unser Freund mit der Hutnadel wird keine Gelegenheit auslassen. Diese königlichen Familien sind ein einziges

Wirrwarr an kriminellen Neigungen. Hohenzollern, Habsburger, Pragas, Wittelsbacher – schauen Sie sich doch den Stammbaum an.«

»Heute abend passierte hier noch ein Autounfall. Der Mann wurde getötet – Schädelbruch. Ihn hat man auch auf der Straße liegenlassen. Und noch was Eigenartiges – er hatte eine ähnliche Statur wie Erzherzog Maurice.«

»Du lieber Gott!« Sir Lawson schreckte aus seiner allwissenden Haltung hoch, was Reggie bei ihm noch nie erlebt hatte. »Dahinter steckt ganz was Teuflisches, Fortune. Ein Mord – die falsche Leiche – und dann gleich noch mal dasselbe probiert. Stellen Sie sich den Unmensch vor, wie er den armen toten Kerl sieht, wieder ins Auto springt, um den anderen umzufahren. Teuflisch! Teuflisch!«

»Ich glaube, ich habe kein großes Vorstellungsvermögen, Sir«, erwiderte Reggie, der sich von unnötigen Emotionen nicht beeindrucken ließ.

Es klopfte leise an der Tür, eine Krankenschwester kam herein, bekam ihre Anweisungen, und die beiden gingen hinunter zu Erzherzog Leopold.

Er hatte sich umgekleidet und war nun ganz in bordeauxroten Samt gekleidet, was seine Gesichtsfarbe und seinen Bart völlig entstellte. Er saß mit einem Buch über die Insektenkunde Javas und einem Glas Zuckerwasser im Raucherzimmer. Er lächelte ihnen zu und bedeutete ihnen, Platz zu nehmen.

»Ich muß Ihnen mitteilen, Sir, daß Ihr Bruder in Lebensgefahr schwebt«, sagte Sir Lawson.

Reggie sah ihn von der Seite her an.

»Ah, die Gehirnerschütterung! Dann ist es also ernst? Ich bin untröstlich.«

»Die Gehirnerschütterung ist äußerst ernst. Und da ist noch etwas. In der Brust Ihres Bruders, über dem Herzen, auf das es wahrscheinlich gerichtet war, fanden wir – dies hier.«

»*Mon Dieu!* Eine Hutnadel – die Hutnadel einer Dame. Aber das ist unglaublich! Das ist ja Mord.«

»Versuchter Mord.«

»Was sagen Sie dazu, Sir? Haben Sie jemanden im Verdacht?«

»Nicht mein Ressort. Diese Nadel hat irgend jemand Ihrem Bruder ins Herz gestoßen. Können Sie dazu etwas sagen, Sir?«

Der Erzherzog vergrub sein Gesicht in den Händen. »Ich kann es einfach nicht glauben«, murmelte er, »ich kann es einfach nicht glauben.« Nach einer Weile faßte er sich. »Gentlemen, Sie haben ein Recht darauf, daß ich mich Ihnen anvertraue. Ich will Ihnen alles sagen. Ich vertraue darauf, daß Sie alles in Ihrer Macht Stehende für meinen armen Bruder und für die Ehre unserer Familie tun werden, die ihm, wie auch mir, teurer ist als das Leben. Sie wissen, daß er der böhmische Thronfolger ist. Mein Onkel, der Kaiser, ist schon seit langem verärgert darüber, daß er in England lebt. Ich kam hierher, um meinen Bruder zu überreden, in sein Land zurückzukehren. Mein armer Bruder hat dieses Land zu seiner Heimat gemacht auf Wunsch der Erzherzogin, die königliche Pflichten verabscheut. Er war leidenschaftlich, irrsinnig verliebt in sie. Aber leider entstehen bei diesen Liebesheiraten oft Schwierigkeiten. Sie waren über viele Dinge geteilter Meinung, und die Erzherzogin besitzt ein heftiges Temperament. Ich fürchte – aber Sie werden verzeihen, wenn ich dies nicht weiter ausführe. Nur ein kleines Beispiel. Mein Bruder machte gern Spaziergänge. Die Erzherzogin liebt ihren Wagen leidenschaftlich, chauffiert selbst, fährt gern sehr schnell. Mein Bruder haßte Autos. Ich fürchte, mein Kommen war ihnen Anlaß für erneute Streitigkeiten. Mein Bruder war bereit, nach Böhmen zurückzukehren. Die Erzherzogin war absolut dagegen. Ich gestehe Ihnen, Gentlemen, ich befürchtete einen Skandal, irgend etwas Verrücktes. Ich dachte schon, sie würde ihn verlassen. Aber dies – es ist ja abscheulich.«

»War die Erzherzogin heute abend mit ihrem Wagen unterwegs?« fragte Sir Lawson.

»Ja. Ja. So ist es. Aber dies – dürfen wir an so etwas überhaupt denken?«

»Wir haben an gar nichts zu denken als an unsere Pflicht dem Patienten gegenüber«, erwiderte Sir Lawson.

Der Erzherzog ergriff seine Hand. »Sie haben recht. Ich danke Ihnen. Ich werde Ihr Vertrauen zu schätzen wissen.«

Die Erzherzogin kam ins Zimmer gewirbelt. Sie, wie Reggie bemerkte, hatte es nicht für nötig befunden, sich umzuziehen. Sie hatte nicht einmal ihr Haar in Ordnung gebracht, das wild und wirr unter ihrem Hut hervorquoll. »Sie wollen mich nicht zu ihm lassen«, schrie sie. »Leopold – –«

»Ich habe das angeordnet, Madam«, sagte Sir Lawson. »Ich bin verantwortlich für die Sicherheit des Erzherzogs.«

Sie biß sich auf die Lippen. »Steht es so schlecht?« fragte sie mit zitternder Stimme.

»Er schwebt in Lebensgefahr. Ich gestatte niemandem, das Zimmer zu betreten.«

Sie starrte ihn an, ihr Hals zitterte, ihre großen Augen schauten verwegen und leuchtend. Dann wandte sie sich achselzuckend ab, zupfte an dem Goldkettchen, das um ihre Taille klingelte, nahm eine Zigarette und zündete sie an. Reggie sah eines der ausländischen Streichhölzer mit den violetten Köpfen.

Sir Lawson verbeugte sich, und Reggie begleitete ihn zu seinem Wagen. »Warum haben Sie ihnen erzählt, der Erzherzog schwebe in Lebensgefahr?« fragte er.

»Er ist sicherer, wenn sie glauben, er liege im Sterben«, sagte Sir Lawson.

»Oh, wirklich?« sagte Reggie, als der Wagen davonsauste.

Dann bekam er ein hervorragendes Abendessen serviert und schlief tief und fest.

Am nächsten Morgen fand er seinen Patienten ruhig schlafend vor. Es gab noch keine Anzeichen dafür, daß er das Bewußtsein wiedererlangt hatte, er hatte aber rosigere Wangen, atmete tiefer, sein Puls schlug kräftiger, und er hatte mehr Temperatur. »Die Erzherzogin war letzte Nacht zweimal da, um nach ihm zu fragen, Doktor«, sagte die Krankenschwester. »Ich habe ihr gesagt, es gehe noch nicht besser.«

»Hat sie Theater gemacht?« fragte Reggie stirnrunzelnd.

»Nein, sie war sehr vernünftig.«

Reggie ging hinaus, um etwas Luft zu schnappen, denn die Luft war nicht schlecht auf der Höhe von Westhampton. Er schritt unter den hohen Buchen von Boldrewood zügig aus und gelangte dann an die offene Straße über die Heide. Genau hier hatte er den Toten gefunden. Der dunkelrote Fleck war noch zu sehen. Etwas weiter vorn war der Erzherzog überfahren worden. Kurz hinter der Abzweigung nach Brendon. Er fand die Stelle. Das Erdreich auf der Straße war etwas aufgelockert, als habe ein schwerer Wagen scharf gebremst oder sei heftig geschleudert. Er ging auf und ab und untersuchte dabei gründlich den Boden. Noch eins von diesen ausländischen Streichhölzern.

Er wollte es gerade aufheben, als ein paar Meter weiter ein Wagen anhielt. Zwei Männer sprangen heraus und kamen auf ihn zu. Der eine war mittleren Alters und von völlig unscheinbarem Äußeren. Der andere wirkte jugendlich und sehr munter, und erst als er näher kam, sah Reggie, daß der Bursche alt genug war, um sein Vater zu sein. Ein Schauspielergesicht mit berechnendem Ausdruck, und wie ein Schauspieler war er auch gekleidet, ein bißchen überzogen. Seine gegenwärtige Rolle war die des fröhlichen jungen Burschen.

»Dr. Fortune, nehme ich an?« Er lächelte übers ganze Gesicht.

»Ich bin Dr. Fortune.«

»Sie rekonstruieren das Verbrechen, heh? Oh, tun Sie nicht so diskret. Ich heiße Lomas – Stanley Lomas – Kriminalkommissariat, Sie verstehen? Sir Lawson Hunter war gestern abend bei mir. Dem Patienten geht's gut, wie ich sehe. Was für ein Glück. Moment mal – Moment mal.« Er hüpfte von Reggie zu seinem Begleiter hinüber, und sie untersuchten den Boden. Aber Reggie empfand sie als sehr oberflächlich. Lomas hüpfte wieder her. »Er hat also nicht geblutet. Der andere aber schon – der Mann, den Sie gefunden haben.«

»Mitten auf der Straße. Und ich fand ihn tot im Graben.«

»Komisch, worauf Verbrecher alles kommen. Ich wundere mich jedesmal wieder. Haben Sie hier irgendwas gefunden?«

Reggie streckte ihm das Streichholz hin. »Zwei von der Sorte lagen auch bei dem anderen Mann.«

Lomas drehte es zwischen den Fingern. »Belgisches Fabrikat. Gibt's in Europa überall zu kaufen, Sie verstehen.«

»Die Erzherzogin benutzt auch solche.«

»Nun, das ist ja interessant. Wenn Sie nichts dagegen haben, begleite ich Sie zum Haus.« Unterwegs pries er die Schönheit der Natur und die gute Morgenluft.

Als sie eben am Eingangstor von Boldrewood ankamen, überholte sie ein Wagen, in dem die Erzherzogin allein saß und chauffierte. Lomas setzte sein Monokel auf. »Sieht nicht gerade gramgebeugt aus, was?«

»Nicht direkt.«

»Kann auch Angeberei sein, Sie verstehen.«

»Ich verstehe gar nichts.«

»Manche Leute reagieren eben auf diese Art«, sagte Lomas nachdenklich. Er wandte sich auf den Treppenstufen um und sah dem Wagen nach, wie er hin und wieder zwischen den Buchen zum Vorschein kam. »Bezaubernde Frau. Ja. Ich komme rauf in Ihr Zimmer, wenn Sie nichts dagegen haben.«

»Ich dachte, Sie wollten was sagen«, meinte Reggie.

Lomas gab keine Antwort, bis sie oben waren. »Also, nein. Sagen wollte ich nichts«, erwiderte er und zündete sich eine Zigarette an. »Ich will einen zweiten Experten dazu hören, wie man bei euch Ärzten sagt. Sir Lawson Hunter hat bereits die Lösung.«

»Ach, die hat er immer.«

Lomas sah ihn erstaunt an. »Aber schauen Sie sich die Sache doch an. Es lauert jemand im Auto auf unseren Erzherzog. Der andere arme Teufel kommt umsonst ums Leben. Und dieser Jemand hat die Nerven weiterzumachen. Das ist doch erstaunlich. Die Erzherzogin ist von ziemlich wildem Geblüt. Verliebt oder nicht verliebt, sie würde vor nichts zurückschrecken. Bei beiden werden ihre Streichhölzer gefunden. Im Erzherzog steckt eine Hutnadel. So ein Zufall, was? Ja, aber es ist ein Zufall der weiblichen Art. Sie sieht, daß er trotz aller Mühe immer noch nicht ganz tot ist, sie ist zu allem bereit und – *voilà*.« Er machte eine Geste, als würde er zustechen.

»Also haben Sie auch schon die Lösung, Mr. Lomas?«

Lomas blies Rauchkringel. »Ich halte Sie nur auf, Doktor. Ich will wissen – ist Ihnen vielleicht schon eingefallen – die Erzherzogin und Erzherzog Leopold – könnten gemeinsame Sache machen? Weil sie sich in Leopold verliebt hat. Das ist doch die Lösung, Sie verstehen.«

»Sonst noch eine Idee?«, sagte Reggie.

Lomas zündete sich wieder eine Zigarette an. »Nun, das ist es ja, was ich wissen will. Sie haben die beiden gleich nach der Tat gesehen.« Er schaute ihn erwartungsvoll an.

»Nichts zu machen«, sagte Reggie.

»Hab ich fast befürchtet. Fast befürchtet. Das ist ein beunruhigender Fall, Doktor. Nichts zu machen, wie Sie sagen. Selbst wenn ich alle Beweise in der Hand hätte, ich bin sicher, ich könnte keinen belangen. Leute von königlichem Geblüt kann man nicht des Mordes anklagen. Der überfahrene Erzherzog – na, sagen wir, das bleibt in der Familie. Aber der arme Teufel, den sie umgebracht haben! Wer bezahlt für den? Diese königlichen Pastafresser kommen daher, fahren Amok auf englischen Straßen, und ich darf sie nicht einmal belangen. Ganz schön entmutigend, was? Das ist unser Problem, Doktor.«

Reggie nickte, und als sein Frühstück kam, stand Lomas auf, um zu gehen. Er wollte nicht einmal Kaffee. »Mach mich lieber an die Arbeit, Sie verstehen. Wir müssen mal schauen, ob wir sie nicht das Fürchten lehren können. Das Beste wäre, sie würden wieder nach Böhmen verschwinden.« Er hüpfte davon und hatte wieder seine Munterkeit um wie einen Mantel.

Reggie stand gerade mit seinem üblichen Pfeifchen nach dem Frühstück am Fenster, als die Erzherzogin wieder angefahren kam. Trotz der Morgenluft war sie sehr blaß, und ihr Gesicht sah nun verstört aus. »Irgend etwas passiert jetzt«, sagte Reggie zu sich selbst, als sich hinter ihm eine Stimme vernehmen ließ: »Schöner Wagen, Sir.« Er drehte sich rasch um und sah den unscheinbaren, kräftigen Mann, Lomas' Gefährten, neben sich stehen. »Na, schließlich geht nichts über ein englisches Auto«, sagte der schwerfällige Mensch.

»Ach, das haben Sie bemerkt?« sagte Reggie. »Dann merken Sie also doch was?«

»Natürlich sind wir keine Naturtalente, Sir. Aber professionell, meinen Sie nicht auch? Ja, Sir, wie Sie sagen: wir haben etwas bemerkt. Es war ein ausländischer Wagen, und ausländische Reifen haben das angerichtet gestern abend. Und die Erzherzogin fährt einen englischen. Und doch – wußten Sie, daß wir die andere Hälfte der Hutnadel haben? Ich hab sie gestern abend aufgehoben.« Er hielt ein Stahlstückchen hoch, auf dem ein großer Nadelkopf aus getriebenem Silber saß. »Deutsche Arbeit, hab ich mir sagen lassen.«

»Wiener«, sagte Reggie.

»Sie wissen aber auch alles, Sir. Wie praktisch. Aber nachdem Wien ziemlich nah an Böhmen liegt, wie ich gehört habe – ist doch komisch, nicht?«

»Sind Sie gekommen, um mir das zu sagen?«

»Nicht direkt, Sir. Nein. Ich bin Chefinspektor Bell. Mr. Lomas hat mich hergeschickt. Er war der Ansicht, Sie fänden es vielleicht ganz gut, wenn jemand im Haus ist und die Augen offenhält.«

»Sehr freundlich von Mr. Lomas.«

Es klopfte an der Tür, Erzherzog Leopolds Kammerdiener erschien. Erzherzog Leopold wundere sich, warum Dr. Fortune ihn nicht über das Befinden des Patienten in Kenntnis setzte. Erzherzog Leopold wünsche, Dr. Fortune möchte doch unverzüglich zu ihm kommen.

»Oh, wirklich?« sagte Reggie. »Dr. Fortunes Empfehlung an den Erzherzog, und er ist sehr beschäftigt. Er kann aber ein paar Minuten für den Erzherzog erübrigen.«

Der Diener machte ein Gesicht, als sei er noch nie im Leben so überrascht gewesen, und zog sich zurück.

»Es ist eine Gottesgabe«, murmelte Chefinspektor Bell. »Eine Gottesgabe, wissen Sie. Ich bin noch nie fertig geworden mit diesen Adligen.«

Reggie begann, einige Utensilien zusammenzusuchen: eine Flasche mit kleinen weißen Tabletten, einen Meßbecher, eine Kanne Wasser und eine Spritze. »Sie machen sich jetzt besser aus dem Staub«, sagte er zu Chefinspektor Bell.

»Meinen Sie, er kommt?«

»Er wird schon kommen«, sagte Reggie und zog den Mantel aus. Als er sich umdrehte, war Chefinspektor Bell verschwunden.

»Bühne frei, Sir?« sagte eine Stimme hinter dem Vorhang.

»Zum Teufel mit Ihrer Unverschämtheit«, brummte Reggie. »Hier – –«

Aber da kam schon der Erzherzog. Er war heute ganz in Rotbraun herausgeputzt. »Sie tun sehr geheimnisvoll, Dr. Fortune«, beklagte er sich. »Ich darf wohl mehr Klarheit erwarten, Sir.«

»Mein Patient steht an erster Stelle, Sir.«

»Ich wünsche, daß Sie auf meine Besorgnis Rücksicht nehmen. Also, Sir, wie geht es meinem Bruder?«

»Sie dürfen durchaus auf seine Genesung hoffen, Sir.«

Der Erzherzog sah sich nach einem Stuhl um und brauchte einige Zeit, bis er einen fand. »Das ist eine sehr gute Nachricht«, sagte er langsam und setzte ein gequältes Lächeln auf. »*Mon Dieu*, Doktor, es scheint zu schön, um wahr zu sein! Gestern abend meinten Sie, ich müßte mit dem Schlimmsten rechnen.«

»Gestern abend – war gestern abend, Sir«, sagte Reggie. »Heute früh sehen wir schon etwas klarer. Die Symptome sind gut. Ich glaube, in ein paar Stunden wird der Patient sprechen können.«

»Sprechen? Aber die Gehirnerschütterung? Es war doch so gefährlich. Ich bin äußerst verblüfft, Doktor.«

»Ein richtiger Glücksfall, Sir. Nennen Sie es die Macht des Schicksals. Na, wir werden sehen, was dabei herauskommt. Er wird Ihnen vielleicht sagen können, wie das alles passiert ist. Sie entschuldigen, ich muß jetzt unbedingt die Spritze vorbereiten.« Er gab eine Tablette ins Glas und goß Wasser dazu. »So, das sollte nun wirklich helfen. Wunderbare Sache, diese Medikamente, Sir. Ein bißchen Strychnin – eins von diesen kleinen Dingern –, und schon hat der Mensch die Chance zum Weiterleben. Zwei oder drei davon – wie winzig die sind, nicht wahr? – bedeuten sofortigen Tod. Entschuldigen Sie mich einen Augenblick. Ich muß nach meinem Patienten sehen.«

Er blieb eine Zeitlang weg. Als er zurückkam, war der Erzherzog immer noch da. »Alles bestens, Doktor?«

»Inzwischen schon, denke ich.«

»Ich will Sie nicht aufhalten, mein lieber Doktor! Wenn sich Ihre Hoffnung nur erfüllt. Was für ein Glück!« Und er glitt aus dem Zimmer.

Reggie ging zum Tisch hinüber und nahm das Glas mit der Strychninlösung. Chefinspektor Bell kam hinter dem Vorhang hervorgeschossen und packte ihn am Arm. »Nicht nehmen, Sir«, sagte er heiser. Chefinspektor Bell war ganz rot im Gesicht.

»Seien Sie doch kein Esel«, meinte Reggie. Er stellte das Glas wieder hin, nahm die Flasche mit den Tabletten, schüttete sie auf ein Blatt Papier aus und fing an, sie zu zählen.

»Guter Gott!« sagte Chefinspektor Bell. »Damit haben Sie ihn reingelegt, wie? Was für ein Köder!«

»Wissen Sie, Sie sind ganz schön unverschämt«, sagte Reggie und zählte weiter.

»Ich melde mich jetzt bei Mr. Lomas, Sir«, sagte der Chefinspektor unterwürfig.

»Wenn Sie telefonieren, drehe ich Ihnen den Hals um.«

»Telefonieren? Ich doch nicht. Wirklich, Sir, Sie sind vielleicht ein Doktor.« Damit flüchtete er.

Reggie war fertig mit Zählen und stieß einen Pfiff aus. »Hat ganz schön zugeschlagen«, sagte er. »Der widerliche Kerl!« Er schüttete die Tabletten wieder in die Flasche, suchte eine andere Flasche hervor und goß die Lösung hinein; beide schloß er weg. »Das wäre Nummer eins«, sagte er zufrieden. »Und jetzt Nummer zwei.« Er ging zu seinem Patienten hinüber und plauderte ein halbes Stündchen mit der Tagesschwester über das Tanzen in Musicals. Kaum eine halbe Stunde später klopfte jedoch die Erzherzogin an die Tür.

Reggie öffnete. »Hier herüber, bitte, Madam.« Er führte sie in sein Zimmer. »Ich habe Ihnen etwas mitzuteilen.« Sie stand vor ihm, wild, trotzig und sah dabei sehr elend aus. »Ich verspreche Ihnen, daß der Erzherzog bald zu sich kommen wird.«

Sie faßte sich an die Brust. »Er – er bleibt am Leben?« Es war der herzzerreißendste Schrei, den er je gehört hatte.

»Er bleibt am Leben, Madam!«

Sie zitterte, schwankte und fiel. Reggie griff nach ihr und fing sie in seinen Armen auf; dann setzte er sie auf einen Stuhl und wartete stirnrunzelnd. Sie keuchte leicht und fing an zu lächeln. Dann ertönte es ganz leise und verhalten: »Nein, nein. Nicht mehr. Ah, mein Liebes.« Sie sprach in ihrer eigenen Sprache. Sie öffnete die schweren Augenlider. »Was ist?«

»Der Erzherzog hat gesprochen, Madam. Er sagte – Ihren Namen.«

Da begann sie zu weinen und streckte Reggie die Arme entgegen: »Lassen sie mich zu ihm – bitte – bitte.«

»Jetzt nicht. Noch nicht. Er darf sich nicht aufregen. Sie gehen jetzt auf Ihr Zimmer und schlafen.«

»Sie – Sie sind mir einer!« Sie lachte unter Tränen und ergriff Reggies Hände.

»Aber, Madam, ich bitte Sie«, sagte Reggie förmlich. Dieses Geschöpf war einfach zu entzückend.

»Sie? Oh – Sie Engländer.« Ihm wurde bedeutet, daß er ihr nur einen Handkuß zu geben hatte. Er tat es wie ein Engländer. Dann wurde ihm die andere Hand an die Lippen gehalten.

Er räusperte sich, peinlich berührt. »Ich muß darauf bestehen, Madam, daß Sie keinem etwas davon erzählen. Es ist mir wichtig, daß alle im Haus denken, der Erzherzog schwebe noch in Lebensgefahr.«

»Warum?« Ein Zucken lief über ihr Gesicht. »Sie haben Angst vor Leopold!«

»Und Sie, Madam?« fragte Reggie.

»Angst? Nein, aber« – sie schauderte – »aber er ist doch kein Mann.«

»Machen Sie sich keine Sorgen, Madam. Ich mache mir auch keine«, sagte Reggie und hielt ihr die Tür auf. »Sie ist wirklich entzückend«, sagte er zu sich und läutete nach seinem Mittagessen.

An diesem Nachmittag ließ Erzherzog Leopold viermal

nach dem Befinden seines Bruders fragen, und jedesmal antwortete Reggie, daß der Zustand des Patienten sich nicht geändert habe. »Leopold wird ganz schön grübeln«, kicherte Reggie. »Viel Spaß für Leopold.«

Um die Teestunde kam der Ehrenwerte Stanley Lomas an, munterer denn je.

»Na, Doktor, haben Sie sich gut amüsiert?« Er schüttelte ihm herzhaft die Hand. »Herzlichen Glückwunsch. Ein feiner Plan. Ein *ganz* feiner Plan. Na, ich nehme an, Sie freuen sich darauf, Leopold loszuwerden, wie? Ich glaube, jetzt kann ich ihn aber das Fürchten lehren. Freie Hand, Sie verstehen. Jetzt schnappen wir ihn uns.«

Erzherzog Leopold wurde mitgeteilt, daß der Ehrenwerte Stanley Lomas vom Kriminalkommissariat ihn zu sprechen wünsche. Der Erzherzog, der gerade beim Tee saß, war sehr erfreut, Mr. Lomas zu empfangen. Reggie empfing er ebenfalls. »Dr. Fortune? Haben Sie mir etwas zu sagen?«

»Unverändert, Sir.«

»Immer noch unverändert! Und Sie haben mir heute früh solche Hoffnungen gemacht. Dies sind sorgenvolle Stunden, Mr. Lomas.«

»Das kann ich mir vorstellen, Sir. Aber ich hoffe, Ihre Sorgen etwas erleichtern zu können. Ich glaube, wir werden herausfinden, wer für das Unglück gestern abend verantwortlich ist.«

»So! Und so rasch! Aber Sie sind ja wunderbar, Sie und Ihre englische Polizei. Nehmen Sie doch Platz, Mr. Lomas.« Er sah Reggie an, dessen Verweilen ihn offensichtlich verwirrte. »Ist noch etwas, Dr. Fortune?«

»Dr. Fortune ist Teil meiner Beweisführung, Sir«, sagte Lomas.

»Tatsächlich? Sie machen mich aber gespannt – äußerst gespannt. Entschuldigen Sie mich.« Er glitt aus dem Zimmer.

Lomas drehte sich im Stuhl um und sah Reggie, der sich vor einem alten italienischen Spiegel die Krawatte zurechtrückte, erstaunt an. »Wahrscheinlich zieht er sich um«, meinte Reggie. »Er hat heute erst einen Anzug getragen.«

Ein Bedienter brachte das restliche Teegeschirr, und einen Augenblick später kam der Erzherzog zurück.

»Ich bin ganz ungeduldig, Mr. Lomas. Aber nehmen Sie doch einen bequemeren Sessel. Dr. Fortune – wollen Sie sich bitte auf den Stuhl beim Paravent setzen. Ich darf Ihnen etwas Tee einschenken.« Er hatte ein strahlendes Lächeln aufgesetzt.

»Haben Sie Vorbereitungen für Ihre Abreise aus England getroffen, Sir?« fragte Lomas scharf.

»Mr. Lomas!«

»Zum Postdampfer heute abend wird es Ihnen reichen.«

»Ich verstehe Sie doch wohl nicht richtig, Sir. Sie scheinen mir recht anmaßend.«

»Oh, Sir, wir werden die Sache nicht mit Samthandschuhen anfassen. Sie waren heute früh in Dr. Fortunes Zimmer.« Der Erzherzog warf einen Blick auf Reggie, der eifrig in seinem Tee rührte. »Er war gerade dabei, eine Strychninspritze für seinen Patienten vorzubereiten.«

»Hallo, was ist denn das?« rief Reggie und machte eine Kopfbewegung zum Fenster hinüber. »Ach, ich glaube, das ist der Wagen, Lomas. Ihre Leute haben ihn wohl gefunden und hergebracht.«

»Der Wagen, Sir?« fragte der Erzherzog, und Lomas setzte sein Monokel auf.

»Der Unglückswagen.«

Der Erzherzog glitt ans Fenster. Lomas stand ebenfalls auf und sah hinaus. Dann drehten sich beide um und starrten Reggie an, der an seinem Tee nippte. Lomas runzelte die Stirn. »Da ist doch gar nichts, Fortune.«

Der Erzherzog lächelte. »Dr. Fortune hat Halluzinationen«, sagte er, zog ein Taschentuch hervor und betupfte sich das Gesicht; dann setzte er sich und trank seinen Tee.

»Bleiben wir beim Thema, wenn ich bitten darf.« Lomas war verärgert. »Dr. Fortune sagte zu Ihnen, zwei von diesen Strychnintabletten könnten einen Menschen töten. Er ging aus dem Zimmer. Während er draußen war, gaben Sie ein halbes Dutzend Tabletten in die Spritzlösung, die für Ihren Bruder bestimmt war. Ich muß Sie bitten, Sir, England mit dem nächsten Schiff zu verlassen.«

Der Erzherzog brach in Gelächter aus. »Der gute Dr. Fortune! Wie Sie gesehen haben, hat er Halluzinationen. Er hört und träumt Dinge, die es nicht gibt. Wenn ich bei der Polizei wäre, Mr. Lomas, würde ich Dr. Fortune nicht als Zeugen nehmen. Sie machen sich lächerlich.«

»Er ist nicht der einzige Zeuge, Sir. Einer meiner Leute stand hinter dem Vorhang.«

Der Erzherzog schenkte sich noch eine Tasse ein. »Darf ich Ihnen nachschenken, Dr. Fortune? Nein? Ich fürchte, Sie sind ein bißchen maliziös, mein Freund.« Er lachte nervös. »Für Sie, Sir? In unserem Land gibt es auch ab und zu einen korrupten Polizisten. Wir lassen nicht zu, daß er uns Schwierigkeiten macht.«

»Sie haben einen deutschen Wagen mit nach England gebracht, Sir«, sagte Lomas. »Wo befindet sich dieser Wagen?«

»Ihre Spione sind anscheinend nicht sehr gut, Mr. Lomas. Also bitte, Sir, genug davon. Ich – –«; der Erzherzog sprang plötzlich auf und stieß einen Schrei aus. Dann verkrümmte sich sein Körper. Ein schreckliches Grinsen entstellte sein Gesicht. Er fiel zu Boden und wand sich in Krämpfen. Er rang nach Luft; seine bleichen Wangen verfärbten sich schwärzlich-blau. Dann krümmte er sich zusammen und lag still...

»So, das hätten wir«, sagte Reggie. »Ich hab mich doch gefragt, was er mit einem halben Dutzend wollte.«

»Was ist es?« murmelte Lomas.

»Oh, eine Strychninvergiftung. Er hat etwa ein Gran geschluckt.«

»Mein Gott! Können Sie noch irgendwas tun?«

Reggie zuckte die Achseln. »Der ist mausetot...«

Nach einer Weile sagte Lomas: »Na gut! Auch eine Lösung. Aber ich versteh den Kerl nicht.«

»Oh, ich verstehe auch nicht alles an der Sache«, gab Reggie zu. »Er war drauf aus, seinen Bruder umzubringen. Denn das hieß, Kaiser zu werden. Aber warum ihn ausgerechnet jetzt umbringen und nicht schon früher? Und die Erzherzogin. Die ist in Ordnung, das weiß ich. Aber ihre Verbindung zu diesem Burschen ist mir nicht ganz klar.«

»Das ist ganz einfach«, sagte Lomas. »Maurice konnte den Hof nicht ausstehen, und es war allgemein bekannt, daß er die Absicht hatte, die Nachfolge aufzugeben. Solange er ruhig und friedlich hier in England war, fühlte Leopold sich in Sicherheit. Aber seit neuestem, hab ich mir sagen lassen, hat Maurice doch beschlossen, zurückzukehren. Die Pflicht gegenüber dem Vaterland, Sie verstehen? Die Erzherzogin war strikt dagegen. Sie haßt das Leben am Hof. Aber Maurice ist ein energischer Mensch, auch gegenüber einer Frau. Leopold kam hierher, um zu sehen, was sich machen ließ. Ich nehme an, er hat die Erzherzogin darauf angesetzt, Maurice zu überreden, den Plan aufzugeben und sich ruhig zu verhalten. Sie machten gemeinsame Sache – zumindest ist das der Eindruck, den man in der böhmischen Botschaft hat. Sie ist eine Zigeunerin, das stimmt, aber sie ist in Ordnung. Sie hat mit der Sache nichts zu tun. Es war nicht ihr Wagen. Nun, als Leopold merkte, daß da nichts zu machen war, faßte er den Mord ins Auge. Er war ein Schuft, Sie verstehen? Da war etwas mit einer Frau in Rom – sie haben ihn rausgeschmissen. Aber es war ein ausgeklügelter Plan. Er hatte an alles gedacht – nur nicht an die falschen Autoreifen. Gelungener Trick, das mit der Hutnadel. Sah ganz nach blindwütiger Frau aus. Er kannte sich gut aus mit Frauen – mit einer bestimmten Sorte von Frauen.«

Es klopfte. Die beiden gingen zur Tür.

»Sir Lawson Hunter, Sir.« Der Bediente versuchte vergeblich, einen Blick auf den Erzherzog zu werfen.

»Ja, bringen Sie ihn herauf«, sagte Reggie.

Sir Lawson kam hereingeeilt. »Ein neuer Fall für Sie, Sir.« Die beiden Männer traten auseinander, und Sir Lawson sah die Leiche.

»Hat sich vergiftet. Strychnin«, sagte Lomas.

»Och, machen Sie ihn doch nicht befangen«, meinte Reggie. »Das mag er nicht.«

»Du meine Güte!« Sir Lawson traten die Augen hervor.

»Ja, das kapier ich nicht, Fortune.« Lomas machte eine Handbewegung zu der Leiche hin. »Ich hätte schwören können, das bringt er nicht fertig.«

»Oh, hat er auch nicht. Das war für mich gedacht. Ich hab die Tassen vertauscht.«

»Sie – –«, Lomas starrte ihn an. »Das war, als Sie das Auto hörten!«

»Deshalb hab ich das Auto gehört.«

»Und Sie haben ihn die Dosis trinken lassen!«

»Ja. Das ist doch gerecht. Sehen Sie, ich hab den armen Teufel aufgelesen, den er gestern abend überfahren hat.«

»Du meine Güte!« sagte Sir Lawson.

Der Bediente stand wieder an der Tür. Dr. Fortune wurde am Telefon verlangt. »Der ist doch hier, oder? Stellen Sie durch.« Der Bediente brachte beim Anblick des toten Erzherzogs kaum die Worte hervor und zog sich schwer schluckend zurück.

Es klingelte. Reggie hob den Hörer ab. »Ja. Ja. Sofort.« Er stand auf. »Ich muß los. Schwerer Fall. Die Kleine von Mrs. Jones hat wahrscheinlich Masern.«

Fall 2

# *Die Schlafgefährtin*

Birdie kreischte wie eine Möwe und kam auf die Bühne gehüpft. Das Publikum spendete wie gewöhnlich tosenden Beifall, und Dr. Reginald Fortune sah durch sein Opernglas. Er betrachtete sich als Kenner der Varieté-Kunst, und Birdie Bolton war einzigartig und bizarr. Sie war nicht mehr ganz jung, und hübsch war sie nie gewesen. Ein Helm von schwarzem Haar, ein hageres Gesicht, das nie lächelte, ein schmaler, knabenhafter Körper, der mal schlaff und mal angespannt war – darin bestanden ihre Reize. Oberhalb der Taille trug sie außer Diamanten gar nichts, und unterhalb exotische Volants in tausend Farben. Sie fing an, mit einer Stimme zu singen, die absolut nicht zu ihrem eigenartigen Aussehen paßte – einer zarten, süßen Stimme –, und was sie da sang, war ein einfaches Liedchen über ihre wahre Liebe, die sie im Stich gelassen hatte. Und dann drehte sie durch. Es folgte ein kreischender Refrain – man stelle sich eine Dampfpfeife vor, die Ragtime spielt – und ein seltsamer, wilder, heftiger Tanz. Der schmale Körper wand sich in alle Richtungen gleichzeitig, die langen, weißen Arme wirbelten umher und bewegten sich ruckartig. Es sah aus, als ob ein Dutzend Frauen miteinander kämpften, von denen jede ein Ausbund an Kraft war. Es war kein hübscher Tanz, aber sehr bedeutsam.

Birdie sank keuchend auf ihre verrückten Regenbogen-Volants und nickte dem tobenden Publikum zu.

Dr. Reginald Fortune steckte sein Opernglas weg. »Sie ist einfach erstaunlich, wissen Sie«, sagte er zu dem Marineleutnant, der ihn begleitete.

»Ein ganz wilder Vogel«, stimmte der Leutnant zu, und da der Rest der Revue lediglich aus Röckchen und dem Fehlen von Röckchen bestand, gingen sie zum Dinner.

Am nächsten Morgen, einem Sonntag, kam Birdie Bolton bei Dr. Reginald Fortune vorbei. Sie hatte die Konsequenzen aus der Tatsache gezogen, daß sie in einer lauten Umgebung nicht leben konnte, und besaß deshalb schon seit Jahren ein Haus im ruhigen, ländlichen Vorort Westhampton, wo Reggie und sein Vater ihre Praxis hatten. Zunächst hatte Dr. Fortune senior sie behandelt, aber als dann Reggie dazukam, hatte Miss Bolton, indem sie mit der ihr eigenen Offenheit erklärt hatte, sie habe lieber junge Ärzte, sich in seine Obhut begeben.

Tagsüber kleidete sich Miss Bolton – dies übertrieb sie ein bißchen – wie eine muntere britische Junggesellin. Sie trug maßgeschneiderten strengen Tweed und sah darin noch schmaler aus als sonst. Ihre Augen jedoch hatten ihren schelmischen Glanz bewahrt.

»Sie haben uns ja wieder eine tolle Show geboten gestern abend«, sagte Reggie.

»Saßen Sie in der ersten Reihe?« fragte Miss Bolton und verzog das Gesicht. »O Gott! Tut mir leid. Ich war furchtbar.«

Reggie merkte, daß nun sein berufliches Interesse gefragt war.

»Wo fehlt's denn?« fragte er vergnügt.

»Das ist Ihre Show«, sagte Miss Bolton. »Legen Sie los.«

Die Unterhaltung wurde dann vertraulich und langweilig und drehte sich um die üblichen Themen einer ärztlichen Untersuchung. Schließlich sagte Reggie: »Wissen Sie, da finden wir nichts. Alles ganz in Ordnung und normal. Worüber machen Sie sich denn Sorgen?«

»Über Träume«, antwortete Miss Bolton. »Warum träume ich? Ich hab bisher noch nie im Leben geträumt.«

»Was sind es denn für Träume?«

»Ach, alles mögliche. Blödes Zeug. Eines Nachts hat mich ein Autobus bis auf die Bühne verfolgt. Ein andermal hatte May« – May Weston war ihre Gefährtin – »Papageien im Badezimmer. Dann höre ich ein Geräusch, wache auf, und das Geräusch ist verschwunden.«

»Haben Sie das jede Nacht?«

»Quatsch! Nicht oft. Ab und zu. Aber ich sag Ihnen, Doc, das ist nicht fair. Ich trinke nicht und nehme keine Drogen. Aber wenn das so weitergeht, seh ich noch weiße Mäuse.«

»Haben Sie im Moment irgendwelche Sorgen?«

Wurde Miss Bolton jetzt nicht tatsächlich rot? Reggie war sich nicht sicher. »Schlaues Kerlchen sind Sie, Doc. Machen Sie's gut!« Sie schüttelte ihm die Hand; einen Griff hatte sie wie ein Mann. Der große Smaragd, den sie immer trug, grub sich in seine Finger. »Birdie, das starke Mädel. Bye-bye«, lachte sie.

Am nächsten Morgen kam Reggie gerade aus dem Bad, als ihm gesagt wurde, Miss Boltons Haushälterin habe angerufen. Miss Bolton habe einen Unfall gehabt und er möchte sofort kommen. »Sagen Sie Sam Bescheid«, sagte Reggie und stieg in seine Hosen. Samuel Baker, ein junger Taxifahrer, dessen allwissende, unverschämte Art Reggie dazu bewogen hatte, ihn als Chauffeur und Faktotum zu engagieren, brachte den Wagen und ein paar belegte Brote, bis Reggie nach unten kam. Weder er noch Reggie vergeudeten Zeit.

Normanhurst, Miss Boltons Anwesen, stand allein in etwa einem halben Hektar Garten und war im mittelviktorianischen oder auch amorphen Stil gebaut. Als Reggie aus dem Wagen sprang, öffnete ihm die Haushälterin die Tür. Sie war eine lebhafte, vollbusige Person; sie sah genauso aus, wie man sich eine Haushälterin vorstellt.

»Was ist passiert, Mrs. Betts?« erkundigte sich Reggie.

»Es ist sehr ernst, Sir. Hier herüber, bitte.« Sie führte ihn in Birdie Boltons Boudoir, blieb stehen, holte einen Schlüssel aus ihrer Schürzentasche und schloß auf.

»Hallo!« sagte Reggie.

»Ich fürchte, Sie werden jetzt einen Schreck kriegen, Sir«, sagte Mrs. Betts und machte ihm die Tür auf.

Reggie trat ein. Das Sonnenlicht überflutete Birdie Boltons Gesicht, das ganz weiß war. Sie lag auf dem Sofa. Sie war im Abendkleid. Auf der einen Halsseite befand sich eine offene Wunde, von der sich eine rote Spur quer über ihre bloße Schulter zog, den Arm entlang bis zu einem violetten Fleck auf dem Teppich.

Reggie ging mit zwei ausladenden Schritten durchs Zimmer und beugte sich über sie. Sie war bereits seit Stunden tot.

»Wer hat sie gefunden, Mrs. Betts?«

»Das Hausmädchen von oben, Sir. Seitdem hat sie hysterische Anfälle.«

»Bah! War das Zimmer genauso wie jetzt?«

»Nein, Sir. Miss Weston saß da drüben im Sessel und schlief.«

»Was?« Reggie starrte sie an. Daß die Geliebte ermordet worden war und ihre Gefährtin friedlich an ihrer Seite schlief, das hätte sein ruhiges Gemüt vielleicht nicht in Aufregung versetzt. Aber er kannte May Weston und hatte sie als langweiliges, einfältiges Geschöpf abgeschrieben – eine Schmusekatze.

»Miss Weston saß da drüben im Sessel und schlief«, wiederholte die Haushälterin. »Ich hab's selbst gesehen. Ich kam rein, Sir, als Amelia – als das Hausmädchen schrie. Miss Weston war auch im Abendkleid. Sie wachte auch bei dem Geschrei nicht auf, regte sich nur ein bißchen. Ich ging zu ihr und schüttelte sie, ›Miss Weston‹, sagte ich, ›was ist denn los?‹, sagte ich, da wachte sie auf und schaute um sich, ziemlich dösig, und dann sah sie Miss Bolton da liegen und das Blut, und da schrie sie: ›Ich war's – oh, ich war's‹, und dann schaute sie mich ganz komisch an und fiel in Ohnmacht.« Mrs. Betts schwieg und starrte Reggie an; sie wartete darauf, daß er sein Entsetzen kundtat.

»Also, was haben Sie dann mit ihr gemacht?« fragte Reggie.

Mrs. Betts schluckte. »Ich ließ sie in ihr Zimmer tragen, Dr. Fortune«, sagte sie würdevoll. »Inzwischen habe ich erfahren, daß sie wieder zu sich gekommen ist und weint.«

»Na, das ist doch ganz normal«, sagte Reggie.

»Ganz normal, stimmt!« Mrs. Betts warf den Kopf zurück.

»Und was haben Sie dann gemacht, Mrs. Betts?«

»Ich sorgte dafür, daß nichts berührt wurde. Ich schloß das Zimmer ab. Und dann rief ich Sie an und die Polizei.«

»Da haben Sie sich ja bewundernswert verhalten, Mrs. Betts«, murmelte Reggie.

Mrs. Betts war wieder besänftigt. »Ich konnte es kaum ertragen, Sir. Sie war so eine entzückende, liebe Herrschaft. Eine vollkommene Lady mit all ihren kleinen Eigenheiten, wie Sie ja wissen, Sir. Und diese Miss Weston! So weich und friedlich, wie die schien. Ich sag's Ihnen ehrlich, Sir, mir war, als sei ich völlig versteinert. Oh!« Sie schüttelte sich und zitterte. »Eine Gemeinheit nenne ich das!«

Reggie sah sich im Zimmer um.

»Ich nehme doch an, es ist Mord, Sir?« sagte Mrs. Betts in einem Ton, als wünschte sie Miss Weston an den Galgen.

»Ich glaube schon«, sagte Reggie. Er ging zu dem Sessel hinüber, in dem die schlafende Miss Weston gefunden worden war, und hob daneben eine Schere und eine spitze Haarnadel mit Elfenbeingriff vom Boden auf. Beide waren voll mit geronnenem Blut. Scheußliche Dinger.

»Ah!« machte Mrs. Betts. »Damit ist es passiert. Legen Sie's wieder hin, Sir. Ich hab's bei ihrem Sessel liegengelassen, damit es die Polizei sieht.«

»Sie denken aber auch an alles, Mrs. Betts«, sagte Reggie, legte die Dinger wieder hin und ging zu Birdie Boltons Leiche hinüber.

Der Einstich am Hals war klein. Dafür, daß es eine tödliche Wunde war, sogar sehr klein. Ein winziger, sauberer Schnitt, mit dem es gelungen war, die Kehlader aufzuschlitzen. Reggie sah sich noch einmal die Haarnadel und die Schere an. Er bemerkte, daß Mrs. Betts gegangen war.

Da waren noch mehr Wunden. An etwa sechs Stellen hatten die bleichen Schultern und die Brust geblutet. Keine dieser Verletzungen war ernst. Sie waren so beschaffen, wie man es von solch unhandlichen Waffen wie Scheren und Haarnadeln erwartet. Der saubere, gelungene Schnitt am Hals war es, der Birdie Boltons Schicksal besiegelt hatte. Die kleineren Wunden deuteten auf einen erbitterten Kampf mit einer anderen Person hin; Reggie fand weitere Beweise dafür, daß Miss Bolton sich gewehrt hatte. Das schwarze Abendkleid war von der einen Schulter gezogen und zerrissen, und dort auf der rechten Schulter waren blaue Flecke, die von einer fest zupackenden Hand herrührten. Reggie begann, die Sache genauer zu untersuchen.

Zwei Männer kamen ins Zimmer geeilt. Eine Hand tippte auf Reggies Schulter. »Nun aber bitte, Sir.«

Reggie richtete sich auf und sah sich einem hochnäsigen, beleibten Männchen gegenüber.

»Ich bin Dr. Fortune«, sagte Reggie. »Miss Bolton war meine Patientin.«

»War«, sagte das Männchen nachdrücklich. »Jetzt ist sie ein Fall für Experten, Dr. Fortune.«

»Deshalb habe ich sie ja untersucht«, sagte Reggie genüßlich.

Das Männchen lachte. »Ein praktischer Arzt nützt ihr jetzt nicht mehr viel. Das geht doch über Ihren Horizont, oder?«

»Also, ich bin mir noch nicht sicher«, erwiderte Reggie.

»Keine Sorge. Keine Sorge.« Er wollte Reggie hinauswinken, aber Reggie ging nicht. »Sie sind uns bloß im Weg, wissen Sie. Wir melden uns dann schon bei Ihnen, falls wir Sie bei der gerichtlichen Untersuchung brauchen. Nur als Gutachter.« Reggie rührte sich immer noch nicht.

»Ich bin der Gerichtsarzt, Sir«, sagte das Männchen vernehmlich.

»Ich habe mich schon gefragt, wer Sie sind«, murmelte Reggie.

Das Männchen wirbelte herum. »Das Zimmer wird jetzt geräumt, Inspektor«, sagte er.

Der ermittelnde Inspektor, der so sehr nach Polizist aussah, daß man es kaum für möglich hielt, kam mit schweren Schritten hinzu. »Ich hoffe doch, Sie machen uns keine Schwierigkeiten, Doktor«, meinte er mißmutig. »Sonst muß ich gewisse Schritte unternehmen.«

»Na, so was!« sagte Reggie. »Na, dann passen Sie mal auf, wo Sie hintreten.« Er ging ans Fenster und sah nach draußen auf die Rosen.

»Raus jetzt, wenn ich bitten darf.« Der Inspektor folgte ihm.

»Blinder Eifer«, murmelte Reggie und ging hinaus.

Es gab zwei Türen zum Zimmer. Er nahm nicht die, durch die die beiden hereingekommen waren, sondern die andere. Er wußte zufällig, daß sie zu Birdie Boltons Schlafzimmer führte.

Im Schlafzimmer war jemand. Ein überraschtes dunkles Gesicht lugte hinter dem Paravent neben dem Bett hervor. Es gehörte einem adretten Zimmermädchen.

»O je, ich dachte, dies hier wäre der Korridor«, sagte Reggie.

»Das ist Miss Boltons Schlafzimmer – arme Miss Bolton.« Das Zimmermädchen hatte einen leichten ausländischen Akzent.

»Aber natürlich. Sie sind doch ihr Zimmermädchen. Flora, nicht wahr?«

»Ja, Sir. Ja, Doktor. Ach, Sie haben Miss Bolton schon gesehen! Sie können nichts tun – nein?«

»Miss Bolton ist tot, Flora.«

»Ich hatte sie so gern«, seufzte Flora.

»Na, ich mochte sie auch. Ich nehme an, Sie haben nichts gehört, gestern abend?«

»O nein. Sie hat mich geschickt zu Bett. Und ich schlafe so fest.«

Reggie nickte. »Schlimme Sache, Flora. Würden Sie mich bitte zu Miss Weston führen!«

»Miss Weston! Ah!« sagte Flora mit tragischem Nachdruck.

»Hmm. Sie denken, sie – –«

»Ich denke nicht. Ich fühle«, sagte Flora.

»Schlechte Angewohnheit. Wie dem auch sei – –«

Und Flora führte ihn hin. Sie war eine rundliche Frau mittleren Alters, aber auf ihre dunkle, schwerfällige Art doch noch recht ansehnlich.

Sie klopfte. »Es ist der Doktor, Miss Weston«, kam es von Flora. Eine mürrische Stimme sagte: »Kommen Sie rein«, und Reggie trat ein.

May Weston sah erbärmlich aus. Ihr natürliches, reizendes Äußeres, ihre hübsche, frische Jugendlichkeit, ihre blühende Schönheit, die Anmut ihrer vollen, weichen Formen waren gänzlich verschwunden. Sie lag wie ein unförmiger Haufen auf dem Bett, das Abendkleid trug sie noch, es war inzwischen ganz zerdrückt und verknittert und verschoben, ihr gelbliches Haar halb aufgelöst und zerzaust und ihr Gesicht bläulich-blaß.

»Was wollen Sie?« Sie starrte Reggie mit schweren Lidern an.

»Was machen Sie denn für Sachen?« Reggie lächelte sie freundlich an und setzte sich zu ihr ans Bett. »Warum sehen Sie denn so aus?«

»Haben Sie's nicht gehört?« rief sie.

»Ich hab's gehört, und ich hab's gesehen«, erwiderte Reggie. »Ich kann da nichts mehr tun. Aber vielleicht hier.« Er begann, ihren Puls zu fühlen.

»Ich bin doch nicht krank.«

»Na, man kann nie wissen.« Er ließ ihr Handgelenk los und beugte sich über sie. »Sie schlafen ziemlich fest, stimmt's?«

»Oh!« Sie zitterte. »Warum sehen Sie mich denn so an?«

Reggie beugte sich plötzlich noch mehr zu ihr hinunter und richtete sich genauso plötzlich wieder auf. Er lachte. »Wie denn, meine Liebe?«

Sie starrte ihn an, und ihre Lippen bebten. »Sie – Sie! Oh, halten Sie mich für verrückt?«

Reggie schüttelte den Kopf. »Wir wollen ganz von vorn anfangen. Wir wollen vollkommene Ruhe bewahren. Sie haben gestern allein mit Miss Bolton zu Abend gegessen? Nach dem Essen sind Sie in ihr Boudoir gegangen? Das war ungefähr um neun?«

»Ja, ja. Mr. Ford kam erst nach dem Kaffee.«

»Aha! Und wer ist Mr. Ford?«

May Weston wurde über und über rot. »Wir – er war ziemlich oft hier«, stammelte sie. »O Dr. Fortune, es ist nicht seine Schuld.«

»Jung, alt, reich, arm – was ist er?«

»Selbstverständlich ist er jung. Ich glaube, er ist reich. Sein Vater besitzt eine Maschinenfabrik oder so was in Leeds, und er ist in der Londoner Niederlassung.«

»Klingt ja solide«, stimmte Reggie zu. »Und warum kommt Mr. Ford um neun Uhr abends zu Besuch?«

Miss Weston lief erneut rot an. »Das tat er doch oft«, sagte sie und rang die Hände. »Ich muß es sagen, nicht wahr, Doktor? Ja. Er hat Miss Bolton mal bei einem Abendessen kennengelernt, und dann kam er öfter hierher.«

»Aha! Ein gutaussehender Mann, was?«

»O ja. Sehr groß und gutaussehend.«

»Und Miss Bolton mochte ihn gut leiden. So, so.« Jetzt verstand Reggie, warum die arme Birdie Bolton nachts geträumt hatte.

»Ja«, sagte May Weston schwach. »Oh, es ist ja so schrecklich! Aber ich muß es sagen. Sie dachte, er käme wegen ihr, aber – –«

»Aber eigentlich kam er wegen Ihnen. Nun, zurück zum Kaffee.«

»Er kam gestern abend. Wir waren so lustig. Miss Bolton – oh, die arme Birdie!«

»Da können wir jetzt nichts mehr ändern, meine Liebe. Tun wir das Möglichste für sie. Ist er lang geblieben?«

»Ziemlich. Ich weiß nicht mehr. Ich war müde. Aber Birdie war so aufgekratzt. Und dann – dann ging er, und Birdie fing an, über ihn zu sprechen. Ich weiß nicht mehr, wie es passiert ist. Sie sagte was – und ich spürte, jetzt müßte ich's ihr eigentlich sagen –, und ich sagte ihr, daß er mir einen Heiratsantrag gemacht hatte. Sie geriet außer sich vor Wut. Oh, haben Sie je einen ihrer Wutausbrüche erlebt? Sie war schrecklich. Sie sagte ganz abscheuliche Sachen. Und ich – ich hatte das Gefühl, ich könnte überhaupt nichts mehr machen. Ich war wie betäubt und saß einfach da. Ich weiß nur noch, daß sie mich geschlagen hat.«

»Ich habe die Prellung gesehen«, sagte Reggie sanft und betrachtete den blauen Fleck an ihrem Hals.

»Dann stürmte sie aus dem Zimmer, und – oh, Doktor, ich weiß nicht – vielleicht bin ich in Ohnmacht gefallen – mir war, als säße ich wie Blei in dem Sessel da. Ich dachte, ich würde schlafen. Und dann war es wie ein furchtbarer, furchtbarer Traum – ich sah, wie sie umgebracht wurde. Sie saß auf dem Sofa, und jemand schlug auf sie ein. Oh, Doktor, hab ich das getan? Hab ich geträumt? War ich's wirklich?«

»Sie sahen – oder träumten – wer war das in Ihrem Traum, der auf sie eingeschlagen hat?«

»Ach, ich weiß nicht mehr. Es war genau wie bei einem Traum: nachher weiß man's nicht mehr. Ich weiß, daß es Birdie war. Aber war ich's, die sie umgebracht hat?«

Die Tür flog auf. Der Ermittlungsinspektor stiefelte herein. »May Weston?« Er war ganz Polizist, noch mehr als vorher.

Reggie erhob sich. »Wie höflich Sie sind!« sagte er.

»Sie sind ja recht eifrig, was?« Der Inspektor starrte ihn

an. »Mischen Sie sich bloß nicht ein. May Weston – ich klage Sie des Mordes an Ihrer Geliebten, Birdie Bolton, an. Stehen Sie jetzt auf.«

»Er hat die zweite Hälfte seines Texts vergessen – ›alles, was Sie sagen, kann vor Gericht gegen Sie verwendet werden‹, Miss Weston. Also sagen Sie bitte nichts.«

Der Inspektor schwoll rot an, und er kam auf Reggie zu. »Sie da – jetzt aber raus hier. Sie behindern mich bei – –«

»Ist das die Möglichkeit?« sagte Reggie süffisant. »Na, ist sowieso unnötig«, und damit ließ er den immer wütender werdenden Inspektor einfach stehen.

Man muß der Gerechtigkeit halber hinzufügen, was Reggie seither bestreitet, daß er May Weston noch nie gemocht hatte. Miezekatze nennt er sie, und er mag keine Katzen.

Von ihrem Zimmer ging er hinunter zum Telefon in der Eingangshalle, und dort fand ihn der immer noch ziemlich rotgeschwollene Inspektor.

»Und was gedenken Sie nun zu tun, wenn ich fragen darf?« fragte der Inspektor mit polizeilichem Sarkasmus.

»Oh, ich spreche mit Miss Boltons Rechtsanwälten. Haben Sie noch nicht daran gedacht, Miss Boltons Rechtsanwälte zu informieren?«

»Das geht Sie gar nichts an, was ich gedacht habe. Lassen Sie das Telefon in Ruhe. Ich gestatte das nicht.«

»O doch, und ob Sie das gestatten. Und jetzt spreche ich mit Chefinspektor Bell.« Der Inspektor war sichtlich verblüfft. Denn Chefinspektor Bell stand so ziemlich an der Spitze des Kriminalkommissariats. »Was dagegen? Nein? Wie nett von Ihnen.« Er ließ sich verbinden und sagte schließlich: »Dr. Fortune. Ja. Oh, Sie sind's, Bell? Freut mich. Ich hätte gern, daß Sie rüberkommen, Normanhurst, Westhampton. Eine Patientin von mir wurde ermordet. Nein, ich war's nicht. Ziemlich ungewöhnlicher Fall. Ja, der Birdie-Bolton-Fall. Der dienstführende Inspektor ist so ein netter, freundlicher Mensch. Ein lieber Kerl. Sie kommen gleich? Freut mich.« Reggie legte auf und lächelte den verstörten Inspektor an.

»So, das hätten wir«, sagte er und ging nach draußen. Samuel, der Chauffeur, legte seine Illustrierte beiseite.

»Ich brauche meine Kamera«, sagte Reggie, und Samuel tippte an die Mütze und fuhr los. Reggie schlenderte in den Garten hinüber.

Normanhurst ist, wie gesagt, ein niedriges, weitläufiges Haus mit der gemütlichen Schlampigkeit des viktorianischen Stils. Es gab – den Dachboden nicht mitgerechnet – nur zwei Stockwerke. Es war so alt, daß es schon ganz mit Kletterpflanzen überwuchert war, Efeu an der Nordseite, Rosen und Glyzinien an den übrigen Seiten. Birdie Boltons Schlafzimmer und Boudoir lagen an der Südseite im Erdgeschoß. An der Nordseite des Hauses befand sich die Zufahrt von der Landstraße her, ein gewundener Weg durch die Büsche. Von Birdie Boltons Zimmer sah man auf ein Rosenbeet und einen ausgedehnten Rasen. Um die Fenster rankte sich eine üppige Gloire de Dijon. Unterhalb wuchsen diese neueren Kreuzungen von Teerosen, sehr gepflegt, sehr erlesen und in voller Blüte – eine duftende rot-goldene Pracht. »Sie hat sie so geliebt, die gute Seele«, dachte Reggie und wurde sentimental. Dieses für ihn ungewöhnliche Gefühl wurde von Motorengeräusch unterbrochen. Er ging wieder vors Haus, um den Ankömmling zu begrüßen.

Ein großer Wagen kam angefahren. Darin saßen zwei Leute – ein Chauffeur in Livree und ein breitschultriger junger Mann, der ziemlich unbeholfen heraussprang, noch bevor der Wagen zum Stehen gekommen war. Er hatte das gute Aussehen eines Musical-Helden, sein Gesichtsausdruck war jedoch eher einfältig als albern, und er war ziemlich blaß.

»Sie sind wahrscheinlich Mr. Ford.« Reggie ging auf ihn zu. »Ich bin Dr. Fortune. Miss Bolton war meine Patientin. Ich hatte Sie noch nicht so schnell erwartet.«

»Miss Weston hat nach mir geschickt, Sir.« Mr. Ford wich zurück, denn Reggies Gesicht war recht nah an dem seinen.

»So, so, hat sie das!« murmelte Reggie. »Tatsächlich?« Miss Weston hatte vergessen, ihm das zu sagen. Miezekatze!

»Nun, Flora rief für sie an. Sie sagte, etwas Schreckliches sei passiert und daß Miss Weston nach mir verlangt habe. Sagen Sie, Doktor, was ist denn passiert?«

»Na, diese Flora ist aber auch eine«, sagte Reggie.

»Nun, Mr. Ford, Miss Bolton wurde ermordet.«

»Mein Gott!« sagte Mr. Ford und wurde aschfahl.

»Und Miss Weston ist des Mordes angeklagt.«

»O mein Gott!« sagte Mr. Ford noch einmal. »Oh, verdammt!« Er griff sich an den Kopf. »Dann lassen Sie mich doch zu ihr.«

»Aber bitte«, sagte Reggie, und Mr. Ford stürzte ins Haus.

Reggie blieb gleich auf der Treppe stehen, um weitere Ankömmlinge in Empfang zu nehmen. Der Chauffeur fuhr den Wagen weg, stieg aus und zündete sich hinter einem Lorbeerbusch eine Zigarette an. Reggie, der das Zeug noch nie geraucht hatte, schnüffelte mißbilligend und stopfte sich eine Pfeife.

Ein Taxi fuhr vor, und heraus sprang ein rundliches Männchen, dessen Mantel so aussah, als sei innen ein Stützkorsett angebracht.

»Ich bin Dr. Fortune«, stellte Reggie sich vor.

»Und ich heiße Donald Gordon, Doktor«, sagte das Männchen, ohne Zweifel Jude. »Moss und Gordon.« So hießen Miss Boltons Rechtsanwälte. »Danke für die Benachrichtigung. Die liebe, gute Birdie. Sie war ein Schatz. Nun zu den bitteren Tatsachen, bitte.« Er lispelte auf einnehmende Weise.

»Drinnen ist der Ermittlungsinspektor. Wie ein Elefant im Porzellanladen.«

»Kenn ich«, sagte Mr. Donald Gordon. »Na los, Doktor. Rücken Sie raus damit.«

»Gehen wir und gucken uns die Blumen an«, erwiderte Reggie und führte ihn in den Garten. Er erzählte ihm alles, was er wußte.

»Er hat Miss Weston also festgenommen, was?« lispelte der kleine Jude. »Ein eifriges Kerlchen.«

»Oh, ich nehme an, Mr. Ford hat er inzwischen auch verhaftet. Und wir sind auch bald dran. Er ist tatsächlich ein eifriges Kerlchen. Übrigens, Gordon, wer ist dieser Ford?«

»Nun ja. Ein unbeschriebenes Blatt, nicht wahr? Ich habe ihn erst einmal gesehen, Doktor. Man merkte, daß die gute alte Birdie in ihn verschossen war.«

»Ach, darüber hat Miss Weston also die Wahrheit gesagt.«

»Wieso, haben Sie ihr etwa nicht geglaubt, Doktor?«

»Wissen Sie, ich frage mich, ob ich überhaupt etwas glauben soll in diesem Haus.«

»So schlimm, wie?« lispelte Gordon.

»Genau so schlimm«, sagte Reggie. Der kecke kleine Jude war plötzlich ernst geworden, was Reggie sehr für ihn einnahm.

Mr. Gordon nickte ihm zu. »Birdie war einzigartig«, sagte er, und Reggie nickte zustimmend.

»Schöne Blumen, Doktor«, sagte eine fremde Stimme. Reggie drehte sich um und sah die schwerfällige Gestalt von Chefinspektor Bell daherkommen; er begrüßte ihn herzlich und machte ihn mit Mr. Gordon bekannt. »Bin ich *de trop*, wie man auf französisch sagt?« fragte Chefinspektor Bell. »Nein? Ich dachte schon, Sie hielten hier Kriegsrat.«

»Ach, ist Krieg?« fragte Reggie.

»Nun, Sie haben doch mit Inspektor Mordan gestritten.« Der Chefinspektor schüttelte den Kopf in Reggies Richtung.

»Das würde ich nie wagen. Er hat mit mir gestritten.«

»Schade drum.« Der Chefinspektor lächelte und rieb sich die Hände. »Ich muß Ihnen sagen, Doktor, daß ich alles gutheiße, was Inspektor Mordan veranlaßt hat.«

»Kraftvolle Burschen, die Polizei«, lispelte Mr. Gordon. »Kraftvolle Burschen. So kräftig.«

»Meinen Sie damit auch die Verhaftung von Miss Weston?« fragte Reggie. »Na, na. Sonst noch jemand, den Sie gern verhaften möchten?«

»Wen schlagen Sie vor, Doktor? Jetzt frage ich Sie mal – was hätten Sie denn getan?«

»Oh, ich bin nicht bei der Polizei.«

»Wir müssen ja so vorsichtig sein«, seufzte der Chefinspektor. »Das ist der Haken, wissen Sie. Ich frage mich, warum Sie mich hergerufen haben, Doktor?«

»Ich habe Angst vor Ihrem Inspektor. Er ist nicht sehr gesprächig. Ich will die Leiche photographieren.«

Der Chefinspektor wandte sich an Gordon. »Das ist eine Marotte von ihm, wissen Sie, so ist das. Er mag Leichen. Von Mann zu Mann, Doktor, arbeiten Sie für uns?«

»Darf ich?«

»Das ist sehr löblich. Ja. Inspektor Mordan, der hat eben seine Eigenheiten, so könnte man's nennen. Ich knöpfe ihn mir vor. Wollten Sie noch was sagen, Doktor?«

»Schöne Blumen, nicht wahr?« Reggie machte eine Kopfbewegung hinüber zum Rosenbeet unter Birdie Boltons Fenster. Es war sorgfältig gepflegt.

»Sieht aus, als würden sie ganz schön gehätschelt«, sagte der Chefinspektor, aber er sah dabei Reggie an und nicht die Rosen. »Stimmt was nicht, Sir?«

»Sehen Sie mal da«, sagte Reggie. Er deutete auf einen Zweig der Gloire de Dijon neben dem Fenster. Der Zweig hatte eine Knospe, war aber abgebrochen, und die Knospe hing schlaff und tot da.

»Der ist nicht erst gestern abend abgebrochen worden«, sagte der Chefinspektor.

»Nein. Das ist ja das Interessante daran«, erwiderte Reggie und wandte sich ab.

An der Eingangstür und in der Auffahrt herrschte nun

ein gewisser Verkehrsstau. Mr. Fords großer Wagen wartete immer noch. Reggies etwas bescheidenerer Wagen war wieder da mit der Kamera. Mr. Gordons und Chefinspektor Bells Taxis versperrten auch Platz. Und noch ein Taxi versuchte, an die Treppe heranzufahren.

»Wer ist das, Chefinspektor?«

»Ich glaube fast, das ist für Miss Weston.«

»Holen die sie gleich ab nach Holloway? Na ja. Ich meine fast, so ist's am besten.«

Aber Miss Weston würde nicht so sang- und klanglos mitgehen. Dafür sorgte schon Mr. Ford. Von der obersten Treppenstufe aus führte er einen Streit mit Inspektor Mordan; Trotz, Beleidigungen und vulgäre Flüche waren seine Hauptargumente. Es sei saublöd und verdammt unverschämt, Miss Weston zu verhaften, und es sei auch saumäßig unverschämt und verdammt blödsinnig undsoweiter undsofort. Währenddessen wurde das arme Mädchen von zwei Detektiven nach unten geleitet.

»Mein Gott, da könnten Sie genausogut mich verhaften!« schrie Mr. Ford in höchster Verzweiflung.

»Vielleicht tu ich das auch«, sagte der Inspektor gewichtig und sah ihn finster an. Mr. Ford erbleichte und wich zurück.

Auf der Treppe blieb Miss Weston stehen und drehte sich um. »O Edmund, nicht«, sagte sie. »Die können mir nichts tun. Das weißt du doch.«

Chefinspektor Bell nahm Reggie beiseite.

»Meinen Sie, das bringt Licht in die Sache?« fragte Reggie.

»Na, jedenfalls keinen Scheinwerfer«, sagte der Chefinspektor.

Miss Weston wurde abtransportiert. Mr. Ford, der völlig verdattert dreinsah, kam herunter, und Gordon ging zu ihm.

»Es wäre besser, Sie besorgten ihr einen Anwalt«, meinte Gordon.

»Ach Gott, ja, das ist eine Idee!« rief Mr. Ford und stürzte nach draußen.

Der Inspektor und sein Chef wechselten einen Blick und sahen Gordon an.

»Warum haben Sie ihn darauf gebracht, Sir?« fragte der Chefinspektor.

»Intuition, mein Junge«, sagte Gordon lächelnd. »Nettes Mädel, nicht wahr? Ich meine, unsere Firma ist Miss Boltons Testamentsvollstreckerin, und ich nehm an, das Vögelchen ist Alleinerbin.«

Der Chefinspektor spitzte den Mund. Der Inspektor lachte. »Es wächst, nicht wahr, Sir? Es wächst«, sagte er.

»Ich würde gern weitermachen«, sagte Reggie und gähnte.

»Richtig«, sagte der Chefinspektor und nahm den Inspektor beiseite.

Mr. Gordon folgte Reggie ins Boudoir; er war sehr bewegt beim Anblick der Leiche und sagte es auch. Reggie photographierte weiter – erst den Einstich am Hals, dann die kleineren Verletzungen, dann den Bluterguß an der Schulter. Just in dem Moment fand ihn Inspektor Mordan.

»Sie nehmen die falsche Seite auf, was?« spottete er.

»Oh, ich nehm alle Seiten auf. Schon mal probiert?« sagte Reggie.

»Also, sind Sie fertig, Doktor?« kam der kleine Jude dazwischen. »Kann man sie jetzt zudecken?«

»Ich laß die Leiche wegbringen, Sir. Wenn der Doktor ganz fertig ist«, sagte der Inspektor.

Und so wurde Birdie Boltons Leiche schließlich weggebracht in die Leichenhalle, und Mr. Gordon riß erleichtert die Fenster auf und machte sich an seine Arbeit, das heißt den Schreibsekretär und die Papiere. Er arbeitete zügig.... »Nichts da außer Liebesbriefen. Wo sie wohl ihr Testament aufbewahrt hat?«

»Im Schlafzimmer ist ein Safe, glaube ich«, sagte Reggie.

»Und ob, mein Lieber. Sie hatte ihren ganzen Schmuck im Haus, das weiß ich, und sie hatte ein paar ganz schöne Sachen, das arme Mädel. Also los, hier sind die Schlüssel.«

Sie gingen ins Schlafzimmer, und der kleine Jude steuerte auf den Safe zu. Reggie schlenderte im Zimmer umher. Es hatte einen Parkettfußboden mit Perserteppichen drauf. Vor dem Bett schob er einen davon beiseite. Auf dem Boden befand sich ein kleiner, dunkler Fleck, der noch nicht trokken war. Von Gordon kam ein Aufschrei, und Reggie drehte sich um. Gordon stand beim offenen Safe, und der Safe war, bis auf einige durcheinandergeworfene Papiere, leer.

»Nicht ein verdammter Armreif!« rief Gordon. »Nicht ein Schimmer von der ganzen Chose! Erinnern Sie sich an die Brustspange mit Rubinen und Diamanten? Und an die Perlen? Und das Zeug, das Indianer-Johnny ihr geschenkt hat! Mein lieber Schwan! Da hat aber jemand ausgeräumt.« Sein Gesicht verzerrte sich. »Doktor, Sie waren aber Zeuge, als ich den Safe aufmachte!«

»Ich war Zeuge«, sagte Reggie dumpf. »Wundert mich gar nicht.« Der kleine Jude schnappte nach Luft. »Erinnern Sie sich an den Smaragd, den sie immer trug? Der war nicht an der Leiche.«

»O Gott!« sagte Gordon und blätterte mit zitternden Händen in den Papieren. »Das hier ist ihr Entwurf. Mehr oder weniger alles da, mein ich. Wo ist das Testament? Ich weiß, daß sie ein Testament hatte. Hab es selbst aufgesetzt.«

»Was ist das?« fragte Reggie.

Der einzige unordentliche Gegenstand in diesem sehr ordentlichen Zimmer, ein Stück Papier, lag am Kamin. Gordon hob es auf. »Da ist es! Ja, ›May Grace Weston, meiner Gefährtin.‹ Das ist das Dokument. Zerknüllt und zerrissen!« Er pfiff durch die Zähne. »Als ob Birdie es zerstören wollte und dann – puff!«

»Als ob sie gerade dabei war, es zu zerstören«, stimmte Reggie ihm zu.

»Damit ist doch alles klar, oder?« sagte der kleine Jude. »Miss Weston – o je, das sanfteste Geschöpf, das es je gab. Was wiederum beweist, daß man nie wissen kann bei den Mädels, Doktor. Mädels, Mädels, Mädels! Na, diesen verdammten Polizisten müssen wir's wohl sagen.«

Und so sagten sie es Inspektor Mordan zu dessen größter Genugtuung, und auch Chefinspektor Bell, der plötzlich aufgetaucht war, hörte es und war damit einverstanden, daß man das ganze Haus nach dem gestohlenen Schmuck durchsuchte. »Auch Sie, meine Herren, kommen Sie bitte.« Er zwinkerte Reggie zu.

»Halten Sie mich unter Beobachtung?« grinste Reggie zurück.

»Sie sollen identifizieren, was wir finden«, sagte der Inspektor.

»Irgend etwas werden Sie schon finden«, sagte Reggie.

Er zeigte sich jedoch an der Durchsuchung wenig interessiert, schlenderte hinter den Männern her, während sie in den Zimmern der Dienstboten ein- und ausgingen, und stand gähnend in Ecken herum. Inspektor Mordan war schnurstracks in Miss Westons Zimmer gegangen und kam triumphierend wieder heraus. Er rief nach seinem Chef und holte Reggie und Gordon herbei. »Erkennen die Gentlemen das hier wieder?« Er machte seine breite Hand auf und zeigte ihnen den Ring mit dem großen Smaragd, den Birdie Bolton so geliebt hatte.

»Das ist er«, rief Gordon. »Das ist Birdies. Mensch! Das ist ein Stein, was?«

»In Westons Zimmer«, verkündete der Inspektor, »auf dem Boden; direkt unter dem Bett, in Westons Zimmer.«

»Ist das alles; nicht mehr?« murmelte Reggie.

»Ja, wo ist der Rest, Mordan?« fragte Chefinspektor Bell.

Der Inspektor schlug sich ärgerlich auf die Schenkel. »Verflixt, stimmt ja! Ich hab diesen Mistkerl Ford allein zu dem Mädel gelassen. Der ist jetzt mit der Beute abgehauen.«

»Kein schlechter Gedanke«, gab Reggie zu, und der Chefinspektor sah ihn prüfend an. »Sie sollten Ford beobachten lassen. Doch, ich mein's ernst. Wenn ich Sie wäre, Inspektor, würde ich sein Haus Tag und Nacht beobachten lassen.«

Der Inspektor war sichtlich zufrieden. »Ich weiß, was ich zu tun habe, danke«, sagte er. »Na, Doktor – es wächst, was?«

»O ja, wie in einem Treibhaus«, meinte Reggie lächelnd.

»Wie meinen Sie das?« fragte der Inspektor verwirrt.

»Sie sind so witzig, Mordan, verstehen Sie«, sagte der Chefinspektor.

»So, das hätten wir«, sagte Reggie und gähnte. »Sie brauchen mich ja jetzt doch nicht mehr. Bye-bye. Ach, Inspektor – ich möchte nicht, daß Sie eine Enttäuschung erleben. Der Mord ist nicht in dem Zimmer begangen worden, in dem Sie die Leiche fanden. Bye-bye!«

»Nicht in dem – –« Der Inspektor starrte ihm nach. »Du lieber Gott, der ist verrückt!«

»Na, dann lassen Sie sich doch von ihm anstecken, Mordan«, meinte der Chefinspektor.

Die Beteiligten trafen sich erst wieder bei der gerichtlichen Untersuchung. Bevor das Gericht tagte, stattete Chefinspektor Bell Reggie einen Besuch ab und fand ihn bei schlechter Laune. Dies war ungewöhnlich, und genauso ungewöhnlich in der Erfahrung des Chefinspektors war diese Blässe, diese gewisse Anspannung in Reggies sonst so vertrauenerweckendem, freundlichem Gesicht. Eine höfliche Frage nach seiner Gesundheit trug ihm eine schnippische Antwort ein. Es kam dem Chefinspektor fast so vor, als habe Dr. Fortune letzte Nacht durchgefeiert.

»Also, was ist?« knurrte Reggie. »Gibt's was Neues?«

»Ich bin eigentlich ziemlich enttäuscht«, sagte der Chefinspektor behutsam.

»Umso schlimmer für Sie. Ich sagte doch, Sie sollten Ford beobachten.«

»Das ist es ja, Sir. Haben Sie mich auf den Arm genommen?«

»Ach, verdammt noch mal, das hier ist ernst! Miss Bolton war meine Patientin. Außer mir darf niemand meine Patienten umbringen.«

»Sicher, das ist ganz richtig«, pflichtete ihm der Chefinspektor bei. »Aber wir haben ihn ja beobachtet, Sir. Nichts zu machen.«

»Sie haben ihm einen Ihrer Leute vor die Haustür gestellt, nehme ich an. Wozu soll das gut sein?«

»Sie sagen es«, stimmte ihm der Chefinspektor zu. »Eins haben wir jedoch rausgekriegt. Kurz bevor der Mord passierte, hat sein Vater ihm für die Heirat mit der Weston die Zustimmung verweigert. Außer von seinem Vater hat er keinen Penny. Das hat ihn vielleicht zur Verzweiflung gebracht – ihn und das Mädel. Sehen Sie, Doktor, es wächst tatsächlich.«

»Komischer Fall«, brummte Reggie. »Gehen Sie zur gerichtlichen Untersuchung? Leider kann ich Sie nicht hinfahren. Mein Chauffeur hat heute freigenommen.«

Also gingen sie zu Fuß zum Untersuchungsrichter, und unterwegs nutzte Chefinspektor Bell seine reichhaltige Erfahrung in der Kunst, vertrauliche Mitteilungen aus seinem Gegenüber herauszuquetschen. Vergeblich. Aber Reggie wurde sanftmütiger, merklich sanftmütiger, während er Chefinspektor Bell immer neue Rätsel aufgab.

Der Gerichtssaal war bis auf den letzten Platz besetzt. Der Untersuchungsrichter war sich seiner Bedeutung voll bewußt und nutzte sie in einer langen Ansprache weidlich aus. Der Gerichtsarzt benahm sich noch hochtrabender als sonst und bemühte sich redlich, so unverständliche Fachausdrücke zu benutzen, daß man sein Gutachten für die Geschworenen übersetzen mußte, und dann stritt er mit dem Untersuchungsrichter wegen der Übersetzung.

»Das ist ein Leben, was?« murmelte Mr. Gordon in Reggies Ohr.

Als letztes kam das, was die Abendzeitungen »dramatische Aussagen« nannten: das Hausmädchen, das die Leiche entdeckt hatte und während der Beschreibung wieder einen hysterischen Anfall bekam; Mrs. Betts, die May Weston schlafend daneben gefunden, sie geweckt und hatte sagen hören: »Ich war's, – oh, ich war's!«

»Sensation im Gerichtssaal« lautete die Schlagzeile. Der Untersuchungsrichter sah die Geschworenen über den Rand seiner Brille hinweg an, die Geschworenen tuschelten untereinander, und Miss Weston kam in den Zeugenstand. Wie der Kaplan vor einer Hinrichtung wies der Untersuchungsrichter sie darauf hin, daß sie nichts sagen mußte, das gegen sie verwendet werden könnte. »Ich will Ihnen alles sagen«, antwortete sie. Sie war sehr bleich in ihrem schwarzen Kleid und wirkte etwas teilnahmslos, aber ziemlich ruhig.

Was sie dann erzählte, war die komische Geschichte, die sie schon Reggie erzählt hatte, aber man ließ sie nicht reden, wie sie wollte. Der Untersuchungsrichter belästigte sie mit ständigen Zwischenfragen, die darauf abzielten, ihre verquere Geschichte noch verquerer erscheinen zu lassen. Er machte sie nervös, verwirrte und verängstigte sie. »Sie machen mich noch so durcheinander, daß ich nicht mehr weiß, ob ich die Wahrheit sage oder nicht«, stammelte sie.

Und dann, wie es in der Presse hieß, »noch eine Sensation«. Mr. Ford, groß und hochrot im Gesicht, sprang auf und brüllte: »Ich sollte eigentlich da stehen, Sir! Lassen Sie sie in Ruhe! Ich sollte eigentlich da stehen!«

Reggie nahm den Kopf zwischen die Hände und beugte sich stöhnend nach vorn.

Alle anderen regten sich sehr auf über Mr. Ford. Er wurde wieder auf seinen Sitz gezerrt. Der Untersuchungsrichter wies ihn ehrfurchtgebietend und hoheitsvoll zurecht. Der Vorsitzende der Geschworenen wollte wissen, ob man ihn noch aufrufen würde. Der Untersuchungsrichter verkündete, das Gericht erwarte selbstverständlich eine Erklärung von Mr. Ford – und kam wieder auf May Weston zurück.

»So ein Dummkopf; na, immerhin hat er es fertiggebracht«, murmelte Reggie zu Mr. Gordon hinüber, und Gordon nickte grinsend. Denn nach dieser Unterbrechung behandelte der Untersuchungsrichter May Weston viel behutsamer, fast nachsichtig, wie ein netter Mensch, der Mitleid hat mit einem schwachen Weib. Und bald kam er mit ihr zum Ende.

»Gibt's noch Fragen?« Er sah die Anwälte an. Reggie beugte sich vor und flüsterte Miss Westons Verteidiger etwas zu.

Der breite, unauffällige Mann erhob sich. »Nun, Miss Weston, das mit dem Kaffee.« Er bekam seinen Lohn. Jeder im Gerichtssaal, und nicht zuletzt Miss Weston, schaute ihn überrascht an. Langsam lockte er (sie schien bei jeder Frage noch verwirrter) die ganze Geschichte mit dem Kaffee nach dem Abendessen aus ihr heraus. Der Kaffee war, kurz bevor Mr. Ford kam, im Boudoir serviert worden; niemand außer ihr hatte mit Mr. Fords Kommen gerechnet; für Mr. Ford war noch eine Tasse gebracht worden; Mr. Ford und sie hatten beide ihren Kaffee ausgetrunken. Miss Bolton – nun, Miss Bolton hatte den ihren nicht getrunken. Miss Bolton war sehr ausgelassen gewesen und hatte bei ein paar Tanzschritten ihren Kaffee verschüttet.

»Keine Fragen mehr, Sir.« Der breite Anwalt lächelte und setzte sich.

Der Untersuchungsrichter wußte offensichtlich nicht, was er davon halten sollte, und blätterte umständlich in seinen Akten. Es war nun weit über die Teestunde hinaus. »Ich denke, wir werden wohl heute nicht mehr fertig, Gentlemen!« meinte er.

»Ganz unmöglich, Sir«, sagte der breite Anwalt gut gelaunt. »Ich habe hier noch ein ziemlich ausführliches medizinisches Gutachten. Dr. Fortune, Miss Boltons Arzt. Der erste Mediziner, der die Dame untersuchte. Der erste Mediziner, der Miss Weston untersuchte.«

Das Gericht erhob sich. Reggie ging mit Gordon im Schlepptau durch die Tür, die die Anwälte benutzt hatten; draußen begegnete er Chefinspektor Bell, der auf ihn wartete. »Na, spielen Sie jetzt mit, Doktor?« fragte Chefinspektor Bell niedergeschlagen.

»Bis zum bitteren Ende«, lachte Reggie. »Kommen Sie, wir gehen essen. Bringen Sie Mordan mit. Er ist so aufheiternd.«

»Wir müssen diese Kleinigkeiten ebenso ernst nehmen«, murmelte der Chefinspektor.

Trotzdem quetschten sich die vier, der Chefinspektor,

der lange Inspektor, Reggie und der kleine Jude, in ein Taxi und fuhren in die Stadt. Reggie brillierte mit gepflegter Unterhaltung. Er züchtete Schwertlilien und erzählte ihnen alles über Schwertlilien und fügte zwischendurch einige Bemerkungen über Varietékostüme hinzu.

Ein paarmal versuchte Chefinspektor Bell seine Aufmerksamkeit auf ernste Themen zu lenken. Vergeblich. Schließlich platzte Inspektor Mordan heraus: »Sagen Sie mal, Doktor, was soll der Witz mit dem Kaffee?«

»Der Inspektor hat's erfaßt. Keine Sorge, bald wird sich alles klären. Es gibt da eine wunderhübsche Schwertlilie aus dem Himalaya – –«, und voller Begeisterung wandte er sich wieder dem Gartenbau zu.

»Wohin fahren wir denn, Doktor?« fragte der Chefinspektor. Das Taxi, das schon ein Weilchen durch die Stadt gefahren war, schien das andere Ende der Stadt anzusteuern – eine Gegend, in der kein gutes Abendessen zu erwarten war. Während er das sagte, bogen sie in die Liverpool Street zum Bahnhof ein.

»Liverpool Street, du liebe Zeit!« sagte der Inspektor. »Das wird ein Gelage. Fahren Sie jetzt mit uns nach Epping Forest, Doktor?«

»Vielleicht noch weiter«, sagte Reggie, und Gordon lachte.

»Sind Sie im Bilde, Sir?« Der Inspektor wandte sich zu ihm.

»Berufsgeheimnis, mein Lieber.«

Reggie ging voraus ins Bahnhofsrestaurant. »Ich kenne den Koch nicht. Aber hoffen wir das Beste. Ein anstrengender Tag und ein ereignisreicher Abend. Das braucht Ausdauer. Ausdauer, und keine Müdigkeit vorschützen. Ich sehe, es gibt Lachs. Danach vielleicht Lammkoteletts. Eins von ihren jüngeren Entchen würde mir munden. Können Sie schlafen nach einem Burgunder, Inspektor? Ein milder Abend, wie man so schön sagt. Larose ist ein anregender Roter. Heute sind wir mal anregend.«

»Na, Sie tun ja ziemlich überheblich«, beklagte sich der Inspektor.

»Wie können Sie so etwas behaupten? Ich spare doch den ganzen Ruhm für Sie auf. Ruhm auf Eis. Alles klar für Inspektor Mordan. Also, pflücke die Rose, solange sie blüht. Da wir von Rosen sprechen, was halten Sie von der österreichischen Weinrosen-Kreuzung?« Er erläuterte seinem schweigenden Publikum, was er davon hielt, leitete geschickt über auf seine Wertschätzung für den Lachs, den er in Waterford gegessen hatte, in Exeter und in Berwick. Es gibt wenig Menschen, die sich nicht gern übers Essen unterhalten. Die Detektive gaben ihre höchst wertvollen Erfahrungen mit gutbürgerlicher Küche zum besten, und das Abendessen verlief recht fröhlich. Später wurde Reggie still und sah auf die Uhr. Er schien Inspektor Mordan nicht einmal mehr seinen Käse zu gönnen, und sobald dieser ihn hinuntergeschluckt hatte, stand er auf.

»Also, Doktor, ich finde, wir hätten eigentlich noch einen Kaffee trinken sollen«, kicherte der Inspektor.

Aber Reggie ging bereits zum Ausgang. An der Tür stand sein Chauffeur und hielt nach ihm Ausschau. Reggie trieb die Detektive zu mehr Eile an und folgte dem Chauffeur nach draußen. Der führte sie an den Hauptbahnsteig. Es war bald Zeit für den Zug zum Boot nach Harwick. Ein dunkler, drahtiger Mann gab gerade Gepäck nach Amsterdam auf. Neben ihm stand eine üppige Frau mit einem Schleier vor dem Gesicht. Beide trugen Koffer. Als der Mann sich umdrehte, stieß er mit Reggie zusammen, der in die andere Richtung schaute, und hatte anscheinend Probleme, sich loszumachen. Er funkelte Reggie an und eilte davon. Die Frau lief voraus.

Reggie packte Chefinspektor Bell am Arm. »Sehen Sie das Pärchen da? Beide festnehmen. Taschendiebe. Schnappen Sie sich das Gepäck.«

Bell und Mordan liefen dem Pärchen hinterher. Bell tippte dem Mann auf die Schulter, und der drehte sich schnell um.

»Dacht ich mir's doch. Sie kommen gleich mit aufs Revier, mein Lieber«, sagte Chefinspektor Bell mit bewundernswerter Gelassenheit.

»Was ist denn?« rief der Mann. Er hatte einen leichten ausländischen Akzent. »Was für ein Revier? Was soll das heißen?«

»Das wissen Sie ganz genau«, sagte der Chefinspektor. »Chefinspektor Bell von Scotland Yard.«

»Ich weiß überhaupt nichts«, protestierte der Mann. »Was wollen Sie von mir?«

Die Frau bemerkte Reggie. Sie zischte dem Mann etwas in einer fremden Sprache zu, drehte sich um und wollte davonlaufen. Der Chefinspektor packte sie. Inspektor Mordan geriet in ein Handgemenge mit dem Mann. Obwohl der Inspektor groß und kräftig war, lag er im Handumdrehen auf dem Rücken, und der Mann machte sich davon. Reggie schoß in Rugbymanier auf seine Beine zu, und sie gingen gemeinsam zu Boden.

Da tauchte die Bahnhofspolizei auf. Der Mann bekam Handschellen angelegt, und er und die Frau und die zwei Detektive wurden in ein Taxi verfrachtet. Reggie und Gordon fuhren in einem anderen hinterher bis zur Polizeiwache in Old Jewry.

Als sie ankamen, waren die beiden Gefangenen bereits im Vernehmungsraum; die Frau schimpfte heftig. Der uniformierte Inspektor am Schreibtisch und sein Kollege in Zivil fanden es höchst belustigend, Chefinspektor Bell und Inspektor Mordan waren peinlich berührt. Warum sie sie und ihren Mann angegriffen hätten? Warum? Sie seien anständige Leute. Sie würde sich das nicht gefallen lassen.

»O Flora, Flora!« Reggie schüttelte den Kopf.

Die Frau wirbelte zu ihm herum. »Sie! Ach, Sie sind das also, der Doktor. Sie sind ein Verräter. Sie sind ein ganz gemeiner Schuft. Ich spucke auf Sie.« Und sie tat es. Der Mann sagte irgend etwas in dem komischen Dialekt, den sie untereinander benutzten, worauf sie schwieg.

Der Polizist in Zivil kam grinsend auf die beiden zu. »Ach, Bunco! Mein guter, alter Freund Bunco! Was ist es denn diesmal, alter Junge?« Der Mann sah finster drein. Obwohl er staubig und zerzaust von dem Kampf war und die schmählichen Handschellen trug, hatte er doch noch eine gewisse arrogante Würde. Trotz seiner schmalen Gestalt war er kräftig gebaut, und die Stärke, mit der er Mordan überwältigt hatte, zeigte sich in seiner Haltung. Er hatte ein dunkles Gesicht mit Adlernase, einen stolzen Blick, aber leidenschaftlich und grausam.

»Wie lautet die Anklage, Doktor?« fragte Chefinspektor Bell.

»Oh. Unter anderem – Mord an Wilhelmina oder auch Birdie Bolton«, sagte Reggie gedehnt. »Durchsuchen Sie die beiden.«

»Gemeine Lüge!« kreischte Flora und hörte nicht mehr auf zu kreischen.

Reggie und Gordon saßen in einem Nebenraum und rauchten, als Bell und Mordan mit dem Ergebnis der Durchsuchung kamen. Ein Koffer wurde auf den Tisch gestellt und geöffnet, er schien voller Licht: eine Menge Schmuck.

»Können Sie das hier identifizieren, Gentlemen?« fragte Mordan.

Chefinspektor Bell legte ein Messer auf den Tisch. Ein ungewöhnliches Messer, ziemlich lang, ziemlich schmal und ziemlich stabil. »Das kann ich identifizieren«, sagte Reggie und nahm es in die Hand. »Mit dem Ding wurde sie umgebracht!«

»Mensch!« sagte Mr. Gordon. »Sie hatten den richtigen Riecher, Doktor. Das sind auf jeden Fall Birdies Sachen. Die Rubine würde ich überall erkennen.«

»Wer ist der Mann?« fragte Reggie.

Chefinspektor Bell ließ sich wieder auf seinen Stuhl plumpsen. »Und das fragt er mich.« Er wandte sich flehend an die anderen. »Ich bitte Sie. Und das fragt er mich! Die Frau – na, das ist natürlich Miss Boltons Hausmädchen. Aber der Mann – –«

»Oh, das ist Fords Chauffeur. Ich sagte Ihnen doch, Sie sollten Ford beobachten. Aber Sie haben sich eben auf die

Treppe vor seine Wohnung gesetzt. Sie haben mir einen Haufen Schwierigkeiten gemacht, wissen Sie. Ich war die ganze letzte Nacht auf. Der Chauffeur wohnt natürlich nicht im gleichen Haus. Aber wer ist es?«

»Bei der Polizei nennen wir ihn Bunco«, sagte der Chefinspektor sanft. »Er ist Juwelenräuber. Ziemlich top in der Zunft. Austro-Amerikaner, denke ich. Ich glaube, er heißt Nastitch – Alexander Nastitch oder Supilo.«

»Kroate, glaube ich«, sagte Reggie. »Das Messer da – wird dort unten gern benutzt.«

»Mensch! Sagen Sie mal, was wissen Sie eigentlich nicht?« staunte der kleine Jude.

Reggie lachte. Man wird vielleicht schon gemerkt haben, daß er ein bißchen eitel ist. Er ließ seine Zigarrendose herumgehen. »Wo soll ich anfangen?« sagte er.

»Am Anfang, bitte.« Mordan grinste.

»Der Inspektor hat's erfaßt, wie immer. Also, es war nicht ganz fair. Ich hatte Ihnen gegenüber nämlich einen Vorsprung. Am Tag vor dem Mord suchte Birdie Bolton mich auf. Sie schlief in letzter Zeit nicht gut. Hörte bei Nacht Geräusche. Jetzt durchschauen Sie's, nicht wahr? Nein. O je, o je. Die abgebrochene Rose hab ich Ihnen doch gezeigt! Na also. Unsere zwei Herzchen, Flora und Nastitch, also ich glaube, die haben sich die Jobs verschafft, um an die Juwelen ranzukommen. Nastitch hatte als Fords Chauffeur einen Vorwand, im Hause rumzulungern und hatte ein Auto zur Verfügung. Er brachte den Wagen ein paarmal erst in den Morgenstunden in die Garage zurück. Ich glaube, letzte Woche ist er durch ein Fenster eingestiegen – vielleicht mehr als einmal. Und jedesmal hat sich die liebe Birdie gerührt. Wäre besser für sie gewesen, sie hätte es nicht getan, das arme Mädel. Aber einen Mord hatten sie nicht eingeplant, die Guten. Darum beschlossen sie, sie zu betäuben. In dem Kaffee war Morphium. Und wie Sie heute gehört haben, hat Birdie den ihren nicht getrunken. Noch ein unglücklicher Zufall. Also ist May Weston eingeschlafen, während Birdie ihren Wutanfall hatte. Birdie stürmte dann wutentbrannt in ihr Zimmer. Ob sie das Testament hervorgeholt und zerrissen hat, werden wir nie erfahren. Das war vielleicht Floras kleiner Trick. Nastitch kam rein, er rechnete damit, daß sie fest schlief, und Flora war, glaube ich, auch dabei. Birdie war aber hellwach. Es gab ein Handgemenge, und er erstach sie. Er ist ein hitziger Teufel, wie Sie ja heute gesehen haben.«

»Das ist ja alles ganz nett, Doktor, aber das sind noch keine Beweise«, sagte Mordan.

»Immer mit der Ruhe. Als sie tot war, trugen sie sie ins Boudoir, wo die Weston schlief. Sie legten sie aufs Sofa und stachen mit der Schere und der Haarnadel auf sie ein. Ein schmutziger Trick. Und das hat May Weston in ihrem Rauschtraum gesehen. Und dann, glaube ich, räumten sie den Safe aus, und Nastitch ging. Flora riß sich den Smaragdring unter den Nagel. Ihr Anteil, nehme ich an. Also, jetzt kriegen Sie Ihre Beweise. Als ich zu der Leiche kam, konnte ich sehen, daß die Sache niemals mit der Schere hatte ausgeführt werden können. Haben Sie schon mal versucht, jemanden mit einer Schere umzubringen, Inspektor? Funktioniert nicht. Nein. Dazu braucht man so etwas.« Er berührte liebevoll das Messer. »Genau so etwas. Außerdem hat jemand sein Erkennungszeichen auf Birdie hinterlassen

– eine ungewöhnliche Hand – eine nicht ganz vollständige Hand – lange Finger, und das oberste Glied fehlte. Haben Sie sich mal Mr. Nastitchs linke Hand angesehen?«

Die Detektive schauten einander an.

»Das war damals bei dem Einbruch in New York«, sagte der Chefinspektor. »Er ist durch ein Fenster geflüchtet, und ein Polizist hat ihm auf dem Fensterbrett die Hand zertrümmert.«

»Darum habe ich die Wunde und den Bluterguß photographiert. Nun, als ich die Weston sah, merkte ich, daß sie wirklich unter Drogen stand. Kontraktierte Pupillen, bläuliche Blässe. Morphium. Dieselben Symptome bei Ford. Warum sollten sie selbst Drogen nehmen und Birdie nicht auch betäuben? Die waren's also nicht. Und dann habe ich Flora in Birdies Schlafzimmer ertappt, wie sie sich am Bett zu schaffen machte. Als ich mich danach etwas umsah, bemerkte ich unter einem sauberen Teppich einen feuchten Blutfleck. Als Flora erfuhr, daß die Weston verhaftet worden war und man den Schmuck suchte, schmiß sie den Ring ins Zimmer der Weston. Während Sie das Haus durchsuchten, ging ich in Floras Zimmer hinüber. Da standen ein paar Arzneiflaschen herum. Eine davon war leer. Sie hatte eine starke Morphiumlösung enthalten. Also hab ich Flora von meinem Chauffeur beobachten lassen. Und an dem Abend ging sie zu Nastitchs Behausung. Seither ist sie immer da herumgeschwirrt. Was sagen Sie nun?«

»Na ja, Sir, gut, daß Sie nicht Verbrecher geworden sind«, sagte Chefinspektor Bell.

»Oh, das ist noch viel komplizierter«, meinte Reggie.

## Fall 3

### *Ein nettes Mädchen*

Mancher wird groß geboren, der andere erreicht Größe, und manchem fliegt Größe einfach zu. Und das war Dr. Reginald Fortunes Problem. Er war Spezialist geworden, und, wie er jedem sagte, der es hören wollte, hielt er dies für einen absurden Zustand. Denn er interessierte sich für alles und nicht nur für eine Sache. Und gerade diese Vielseitigkeit in geistiger und geschmacklicher Hinsicht hatte ihn zum Spezialistentum verdammt. Eine absurde Welt also.

Das Kriminalkommissariat, Anwälte und andere, die sich mit jenen Experimenten in der Sozialreform beschäftigen, die man Verbrechen nennt, hatten durch ihre fortgesetzten Appelle an seine mannigfaltigen Kenntnisse und an sein scharf beobachtendes Auge aus Dr. Reginald Fortune, einem praktischen Arzt in Westhampton, einen Mr. Fortune aus der Wimpole Street gemacht, Spezialist für – sagen wir – die Chirurgie des Verbrechens. Und Reggie Fortune, obwohl ihn die Abwechslung bereicherte, wußte das nicht zu schätzen. Er mochte einfache Dinge und hätte jederzeit einen Mordfall gegen Windpocken eingetauscht. Daher also sein unvergleichliches, gesundes Urteilsvermögen.

Reggie saß gerade in dem Club, den er von allen am liebsten mochte, weil keines der Mitglieder eine Ahnung hatte, was sein Beruf war. Gerade hatte er eine lebhafte Diskussion über die vorgeschichtliche Kunst in Französisch-Kongo beendet und war im Aufbruch begriffen, als der Fernschreiber neben ihm summte und klickte und er stehenblieb, um nachzusehen.

»Mord an Sir Albert Lunt«, stand auf dem Band zu lesen. »Ach du meine Güte!« sagte Reggie. Das Band setzte die Unterhaltung folgendermaßen fort: »Sir Albert Lunt, der bekannte Minenmagnat, wurde heute nachmittag im Hirschgehege seines Anwesens in Prior's Colney, Bucks, tot aufgefunden. Die Leiche wurde von einem Angestellten entdeckt, und zwar unter Umständen, die ein Gewaltverbrechen nahelegen. Die ärztliche Untersuchung ergab, daß der Verstorbene erschossen wurde. Die Bezirkspolizei nahm den Fall auf und leitete die Fahndung nach – –« hier war der Text zu Ende, und vom Band war nur noch der Summton zu hören.

Reggie starrte es mit düsteren Befürchtungen an. »Ich glaube allmählich, die Schufte lassen sich bloß umbringen, um mich zu belästigen«, dachte er bei sich, als ihm plötzlich ein gutgelaunter Teehändler (Großhandel – bei diesem Club handelte es sich um einen höchst respektierlichen) auf die Schulter schlug und fragte, was es Neues gäbe. »Das tun die bloß, weil sie wissen, daß es mich reizt«, sagte Reggie und hielt ihm das Band hin.

»Albert Lunt!« sagte der Teegroßhändler und pfiff durch die Zähne. »Na, den wird niemand vermissen!«

»Glauben Sie nur das nicht«, stöhnte Reggie und ging.

Auf dem Nachhauseweg stürzte das leidenschaftliche Interesse, das die Welt an Sir Albert Lunt hatte und das sich gefühlvoll in Zeitungsreklamen äußerte, auf Reggie ein. Als er zu Hause ankam, stand Samuel Baker, sein Faktotum, bereits im Hausflur herum.

»Ach, schauen Sie doch nicht so erwartungsvoll, Sam. Da wird man ja wahnsinnig«, beklagte sich Reggie.

Samuel Baker grinste. »Sie wollen alle Zeitungen, Sir?«

»Kann schon sein!«

»Ich hole alle Ausgaben, sobald sie erscheinen, Sir. Brauchen Sie ein Photo von Sir Albert?«

»Weg, Sam.« Reggie winkte ab. »Weg mit Ihnen, Sam. Können Sie mir einen Grund nennen, warum manche Burschen umgebracht werden? Weil andere ihnen das Wasser nicht reichen können.«

Während er sich umzog, warf Reggie einen Blick in die Zeitungen. Sie berichteten ausführlich über Sir Albert Lunt. Seine Karriere, obwohl mit dem gebührenden Feingefühl für Leute behandelt, die reich sterben, war ein spektakuläres Thema. Sir Albert Lunt war mit seinem hinterbliebenen Bruder Victor in den frühen Jahren der Diamantensuche nach Südafrika gegangen. Sein erster Beruf blieb diskret verschleiert. Ein paar Hinweise auf seine lebenslange Leidenschaft für den Sport erinnerten Eingeweihte an die Tatsache, daß er und sein Bruder auf dem Gebiet der Taschenspielerei einmal führend gewesen waren. Sir Albert war, immer in enger Verbindung mit Victor, im zweiten Stadium der Diamantenfelder ans Tageslicht getreten, damals, als Geschäftsleute noch auf den Spuren von Abenteurern wandelten. Es war schon immer Sir Alberts Gewohnheit gewesen, im zweiten Stadium der Dinge aufzutauchen. Die Zeitungsbiographien nannten es höflich

Umsicht und Urteilsvermögen. Er war immer in der glücklichen Lage gewesen, die Erfolge anderer Leute einzuheimsen. Es gab ein paar komische Geschichten über seine Machenschaften in Kimberley und Johannesburg und auch ein Gerücht über einen Zusammenstoß mit Cecil Rhodes, bei dem Rhodes mit einer gewissen Deftigkeit gesagt hatte, was er von den Gebrüdern Lunt hielt.

Also hatten finstere Methoden und Tricks, die in Kimberley und Johannesburg damals ja auch die Regel waren, Albert Lunt zum Millionär gemacht. Er war damit noch nicht zufrieden. In Südafrika wurde es ihm zu eng. Oder zu heiß? Er hatte seine ›Unternehmen‹ überall auf der Welt verstreut. Er war ›interessiert‹ an mandschurischem Zinn und am Kupfergürtel von Belgisch-Kongo. »Einer der Erbauer unseres neuzeitlichen Empires«, hieß es in den Abendzeitungen weise.

Wie Sir Albert zu seinem Titel kam war eine Geschichte, die man geflissentlich im dunkeln ließ. Viel wurde geschrieben über sein pompöses Leben in England, seinen Rokoko-Palast, der fast, aber nicht ganz, an der Park Lane lag, über die Pseudo-Prächtigkeit in Prior's Colney – den Ballsaal, der auf den See hinausging, und das Speisezimmer mit der Silbertäfelung. Der unterrichtete Leser konnte sich denken, daß Sir Albert nicht nur ein dreistes, sondern auch hartes und hektisches Leben geführt hatte.

»O ja«, sagte Reggie Fortune.

Als er gerade dabei war, den Mantel anzuziehen, kam Sam mit einer Photographie von Sir Albert, und Reggie setzte sich, um sie zu betrachten. Ein dicker Mensch mittlerer Größe, ziemlich auffällig gekleidet; ein langes, dickliches Gesicht, fast wie bei einem Pferd, aber mit hervorquellenden Augen – ziemlich alltäglich. Nur der Gesichtsausdruck bewirkte, daß Reggie sich den Kerl genauer ansah. Unter dem Lächeln für die Kamera lag ein ausgeprägter Ausdruck von Unverschämtheit und Arroganz. Der Eigentümer dieses Gesichts würde keiner Menschenseele je erlauben, sich gegen ihn etwas herauszunehmen. Das war das Geheimnis von Sir Albert Lunts Erfolg. »Menschenskind, kein Wunder, daß jemand das Vieh umgebracht hat«, sagte Reggie. »Entschuldbarer Schweinemord.«

Worauf Reggie mit seiner Schwester abendessen ging, deren Mann im Finanzministerium tätig war; mit ihr verbrachte er – ganz erwartungsgemäß – einen angenehmen, verträumten Abend.

Als er nach Hause kam, warteten zwei Telegramme auf ihn.

Nummer eins: »Wurde zum Lunt-Fall gerufen. Will Sie sprechen. Lady Lunt will auch unbedingt Ihre Meinung. – GERALD BARNES.«

Nummer zwei: »Will Sie wg. Lunt-Fall sprechen. Bitte Treffen Prior's Colney morgen früh. – LOMAS.«

Reggie pfiff durch die Zähne. »Sollen sie nur alle kommen«, sagte er.

Gerald Barnes war zu Reggies Assistenzarztzeit im St. Simon-Krankenhaus Chefchirurg gewesen und hatte dann irgendwo in Buckinghamshire eine Praxis aufgemacht. Der Ehrenwerte Stanley Lomas war Leiter des Kriminalkommissariats.

»Hatten die vielleicht Streit?« sagte Reggie lächelnd zu sich selbst. »Blinder Eifer in Prior's Colney. Sam! Nach dem Frühstück den Wagen. Wir wollen mal was erleben.« Dann ging er zu Bett.

Am nächsten Morgen jedoch, als er gerade fertig war mit dem Frühstück, erfuhr er, daß Schwester Dauntsey ihn sprechen wollte und daß es sehr dringend sei. Schwester Dauntsey arbeitete am St. Simon-Krankenhaus und hatte eine besondere Vorliebe für Reggie, der sie (wohlgemerkt ganz väterlich) gut leiden mochte, weil sie so sanft und freundlich und hübsch war. Eine nette Figur, ein Paar ehrliche graue Augen, ein gesunder Teint und ein einladender roter Mund – das waren Schwester Dauntseys beste Reize, aber mit ihrer schlichten Wesensart betonte sie das alles noch. »Englische Schönheitstypen – Dritter Preis: Schwester Dauntsey«, hatte mal jemand gesagt. Und man hatte das Gefühl, daß es stimmte.

An diesem Morgen sah Schwester Dauntseys nettes Gesicht verstört aus, und sie hatte nichts von ihrer üblichen Gelassenheit. »O Mr. Fortune, Sie müssen mir helfen!« Sie lief auf Reggie zu. »Es geht um den Lunt-Fall.«

»Also, was in aller Welt haben Sie denn mit dem Lunt-Fall zu tun?«

Schwester Dauntsey errötete. »Ich bin verlobt, Mr. Fortune«, sagte sie.

»Na, der Glückspilz. Und ich hoffe, Sie sind auch glücklich dabei.«

»O ja«, sagte Schwester Dauntsey voller Überzeugung. »Man hat ihn verhaftet. Sie sagen, er hätte Sir Albert Lunt umgebracht. Mr. Fortune, helfen Sie uns!«

»Wer auf Gottes Erdboden ist denn der Glückspilz?«

»Er heißt Vernon Cranford. Er ist Mineningenieur. Oh,

er war schon überall. Wissen Sie, er ist der geborene Entdecker. Er hat in Portugiesisch-Ostafrika eine Kupfermine entdeckt, eine der reichsten Minen der Welt. Vor einem Jahr kam er nach Hause und erzählte Sir Albert Lunt davon, und Sir Albert schickte ihn los, damit er die Stelle bezeichnete. Es war eine Art Expedition, verstehen Sie. Und dann wurde Vernon unterwegs irgendwie abgehängt. Die anderen haben ihn betrogen. Und als er wieder nach Mozambique kam, erfuhr er, daß die anderen behauptet hatten, die Mine sei ihre. Sie hatten sich – wie sagt man? – die Konzession gesichert, die Besitzrechte. Ist das nicht schlimm? Vernon wurde fuchsteufelswild. Ich weiß nicht, wie es passiert ist. Er ist erst am Montag zurückgekommen. Ich weiß, er dachte, Sir Albert Lunt sei schuld. Er sagte, er würde zu ihm gehen und ihn zur Rede stellen. Er wollte gestern zu ihm gehen. Und dann bekam ich gestern abend diese Nachricht von ihm.« Sie hielt sie ihm hin, wollte sie dann doch nicht aus der Hand geben und las vor.

*»Liebe Jo – Mach dir keine Sorgen.*
*Man hat Lunt erschossen aufgefunden,*
*und die Polizei hat mich geschnappt. Nimm's*
*nicht so schwer, immer mit der Ruhe, wir*
*kriegen das schon wieder hin –*
*Immer der Deine,*
*V.«*

Schwester Dauntsey sah Reggie mit aufgerissenen Augen an.

»Klingt fast so, als wüßte er, was los ist«, murmelte Reggie. »Und weil es sich so verhält, wollen Sie, daß ich den Fall übernehme. Warum?«

Schwester Dauntsey stutzte. »Na, um ihn wieder rauszukriegen natürlich, – um ihn zu verteidigen.«

»Ja. Wir wollen aber nichts überstürzen. Ehrlich, war er's denn?«

Schwester Dauntsey erhob sich. »Er ist mein Verlobter, Mr. Fortune«, sagte sie würdevoll.

»Stimmt. Das ist das Beste, was ich von ihm weiß. Viel mehr weiß ich aber nicht.«

»Und ich bin sicher, daß er unschuldig ist.«

»So einer ist er also, was?«

»Genau so einer«, sagte Schwester Dauntsey, und ihre Augen funkelten dabei. »Er würde nie etwas tun, das nicht absolut sauber ist.«

»Dann braucht er wohl eher einen Anwalt. Meinen Sie, er hat einen?«

»Mit so etwas hätte er nie gerechnet.«

»Sagen Sie ihm, er soll Moss und Gordon nehmen. Fragen Sie nach Donald Gordon und sagen Sie, ich hätte Sie geschickt.«

»Ich will aber Sie, Mr. Fortune. Sie wissen genau, so einen wie Sie gibt's nicht noch mal.«

»Da werd ich aber rot. Da werden wir beide rot.« Reggie lächelte sie an. »Also, Schwester, zwei andere Leute haben mich auch in den Lunt-Fall gerufen.« Schwester Dauntsey stieß plötzlich einen Schrei aus, und ihr hübsches Gesicht sah mitleiderregend aus. »Nehmen Sie's nicht so schwer, immer mit der Ruhe, wie V. Cranford sagt. Ich fahre jetzt runter nach Prior's Colney, um zu erfahren, wen ich vertreten soll. Ach, Kindchen, weinen Sie doch nicht. Ich hab den Verdacht, daß meine Wahl auf Sie fällt. Also, seien Sie jetzt brav und bringen Sie Donald Gordon zu ihm.«

Schwester Dauntsey streckte ihm die Hände entgegen. »O Mr. Fortune, unternehmen Sie nichts gegen ihn«, rief sie.

Als er in seinem Wagen in Sicherheit war, beriet Reggie mit sich selbst. »Ein Lämmchen ist sie. Verdreht einem aber ganz schön den Kopf. Na ja. Da muß ich Junker Lomas gleich mal drauf ansetzen.«

Es war ein klarer, kalter Frühjahrsmorgen, und Reggie mummelte sich in seinen Pelz ein. Er konnte den Ostwind nicht leiden. Er fand, es sollte eine Sperrzeit für Morde geben. Er war gerade dabei, ein Schema auszuarbeiten, bei dem die Mord- und die Kricketsaison zusammenfielen, als sie ungefähr fünfundzwanzig Meilen außerhalb von London an einem scheußlichen Gebäude vorbeifuhren. Es lag abseits der Landstraße etwas erhöht auf einem kleinen Hügel. Es war ein leuchtendroter Backsteinbau mit blütenweißen Steinen, die so angebracht waren, daß es aussah wie Speckstreifen von einem Schwein, das an Epilepsie gestorben war. Es war mit den unvorstellbarsten Ornamenten geschmückt, mit Säulen, Zinnen, einem spitzen Turm, Erkerfenstern, einer Kuppel, Schornsteinen im Tudor-Stil und anderem Hochzeitstorten-Schnickschnack.

Reggie schüttelte sich und rief zu seinem Faktotum hinüber, der neben dem Chauffeur saß: »Sam, wem gehört denn dieser Alptraum?«

»Das muß Colney Towers sein, Sir. Mr. Victor Lunts Haus.«

Reggie stöhnte. »Und Victor lebt noch!«

Ein paar Meilen weiter gelangten sie in ein Dorf, das hübsch und friedlich gewesen sein mußte, bevor skrupellose Burschen dort Gartenhäuschen im Vorstadt-Stil hingestellt hatten. Der Wagen machte vor einem soliden roten Backsteinbau im Stil Georgs v. halt, der das Schild von Dr. Gerald Barnes trug.

Gerald Barnes war ein rosiger junger Mann, der aussah wie ein Bauer und sich auch so kleidete. »Also, das ist wirklich nett von Ihnen. Schöner Tag heute, was?« legte er gleich los.

»Haben Sie ein Feuer, Barnes – ein großes Feuer? Legen Sie mich drauf«, sagte Reggie. »Und tun Sie nicht so fröhlich. Das regt mich auf.« Immer noch im Pelzmantel ließ sich Reggie vor dem Kamin im Sprechzimmer nieder. »Also, wozu brauchen Sie mich?«

»Na, ich selber brauche Sie nicht direkt, obwohl ich gern wissen will, was Sie davon halten. Es ist eher Lady Lunt. In medizinischer Hinsicht ist es ein ziemlich klarer Fall. Man hat Lunt in die Brust geschossen, und die Kugel blieb in der Wirbelsäule stecken, eine 38er Revolverkugel. Es gibt also keinen Zweifel über die Todesursache, was? Aber da sind noch ein paar eigenartige Umstände. Der rechte Daumen scheint verstaucht zu sein. Über dem linken Auge ist eine böse Wunde – scheint von einem Schlag herzurühren.«

»Klingt scheußlich. Was soll ich dabei?«

»Also, ich werde nicht recht schlau aus der Sache. Wenn einer eine schußbereite Pistole hat, warum schlägt er dem Kerl dann eine rein? Es ist auch nur eine oberflächliche

Verletzung, sieht furchtbar aus, ist aber ungefährlich. Aber Sie schauen sich die Leiche am besten mal an, Fortune.«

»Ach, lassen Sie mich doch erst auftauen. Lady Lunt ist also mit der Polizei unzufrieden?«

»Nein, um Himmels willen, gar nicht. Sagen Sie, Fortune, woher wußten Sie das?«

»Genie, einfach Genie. Und was ist Lady Lunt für eine Frau?«

»Na, wissen Sie, eine Lady ist sie nicht gerade. Und doch, wenn's drauf ankommt schon. Er hat sie vor ungefähr zehn Jahren irgendwo auf dem Kontinent geheiratet. Sie ist aber Engländerin. Sie war Tänzerin oder Sängerin oder so was. Proletariat, glaub ich. Sie war mal unheimlich hübsch – groß, dunkel, attraktiver Typ. Jetzt sieht sie nicht mehr so gut aus, ist aber immer noch anziehend. Erst war sie auch ziemlich wild – hat mitgehalten mit ihm. Er war ein schrecklicher alter Grobian, wissen Sie. Aber nun ist sie schon eine ganze Weile anders – ruhig, ernsthaft – kümmert sich hier um alles, daß das Anwesen gepflegt wird – solche Sachen. Ihn hat sie auch etwas zur Ruhe gebracht, aber er war schon ein übler Kerl. Ich glaube, so nach und nach hat sie ihn gebändigt, aber ein paar Jahre muß es schon schlimm gewesen sein.«

»Und was will Lady Lunt jetzt?«

»Wenn ich das wüßte«, sagte Barnes nach einer Weile zögernd. »Sie ist der Meinung, daß da mehr ist als das, was die Detektive wissen, und diese Verhaftung paßt ihr gar nicht.«

»Immer mit der Ruhe. Mich haben noch zwei andere Leute gerufen, und ich weiß noch nicht, wen ich vertrete. Also verderben Sie's für niemand. Lomas hat telegraphiert – –«

»Lomas! Also ist Scotland Yard auch nicht so todsicher.«

»Hat Lomas etwa den Eindruck gemacht? Ungehobelter Kerl. Und dann ist da noch V. Cranford.«

»Cranford hat sich auch schon bei Ihnen gemeldet! Der hat's aber eilig.«

»Oh, er ist in besten Händen. Machen wir doch einen Spaziergang. Sie zeigen mir, wo Lunt ermordet wurde, und dann schau ich ihn mir an.« Reggie zog seinen Pelzmantel aus und wurde munter.

Der Verwalter war es gewesen, der Sir Albert Lunt gefunden, es im Hause gemeldet und Gerald Barnes angerufen hatte. Sir Albert Lunt war vom Gutshof zurückspaziert durch den Park, der sich als hügeliger Rasen über einem Kalksteinboden erstreckte, ab und zu durchbrochen von ein paar schönen Birken und dichtem Stechginster- und Brombeergebüsch. Ein Kiesweg verlief direkt vom Gutshof zur großen Kastanienallee. Barnes blieb an einer Stelle stehen, wo der Rasen von halbgefrorenen Fußabdrücken niedergetrampelt war. Reggie sah um sich. »Hm! Von keinem der beiden Häuser aus zu sehen. Hat niemand den Schuß gehört?«

»Niemand hat was bemerkt. Es ist ziemlich weit vom Haus entfernt, sehen Sie, und eine Meile vom Gutshof. So ein Schuß – was heißt das schon auf dem Land? Man hört oft irgendwo ein Gewehr.«

»Stimmt. Wohin führt der Weg?« Reggie deutete auf eine Spur im Rasen, die vom Kiesweg abzweigte.

»Der? Ach, hinüber zu Victor Lunts Haus. Sein Park – er

nennt es auch Park, aber es ist nichts Besonderes – grenzt fast hier an, verstehen Sie.«

»Schon gut, schauen wir uns die Leiche an«, sagte Reggie gähnend, und sie gingen nach Prior's Colney hinüber.

Es war einmal ein ansehnliches Haus gewesen im nüchternen Stil des achtzehnten Jahrhunderts. »Ach, du liebe Güte!« stöhnte Reggie. »Sieht aus wie meine Großmutter in einer russischen Balletttruppe.« Es war überladen mit auswuchernden, verschnörkelten Verzierungen, die sich noch unfertig und neu ausnahmen gegen die unaufdringliche Feierlichkeit des ursprünglich schlichten Hauses.

Vor dem Eingang stand ein Wagen. Während sie in der Garderobe Hüte und Spazierstöcke ablegten, hörten sie, wie jemand sagte, Lady Lunt würde ihr Zimmer nicht verlassen. Dann wurde ein breitschultriger Mann zur Haustür geleitet, der in einen Pelzmantel mit großem Breitschwanzkragen gehüllt war. Er hatte einen riesigen Kopf und ein längliches Gesicht und sah ungesund aus. Von der rechten Augenbraue bis zum Haaransatz verlief eine rote Narbe über seine Stirn. Er hatte hervorstechende, helle Augen.

»Wer ist denn der Sportler mit dem zerkratzten Gesicht?« fragte Reggie, nachdem die Tür zugefallen war.

»Oh, das ist Victor Lunt. Hat sich nach Lady Lunt erkundigt, nehm ich an.«

»Braves Brüderchen«, murmelte Reggie.

Dann kam ein Mann herbeigeeilt, der etwas Ernstes, Militärisches an sich hatte und Reggie als Radnor Hall, Sir Albert Lunts Sekretär, vorgestellt wurde. Radnor war erfreut (mit schwachem amerikanischem Akzent), Mr. Fortune kennenzulernen; er hoffte, Mr. Fortune würde zum

Mittagessen bleiben; danach erwarte Lady Lunt ungeduldig Mr. Fortunes Besuch.

»Ich will jetzt die Leiche sehen«, sagte Reggie mürrisch.

Also wurde er zur Leiche geführt und sah, daß Gerald Barnes ganz recht gehabt hatte: es gab keinen Zweifel über die Todesursache. Eine Pistolenkugel, aus kurzer Entfernung abgefeuert, war in die Brust eingedrungen und in der Wirbelsäule steckengeblieben. Sir Albert Lunt war wahrscheinlich nicht sofort tot gewesen. Er hatte jedoch bestimmt nicht mehr lang gelebt. Aber die tödliche Verletzung war winzig. Was dem Toten ein so schreckliches Aussehen verlieh, war die klaffende Stirnwunde und der Bluterguß drumherum. Und darüber runzelte Reggie die Stirn und dachte nach. »Ganz schön auffällig, nicht wahr?« meinte er skeptisch. Eine solche Verletzung könnte vom Fallen auf einen Stein herrühren. Sir Albert Lunt war jedoch rückwärts auf den Rasen gefallen. Wenn ihn jemand mit einem Stein verletzt hatte oder mit einem ähnlichen kantigen Gegenstand – aber wieso sollte jemand einen Stein nehmen, der eine Pistole hatte und nicht davor zurückschreckte, davon Gebrauch zu machen? »Wenn es einen Sinn ergäbe, würde ich sagen, es war eine Finte«, brummte Reggie.

Schließlich ließ er die Verletzungen auf sich beruhen und ging um die Leiche herum.

»Oh, Sie schauen sich die falsche Hand an«, sagte Barnes.

»Wirklich?«

»Ja, an der hier ist der Daumen verstaucht – an der rechten.«

»Na, wissen Sie, er hatte anscheinend alle Hände voll zu tun. Was halten Sie davon?«

Barnes kam herüber. Die Finger an der linken Hand waren zum Daumen hin abgewinkelt, als ob der Tote an etwas gerissen hätte.

»Nicht sehr aufschlußreich, was?«

»Was hatte er getragen?«

»Einen groben braunen Mantel – brauner Tweed.«

»Ach, sieh mal an!« Behutsam zog Reggie ein paar gekräuselte, schwarze Büschelchen zwischen den steifen Fingern hervor.

»Das ist ja komisch«, sagte Barnes. »Sieht aus wie Negerhaar.«

»Sie haben aber auch Ideen.« Reggie steckte das Zeug sehr vorsichtig in seine Brieftasche. »Irgendein unterdrückter Neger aus den Arbeitersiedlungen von Johannesburg – kommt rüber nach Prior's Colney, um sich zu rächen – schmeißt einen Stein nach ihm – erschießt ihn – und stößt ihn dann noch zu Boden. Gründlicher Kerl, sehr gründlich.«

»Was ist es denn sonst?« sagte Barnes verdrießlich.

»Na, raten Sie mal. Hallo!«

Die Unterbrechung kam vom Ehrenwerten Stanley Lomas, Chef des Kriminalkommissariats, wie immer fesch und wohlgelaunt.

»Ah, Fortune, mein Lieber. Warum haben Sie nicht nach mir geschickt? Ich bin im Dorfgasthof.«

»Das ist ja recht kühn von Ihnen. Warum nicht hier? Haben Sie sich mit Lady Lunt angelegt? Oder sie sich mit Ihnen?«

»Ach, es ist besser, etwas Spielraum zu haben, Sie verstehen. Also, was halten Sie davon?« Reggie zuckte die Achseln. »Seltsame Tatbestände, was? Was ich gern wüßte: erfolgte der Schlag auf den Kopf vor dem Schuß oder danach?«

»Sie brauchen keinen Chirurgen, sondern einen Hellseher. Mich brauchen Sie jedenfalls nicht. Sie haben den Mann doch.«

»Ach ja?« Lomas setzte sein Monokel auf. »Sie meinen Cranford? Also, was wissen Sie denn über Cranford?«

»Tut mir leid, Lomas. Nichts zu machen. Diesmal bin ich der unabhängige Experte.«

Lomas runzelte die Stirn. »Mein lieber Junge! Ach, mein lieber Junge! Wenn Sie hier nicht jemanden vertreten, dann haben Sie hier nichts verloren, verstehen Sie?«

»Ich vertrete ja jemanden – V. Cranford.«

»Aha! Dann haben Sie also entschieden?« rief Barnes.

Lomas ließ das Monokel fallen. »Ach ja! Na gut. Dann muß das wohl so sein, was? Schade. Ich fürchte, diesmal haben Sie sich vertan, Fortune. Es ist ein klarer Fall.«

»Da bin ich nicht so sicher«, erwiderte Reggie.

»Mein lieber Junge, es wäre mir nicht recht, wenn Sie ins Hintertreffen gerieten.« Lomas wirkte plötzlich älter, väterlich, beschützend. »Also – es ist noch nicht amtlich, – aber ich kann Ihnen sagen, daß wir die Pistole gefunden haben. Sie war in Cranfords Wohnung.«

»Eine 38er Smith-Southron? Stellen Sie sich vor! Ich glaube kaum, daß davon mehr als eine halbe Million in Umlauf sind. Eine gute Waffe. Ich hab zu Hause auch eine rumliegen.«

»Bürschchen!« Lomas war wieder jung und jovial. »Warum wollen Sie mich bluffen? Lunt wurde mit einem ganz bestimmten Pistolentyp getötet. Und wir finden raus, daß genau der Mann, auf den aller Verdacht hindeutet, eine solche Pistole besitzt. Es ist ganz klar, verstehen Sie?«

»Ja, o ja. Klar wie Kloßbrühe. Ich frage mich aber, wieso Sie mich überzeugen wollen?«

Das war ihr erster Wortwechsel im Lunt-Fall; danach nahm Reggie – Gerald Barnes hatte sich inzwischen diskret zurückgezogen – ein kleines intimes Mittagessen mit Radnor Hall ein, allerdings nicht im silbern getäfelten Speisezimmer. Und als die Bediensteten gegangen waren, erklärte Reggie: »Ich will keine Vorspiegelung falscher Tatsachen, Mr. Hall. Ich vertrete in diesem Fall Cranford.«

»Tatsächlich?« Radnor Hall kratzte sich am Nacken. »Ich glaube, dann bringe ich Sie gleich zu Lady Lunt.«

Lady Lunt stand vor dem Kaminfeuer und hatte eine Zigarette im Mund. Sie war eine große Frau, etwas flachbusig und hager im Gesicht, sah aber immer noch gut aus. Sie streckte Reggie ihre Hand entgegen, packte die seine und schleuderte ihm ein »Freut mich« entgegen. Es tat Reggie leid, daß er nicht Lady Lunt vertreten könne, er müsse jedoch in Betracht ziehen, daß Cranford als erster ein Anrecht auf ihn hatte. »Macht nichts«, rief sie. Anscheinend war es ihre Angewohnheit, so aufzufahren. »Solange Sie gegen die Polizei sind, reicht uns das. Stimmt's, Radnor?«

»Sicher«, erwiderte Radnor Hall, der Reggie eingehend betrachtete.

»Sie sollen sich jetzt anhören, was wir über den Fall zu sagen haben«, erklärte die Lady. »Wir finden das wichtig.«

»Ziemlich wichtig sogar«, pflichtete Radnor Hall ihr bei. Lady Lunt nickte ihm zu, und er fing an: »Wissen Sie, Mr. Fortune, Sir Albert hat alles an Lady Lunt vermacht.« Reggie murmelte, daß das ganz natürlich sei. »So wie Lady Lunt die Sache betrachtet, ist es an ihr, dafür zu sorgen, daß dem Ermordeten Gerechtigkeit widerfährt.«

»Gerechtigkeit, verstehen Sie?« unterbrach Lady Lunt ihn heftig. »Und nicht einen armen Teufel aufhängen, nur weil die Polizei der Ansicht ist, er sei ein kleines Würstchen und würde nicht zählen.«

Radnor Hall betrachtete sie stirnrunzelnd. »Mr. Fortune wird das schon noch merken, wenn wir unseren Standpunkt erklären.«

»Tut mir leid, Radnor. Fahren Sie fort.« Lady Lunt warf ihre Zigarette weg und ließ sich in einen Sessel fallen.

»Also, Sir, die Sache ist folgende.« Radnor Hall strich sich über sein schwarzes Haar. »Die Firma hieß nie Albert Lunt. Sie hieß Gebrüder Lunt. Der selige Sir Albert war jedenfalls der Chef. Er brachte Dampf in den Laden. Aber ziemlich viel Kopfarbeit stammte von Mr. Victor Lunt. Und später, als Sir Albert hauptsächlich von den Pachtgeldern lebte, bekam Mr. Victor beträchtlichen Einfluß. Nun, Sir, unter uns gesagt, waren die Geschäftsmethoden der Gebrüder Lunt komplex – höchst komplex. Ich vermute, daß Albert und Victor früher ziemlich hart im Nehmen waren. Aber zu meiner Zeit, nachdem Sir Albert sich beruhigt hatte, sich beträchtlich beruhigt hatte – durch Wohlstand und gewisse Einflüsse – –«

»Ach, reden Sie kein dummes Zeug, Radnor«, fuhr Lady Lunt auf.

»Also, Mr. Fortune, Sir Albert hat in letzter Zeit eine Tendenz zu etwas konservativeren Geschäftsmethoden gezeigt. Mr. Victor Lunt hat weiterhin seine clevere Kopfarbeit geleistet. Es hat Reibungspunkte gegeben, Sir – einige Reibungspunkte. Und in dieser Sache mit Cranford – ich möchte ganz unvoreingenommen sagen, daß Mr. Cranford von den Gebrüdern Lunt kaum eingesetzt wurde.«

»Er ist verdammt betrogen worden«, sagte Lady Lunt.

»Das ist die eine Ansicht«, erwiderte Radnor Hall. »Lady Lunt hatte Sir Albert ihre Ansicht mitgeteilt. Nun, Sir, die Sache mit Cranford war größtenteils in Mr. Victor Lunts Händen. Ich will nicht behaupten, daß Sir Albert die angewandten Methoden mißbilligte. Aber er fand, daß Mr. Victor Lunt zuviel Einfluß nahm. Es gab Streit. Und dann finden wir Sir Albert erschossen. So ist die Sache also, Mr. Fortune.«

Reggie lächelte. Er legte die Fingerspitzen aneinander und sah ziemlich unverhohlen in das militärische Gesicht von Radnor Hall. »Sie sind der Ansicht, Sir Albert wurde von seinem Bruder Victor ermordet«, sagte er.

Lady Lunt fuhr auf und sah Radnor Hall an.

Radnor Hall zeigte sich keineswegs überrascht. »Sonst noch was, Doktor«, erwiderte er lächelnd. »Nein, Sir. Das haben Sie gesagt, nicht ich. Ich nenne nur Tatsachen.«

»Ach, hören Sie doch auf, Radnor«, sagte Lady Lunt.

»Sieh mal an.« Reggie betrachtete sie wohlwollend. »Und nun hat nach Sir Alberts Tod Victor in der Firma das Sagen?«

»Sir Alberts Anteil geht auf mich über«, sagte Lady Lunt. »Fünf Achtel. Jetzt bin ich Chefin.«

»Eine ganz schöne Verantwortung«, murmelte Reggie. »Wenn ich richtig verstehe, dann war einer der Gründe für den Streit zwischen den Brüdern die Tatsache, daß Victor ihr Einfluß mißfiel, Madam, wogegen Sir Albert Sie dazu ermutigte?«

»Ja, so verhält es sich«, sagte Radnor Hall.

»Sie wissen genau, daß das nicht stimmt«, rief Lady Lunt. »Sie konnten es beide nicht leiden, wenn ich mich einmischte.«

»Tatsächlich?« sagte Reggie verträumt. »Und Sie wollten mich bitten, Sir Alberts Mörder zu finden?«

»Nein, das wollte ich nicht«, schnappte Lady Lunt. »Ich bat Sie, diesen armen Cranford zu retten.«

»Ach so, na, hoffentlich ist es dasselbe.« Reggie erhob sich. »Ich darf doch ein bißchen im Park spielen, nicht wahr? Vielen Dank.«

Und er spielte bis zur Dämmerung im Park, und als er nach London zurückfuhr, war Sam, das Faktotum, nicht dabei.

Am Abend rief ihn Donald Gordon an. Donald Gordon fand Cranford ein bißchen zäh, wollte aber seine Verteidigung übernehmen. Es würde bestimmt ein gepfefferter Fall werden. Er hatte mit Cranford für morgen ein Treffen im Gefängnis vereinbart und hoffte, Reggie könnte dabeisein. Was Reggie von dem Fall hielte? »Abscheulich«, sagte Reggie und legte auf.

Es war tatsächlich so, daß ihn der Lunt-Fall von vorne bis hinten ärgerte. Er hatte ihn nie ganz durchschaut und ihn immer als einen seiner Mißerfolge bezeichnet. Eins, so wird er behaupten, begriff er jedoch, nämlich daß die Polizei pfuschte; und er ahnte, daß, egal wer Sir Albert umgebracht und wie auch immer er – oder sie – es angestellt hatte, das Ganze keine simple, alltägliche Schießgeschichte war. Hier, und sonst nirgends, hatte er recht. Ihn entschuldigt lediglich sein Mangel an Phantasie.

Inzwischen war er soweit, alles zu glauben. Als er schließlich zu Bett ging, war er überzeugt, daß wenn er Chef des Kriminalkommissariats wäre, er »jeden von der verdammten Bande« an den Galgen bringen könnte, zu Recht oder Unrecht. Den unbekannten Cranford, den rätselhaften Victor, Lady Lunt, Radnor Hall, man könnte jeden von ihnen auf die Anklagebank bringen – oder gleich ein paar auf einmal. Lady Lunt profitierte am meisten von Lunts Tod – oder vielleicht Radnor Hall – in welcher Beziehung stand sie zu Radnor Hall? Cranford hatte den schlimmsten Streit mit dem Toten – oder vielleicht mit Bruder Victor. Zu Cranfords Gunsten sprach lediglich das Ungewöhnliche an der ganzen Sache und die nette Schwester Dauntsey ... ein Lämmchen ... Beruhigende Visionen von ihr wiegten ihn in den Schlaf.

In der kärglichen Gefängniszelle nahm sich der unbekannte Cranford so aus, wie man es erwartete. Ein dunkler Typ, schlank und kräftig, mit einem entschlossenen Kinn. Der kleine jüdische Anwalt, Donald Gordon, wurde ihm gegenüber ganz nervös. »Miss Dauntsey sagt, ich stehe schrecklich in Ihrer Schuld, Doktor«, sagte Cranford scharf. »Tu ich auch. Sie werden einsehen, daß ich nichts zugebe.«

»Das ist am besten«, lispelte der kleine Jude.

Aber Cranford erzählte seine Geschichte und gab eine

ganze Menge zu. Er hatte seine Entdeckung der Kupferader den Gebrüdern Lunt angeboten und war mit einer Gruppe ihrer Leute nach Mozambique geschickt worden. Auf dem Weg dahin hatte er einmal das Camp verlassen, um etwas zum Essen zu schießen. Aus dem Busch kam der Speer eines Eingeborenen und traf ihn am Schenkel. Als er sich schließlich zum Camp zurückgeschleppt hatte, war kein Camp mehr da. Die Gruppe war mit Nahrungsmitteln und Gepäck verschwunden, auch mit seinem Gepäck, in dem sich die Landkarte mit seiner Kupferader befand. Ihn hatten sie verwundet und hilflos im Busch zurückgelassen. Nach ein paar Tagen der Verzweiflung schlug er sich in ein Eingeborenendorf durch und lag dort einen Monat darnieder, bevor er reisetüchtig war. Als er wieder nach Mozambique kam, erfuhr er, daß die Gebrüder Lunt als Besitzer der gesamten Kupferader eingetragen waren.

Er fuhr mit dem Schiff zurück nach England. Er verfolgte, so bekannte – nein, verkündete – er, nur ein Ziel, nämlich von Sir Albert Lunt seine Rechte zurückzufordern. Also suchte er gleich am ersten Tag in England das Büro der Gebrüder Lunt auf. Victor Lunt empfing ihn. Victor Lunt war höflich, sogar mitfühlend, machte ihm aber kein Angebot. Victor Lunt gab zu, daß sie seine Anspruchsrechte übergangen hatten, verhehlte nicht, daß der Betrug von Sir Albert Lunt geplant worden war, und pflichtete ihm bei, daß er gemein betrogen worden war; er machte ihm aber keine Hoffnungen, daß Sir Albert Lunt irgend etwas in seiner Sache unternehmen würde.

»Und da haben Sie Victor nicht trotzdem umgebracht?« fragte Reggie.

»Victor? Das arme Schwein, mit dem ist nichts. Der redet nur«, sagte Cranford. »Das Ding hat Albert gedreht. Das hat Victor mir zu verstehen gegeben. Sagte, er sei nur in Alberts Büro angestellt. Also hab ich ihm ein bißchen was erzählt über Albert. Armer Kerl, der kriegte es mit der Angst. Dem wurde das Pflaster zu heiß. Sagte, ich solle lieber gleich zu Albert gehen. Albert sei in Prior's Colney drunten. Ob ich zu Albert ginge? Jawohl. Und das tat ich auch.«

»Ja. Mit dem Zug. Sie kamen um 12.20 im Bahnhof Colney Road an«, sagte Reggie. »Um 14.05 sind Sie zurückgefahren.«

»So ist es.« Cranford starrte ihn an. »Sie wissen ja einiges, Doktor. Ich ging also den Weg nach Prior's Colney rauf. Der Lakai meinte, Albert sei nicht da. Ich ging wieder zurück und nahm den 14.05.«

Einen Augenblick lang herrschte Schweigen. Dann sagte der kleine Jude: »Das ist also die Geschichte. Die müssen Sie im Zeugenstand erzählen, das wissen Sie.«

»Mach ich«, sagte Cranford.

»Das ist schön«, lispelte der kleine Jude. »Also, wissen Sie, man wird Sie fragen – Sie brauchen's mir nicht zu sagen, wenn Sie nicht wollen –, haben Sie Albert Lunt getötet?«

»Nein, Sir.«

Der kleine Jude rieb sich die Hände. »Das ist schön, nicht wahr, Doktor? Das gibt uns freie Hand.« Er stand auf. »Also, Doktor, noch irgendwelche Fragen?«

»Ich möchte wissen, was für einen Mantel Sie trugen, Mr. Cranford«, sagte Reggie.

»Mantel? Einen braunen Regenmantel. War auch verdammt kalt. Ist mein einziger Mantel. Ich hatte noch keine Zeit, mich für den englischen Frühling auszustatten.«

»Stimmt. Wir machen dann weiter.« Reggie stand auch auf. »Es sieht ganz gut aus, Mr. Cranford. Machen Sie sich keine Sorgen.«

»Ich nicht. Sagen Sie das Miss Dauntsey«, sagte Cranford.

Im Wagen fragte Gordon: »Ihr Urteil, Doktor?«

»Er sagt die Wahrheit«, sagte Reggie.

»Na, so was!« Und dann sprachen sie über technische Einzelheiten.

Am Verhandlungstag fuhr Reggie nach Prior's Colney hinunter; an der Verhandlung nahm er nicht teil. Dem Ehrenwerten Stanley Lomas fiel das auf, und er machte Donald Gordon gegenüber eine überraschte Bemerkung. Es war das einzige an diesem erfolgreichen Tag, das Mr. Lomas zu denken gab. Aber als Mr. Lomas am Ende dieses Tages zum Gasthof zurückkam, um sein Auto zu holen und Tee zu trinken, stieß er auf Reggie, der dasaß und Buttertoast aß. »Ich beneide Sie, Fortune, Sie verstehen.« Lomas ließ sich neben ihm nieder.

»Ach, Mr. Lomas, Sir«, murmelte Reggie kauend. »Lassen Sie mich doch in Frieden.«

»Ich beneide Sie um ihren Appetit«, erklärte Lomas, setzte sein Monokel auf und begutachtete eingehend den Buttertoast. »O Gott! Und das nach einem schlechten Tag! Sie haben die Anklage gehört. Was? Vorsätzlicher Mord für Cranford.«

»Und alles andere ist Quatsch. Und ein dreifaches Hoch für Scotland Yard. Und Sie zahlen meinen Tee.«

»Die Pistole, wissen Sie, die hat ihn reingeritten.« Lomas lächelte wie einer, der sich ein Lächeln leisten kann.

»›Der Kindheit Jahre gehn vorüber‹, Lomas«, murmelte Reggie. »›Bald liegt die Schulzeit hinter uns. Kummer und Sorgen stehn uns bevor‹, Lomas. ›Im Hinterhalt lauert dunkle Gefahr.‹ Ich habe die richtige Pistole gefunden, alter Junge. Bye-bye.«

Lomas holte ihn draußen ein. »Also bitte, Fortune. Ohne Witz – was führen Sie im Schilde?«

»Na, raten Sie mal«, meinte Reggie lächelnd. »Der Gentleman hier bezahlt meinen Tee, Mary. Nur nicht übereilen, Sie verstehen.«

Mr. Lomas trank Whisky mit Soda.

Und das war ihr zweiter Wortwechsel im Lunt-Fall.

Die allgemeine Auseinandersetzung erfolgte bei der Hauptverhandlung. Das Interesse erwachte beim Kreuzverhör von Victor Lunt. Victor Lunt machte als Zeuge der Anklage einen passenden Eindruck. Er sah verhärmt und kränklich aus, so mitgenommen vom Tod des Bruders, wie es sich für einen Bruder gehörte. Aber er hatte sich unter Kontrolle, zeigte, daß er außer Gefühlen, die sich in seinem trüben Blick und Gesicht äußerten, auch Grips besaß, war aufgeweckt und direkt. Er hegte keinen Groll gegenüber Cranford. Cranford hatte ihn am Mordtag vormittags aufgesucht, hatte sich bei ihm heftig darüber beklagt, wie er von Sir Albert Lunt behandelt worden sei, hatte über Sir Albert geflucht, hatte verlangt, Sir Alberts Aufenthaltsort zu erfahren und war dann gegangen. Dies war Mr. Lunts Aussage in groben Zügen.

Danach erhob sich der kleine, bleiche, überhebliche

Strafverteidiger. Er bat Mr. Lunt, sich einige frühere Begebenheiten wieder in Gedächtnis zurückzurufen. Also kam die Geschichte mit der Expedition nach Mozambique zum Vorschein, und der kleine, überhebliche Mann brachte in seiner simplen Art den verhärmten Mund von Mr. Lunt soweit, zuzugeben, daß die Gebrüder Lunt sich Cranfords Entdeckung gewaltsam angeeignet hatten und daß die Expeditionsgruppe der Gebrüder Lunt ihn im Busch dem Tode ausgeliefert hatte.

»Wollen Sie damit den Mord rechtfertigen?« fragte der Anwalt der Krone.

»Sie werden die Unruhe meines Freundes verstehen, Gentlemen«, sagte der kleine Anwalt und nagelte Mr. Lunt auf die Aussage fest, Sir Albert habe den schändlichen Plan ausgeheckt. »Und als Cranford weg war, Mr. Lunt, haben Sie natürlich sofort Ihren Bruder gewarnt, daß der wildentschlossene Kerl ihm auf den Fersen ist. Nein? Komisch. Trotzdem sind Sie mit dem Auto zu Ihrem eigenen Haus in Colney Towers gefahren, etwas mehr als eine Meile weiter. Sie kamen zwischen zwölf und halb eins zu Hause an? Vielleicht? Oh, fangen Sie jetzt nicht an, Sachen zu vergessen. Und was taten Sie dann?«

Soweit er sich erinnern konnte, machte Mr. Lunt einen Spaziergang.

»Schwören Sie –, daß Sie nicht losgegangen sind, um Ihren Bruder zu treffen?«

Mr. Lunt (der sich inzwischen gesetzt hatte) sprang auf, um es zu bestreiten. Er hatte seinen eigenen Park nicht verlassen.

»Wäre es eine Überraschung für Sie, zu hören, daß auf

dem Fußweg von Ihrem Haus zu Sir Albert hinüber am nächsten Tag frische Fußspuren gefunden wurden, die auf Ihre Stiefel passen?« Mr. Lunt ging oft auf dem Weg spazieren. »Welche Kleidung trugen Sie?« Mr. Lunt konnte sich nicht mehr erinnern. Dieselbe wie immer. »Sie bestreiten also nicht, einen Mantel mit Breitschwanzkragen getragen zu haben?« Mr. Lunt wußte es nicht genau, jawohl, er besaß so einen Mantel, trug ihn häufig. »Sehr gut. Und wie Sie schon erwähnten, hatten Sie damals Streit mit Ihrem Bruder wegen der Geschäftsführung?«

»Streit nicht, nein«, protestierte Mr. Lunt heftig und bemühte sich, es herunterzuspielen.

»Am Tag nach dem Mord hatten Sie eine tiefe Kratzwunde auf der Stirn, die Sie vor dem Mord noch nicht hatten?« Mr. Lunt konnte sich an die Kratzwunde nicht erinnern. Eine Kratzwunde konnte doch jeder haben. Er wurde entlassen. Und die Geschworenen sahen einander an.

Nach dem Mittagessen kam als erste Zeugin für die Verteidigung Lady Lunt und sagte aus, daß der Plan, Cranford zu betrügen, von Victor stammte, und daß es in vieler Hinsicht zwischen Victor und Albert schweren Streit gegeben hatte. Radnor Hall konnte das bestätigen, dann folgte Reggie und brachte die entscheidende Wendung.

Mr. Fortune, eine Kapazität auf seinem Gebiet, hatte die Leiche untersucht. In der linken Faust befanden sich ein paar schwarze Büschel – Teile von Breitschwanzpelz. Als er sich den Tatort ansah, hatte er auf den umliegenden Dornbüschen weitere Breitschwanzbüschel entdeckt. Er hatte frische Fußspuren verfolgt, die genau auf die Größe von einem Paar von Mr. Victor Lunts Stiefeln paßten. Er zeigte

Maße und Abgüsse. Tief in einem Dickicht nah dabei hatte er eine 38er Smith-Southron-Pistole gefunden, aus der drei Schüsse abgegeben worden waren. Das eingehende Kreuzverhör konnte mit diesen Fakten nichts anfangen. Es folgten andere Zeugen, die aussagten, daß Victor Lunt einen Breitschwanzpelz getragen hatte und Cranford einen Regenmantel.

Der letzte Zeuge der Verteidigung war Cranford selbst. Die letzte Frage an die Verteidigung: »Schwören Sie, haben Sie Albert Lunt ermordet?«

»Ich schwöre, nein.«

Der vorher so selbstsichere Anwalt der Krone ging jetzt behutsam vor. Es war offensichtlich, daß er nicht mehr genug in der Hand hatte, um den Gefangenen unter Druck setzen zu können. »Als man Ihnen mitteilte, daß Albert Lunt nicht da sei, machten Sie keinen weiteren Versuch, ihn zu sehen. Warum?«

»Ich dachte, es sei eine abgekartete Sache. Ich dachte, die beiden wollten mich abwimmeln.«

»Also fuhren Sie sofort in die Stadt zurück?«

»Ja. Ich nahm den 14.05. Das wissen Sie doch.« Der Anwalt der Krone gab auf.

Dann ließ der kleine, überhebliche Strafverteidiger eine Rede von knallharter Logik los, in der er Cranford als einen Mann, dem großes Unrecht widerfahren war, und Victor Lunt als den Bösewicht hinstellte – eine Rede, die um so wirkungsvoller war, als sie bewußt frei von jeglicher Leidenschaft gehalten wurde. Dann erfolgte das Fazit des Richters: absolut gegen Victor Lunt. Das rasche Urteil: Nicht schuldig. Jubel im Gerichtssaal. Schwester Dauntsey tastete halb weinend, halb lachend nach Reggie Fortunes Hand.

Draußen im Korridor meinte Gordon: »Das ist ein Fall, mein Junge, das ist ein Fall.« Der kleine jüdische Anwalt hüpfte glucksend umher. »Eine Sensation! Was, Mr. Lomas, das ist eine Sensation im Yard.«

»Ziemlich schlecht abgeschnitten, Lomas. ›Blinder Eifer, Mr. Leichtfuß‹«, grinste Reggie.

»Warum zum Teufel haben Sie mich nicht auf dem laufenden gehalten?« stieß Lomas im Vorbeieilen hervor. »Weiter, Bell – los, los.« Chefinspektor Bell, sein Stellvertreter schüttelte den Kopf in Reggies Richtung.

An dem Abend wurde Reggie nach dem Abendessen eine Visitenkarte hereingebracht. »Um Gottes Willen, ich muß mit Ihnen sprechen«, war darauf gekritzelt, und darunter stand: »Mr. Victor Lunt«. Reggie ging hinunter ins Sprechzimmer.

Victor Lunt sah erbärmlich aus. Sein fettes Gesicht, das am Morgen noch bleich gewesen war, war nun hochrot und verschwitzt. Er atmete schwer und wirkte aufgedunsen.

»Von mir können Sie nichts mehr erwarten, Mr. Lunt. Ich bin fertig mit Ihrem Fall«, sagte Reggie.

»Sie werden sich anhören, was ich zu sagen habe. Sie müssen sich meine Seite anhören, Doktor. Sie waren's doch, der die auf mich angesetzt hat. Mein Gott, jeden Moment kann ein Haftbefehl gegen mich rausgehen. Doktor, um Gottes willen – Sie wollen mich doch nicht an den Galgen bringen. Ich war's nicht. Ich schwöre, daß ich's nicht war.«

»Ich habe nichts gesagt als die Wahrheit über das, was ich

gefunden habe. Tatsachen sind Tatsachen, Mr. Lunt. Verteidigen Sie sich dagegen. Ich kann nichts tun für Sie.«

»Aber die Tatsachen trügen, Doktor. Gott segne Sie, Sie würden doch keinen Unschuldigen aufhängen lassen. Ich sage Ihnen die Wahrheit, bei Gott, das tu ich.«

Reggie setzte sich. »Ich kann Ihren Fall nicht annehmen, Mr. Lunt. Ich bin gebunden. Was Sie mir sagen, geschieht auf eigene Gefahr. Wenn Sie mich von Ihrer Unschuld überzeugen können, so ist es meine Pflicht, alles für Sie zu tun, was ich kann. Ich rate Ihnen aber, den Mund zu halten.«

»Ja, verstehen Sie denn nicht?« Victor Lunt schrie beinahe. »Wenn die mich aufhängen, dann sind Sie dran schuld. Wollen Sie mich jetzt anhören?«

»Reden Sie, Sir.«

Victor Lunt wischte sich das Gesicht ab, suchte nach Worten und fing an zu stammeln.

»Ich war an dem Tag doch draußen.« Die Worte kamen undeutlich und abgehackt heraus. »Ich wollte wissen, was Cranford mit Bert gemacht hatte. Und im Park fand ich Bert angeschossen daliegen. Er hatte eine Pistole in der Hand.«

»Soll ich etwa glauben, er habe sich selbst erschossen?«

»O Gott, ich weiß nicht. Ich schwöre, das ist die Wahrheit, Doktor. Er lag angeschossen da mit einer Pistole in der Hand. Als ich mich über ihn beugte, packte er mich. ›Du Schwein‹, sagte er und hob die Hand, um zu schießen. Da zertrümmerte ich ihm mit einem Stein das Gesicht. Aber er gab einen Schuß ab, der mich am Kopf verletzte. Das war die Kratzwunde, Doktor. Mein Gott, Sie sehen aber auch alles. Ich packte die Pistole und wand sie ihm aus der Hand.«

»Daher der verstauchte Daumen«, murmelte Reggie.

»Dann hörte ich sein Todesröcheln.« Victor Lunt schauderte, und wieder war er nicht Herr seiner Worte. »Da verlor ich den Kopf, Doktor. Ich rannte davon. Ich warf die Pistole weg. Ich weiß nicht mehr, was ich dann tat. Doktor, ich schwöre bei Gott, das ist die Wahrheit.« Er sprang auf. »Was wollen Sie jetzt tun?«

Reggie saß nämlich ruhig da und betrachtete ihn. »Wenn es die Wahrheit ist, Mr. Lunt, dann rate ich Ihnen, sie zu sagen.«

»Es ist die Wahrheit. Sehen Sie nicht, daß es die Wahrheit ist? O Gott!«

»Ich bin nicht Gott, Mr. Lunt.«

Victor Lunt stieß einen Schrei aus. Zwei Männer hatten das Zimmer betreten. »Mr. Victor Lunt? Ich bin Chefinspektor Bell. Ich habe hier einen Haftbefehl –«; Victor Lunt fiel vornüber aufs Kaminfeuer.

Sie eilten zu ihm und zogen ihn vom Feuer weg ... »Gehirnschlag«, sagte Reggie. »Ich hab's kommen sehen.« Der Detektiv sah ihn erstaunt und fragend an. Reggie schüttelte den Kopf.

»Der Haftbefehl da läuft uns nicht davon«, sagte Chefinspektor Bell. »Was hatte er hier zu suchen, Sir?«

»Um Gnade wollte er bitten«, antwortete Reggie. »Er will den Fall vor ein höheres Gericht bringen. Ich weiß nicht. Ich weiß nicht.«

Und in dieser Nacht starb Victor Lunt ...

Ein paar Tage später lud Reggie Cranford und Schwester

Dauntsey zu einem kleinen Abendessen ein, und Schwester Dauntsey in ihrem sittsamen Abendkleidchen sah bezaubernd und glücklich aus. Im richtigen Moment sagte Reggie: »Nehmen Sie doch noch einen Pfirsich.«

»Wollen Sie, daß ich rot werde, Mr. Fortune?« Aber sie nahm einen.

»Man kann ein hübsches Spiel machen mit den Kernen: Er liebt mich, er liebt mich nicht.«

»Das interessiert mich nicht mehr«, sagte Schwester Dauntsey und sah plötzlich ernst aus.

»Nächste Woche fahre ich nach Britisch-Kolumbien«, verkündete Cranford.

»Allein?« fragte Reggie und sah dabei Schwester Dauntsey an.

»Dieses Jahr, nächstes Jahr«, zählte Schwester Dauntsey ab. »Kann ich bitte fünf Pfirsiche haben, Mr. Fortune?«

»Ich bin mir sicher, Sie wissen, was für Sie gut ist. Also lassen Sie die Anrechte auf die Kupferader in Mozambique fallen, Cranford?«

»Lady Lunt hat angeboten, sie auf mich zu überschreiben. Das brächte ich nicht über mich.«

»Natürlich nicht«, sagte Schwester Dauntsey.

»Mein Glück, daß Victor Lunt nicht der Prozeß gemacht wurde«, sagte Cranford.

»Ja. Dann hätten Sie solange in England bleiben müssen.« Reggie zündete sich eine Zigarre an.

»Dann hätte ich die ganze Geschichte erzählen müssen.« Reggie starrte ihn an. »Ja. Die Sache ist so, Sir: Dadurch, daß Sie den Fall gegen ihn aufgerollt haben, bin ich freigekommen.«

»Ich habe überhaupt nichts aufgerollt«, rief Reggie. »Was ich gegen Victor in der Hand hatte, hat alles gestimmt, und er wußte, daß es stimmte. Das hat ihn doch kaputtgemacht. Er hatte jedoch seine eigene seltsame Geschichte«, und Reggie erzählte ihnen Victor Lunts Version des Verbrechens. »Ich habe mich gefragt, was daran stimmte. Ich sollte glauben, Albert habe Selbstmord begangen, verstehen Sie. Und das ist unmöglich.«

»Vielleicht hat es ja gestimmt«, sagte Cranford. »Der arme Teufel. Er hat ganz schön was durchgemacht.«

»Ich hatte kein Mitleid«, erwiderte Reggie. »Wie auch immer, er beabsichtigte, seinen Bruder um die Ecke bringen zu lassen. Er brachte Sie in Rage und schickte Sie los, damit Sie's taten. Er hat den Mord beabsichtigt. Nein, ich hatte kein Mitleid mit ihm. Und doch – wer weiß.«

»Ich wollte Sie schon immer aufklären«, sagte Cranford. »Verzeihen Sie. Ich konnte es mir nicht leisten, was rauszulassen. Ich habe Ihnen aber keine Lügen erzählt. Ich habe Albert Lunt nicht ermordet. Aber ich habe ihn getötet. Ganz sauber, Sir. Bei meiner Seele, es ist das Beste, was ich je hingekriegt habe. Er war ein Schuft. Ich war gewissermaßen verpflichtet, ihn umzulegen. So ist das, Doktor. Als man behauptete, er sei nicht in Prior's Colney, hab ich ihm aufgelauert, und dann sah ich ihn durch den Park herkommen. Ich trat ihm in den Weg und stellte ihn zur Rede. Ich hatte mir alles zurechtgelegt. Er sollte seine Chance bekommen, obwohl er mir keine gegeben hatte. Ich hatte zwei Revolver. Einen für ihn, einen für mich. Ich ließ ihm die Wahl, er schnappte sich einen und feuerte auf mich, während ich noch den anderen Revolver an der Mündung hielt. Er war eben ein Schurke. Dann schoß er noch mal daneben, und ich streckte ihn nieder. Das ist meine Geschichte, Sir.«

»Und zum Glück brauchen Sie sie nicht den Geschworenen aufzutischen«, sagte Reggie.

Cranford sprang auf. »Mr. Fortune, Sir, ich bin Ihnen sehr zu Dank verpflichtet. Aber wenn Sie mich einen Lügner nennen – –«

»O nein, nein.«

»Dann nennen Sie mich etwa einen Feigling? Ich hätte alles gesagt, wenn es zum Prozeß gegen Victor gekommen wäre.«

»Sie haben sich nichts vorzuwerfen«, sagte Reggie.

»Hab ich auch nicht«, schnaubte Cranford.

»Setz dich doch, Lieber«, sagte Schwester Dauntsey mit ihrer netten, sanften Stimme.

Reggie wandte sich zu ihr. »Und Sie haben's die ganze Zeit gewußt!« Er schüttelte den Kopf.

»Ja, natürlich, Mr. Fortune.« Sie sah ihn überrascht an.

»Cranford, meinen Glückwunsch«, sagte Reggie. »Trauen Sie nie einem wirklich netten Mädchen, außer Sie wollen sie heiraten. Aber vielleicht sag ich Ihnen da nichts Neues.«

## Fall 4

# *Der gründliche Mörder*

Die Stille war beinahe mit Händen zu greifen. Der Richter setzte seine schwarze Kappe auf. Der Gefangene ließ ein eigenartiges, gackerndes Gelächter verlauten. Und Mr. Reginald Fortune, der Chirurg, dessen Aussage ihn des Verbrechens überführt hatte, gähnte und schlich sich aus dem Gerichtssaal. Der Mord in der Sonntagsschule, einer der bekanntesten Mordfälle unserer Zeit, hatte Mr. Fortune äußerst gelangweilt, und jetzt, wo der Leiter der Sonntagsschule sicher auf dem Weg an den Galgen war, wollte Mr. Fortune die ganze Sache sofort vergessen.

Er stand auf den Treppenstufen des Grafschaftsgerichts und zündete sich eine Zigarre an. Ein hochgewachsener junger Mann machte sich von dem Wachpolizisten los und lief auf ihn zu. »Fortune! Mein Gott!« rief er bewegt. »Ich dachte, ich würde nie bis zu dir vordringen. Komm, wir gehen wohin, wo wir reden können.«

Mr. Fortune schaute mit schläfrigem Blick durch seine Rauchwölkchen zu ihm hinunter. »Einen Moment. Einen Moment«, murmelte er. »Ach, ja. Du bist doch Charlecote – Charlecote. Na, was gibt's denn Neues, Geoffrey?«

»Mord, alter Junge«, flüsterte Charlecote.

»Das kann jedem passieren.« Mr. Fortune sah ihn stirnrunzelnd an. »Wer wurde denn jetzt wieder umgebracht?«

»Mein Vater.«

»Ach, du Armer! Du Armer!« Mr. Fortune verspürte plötzlich Mitgefühl.

»Bitte, Fortune – um Gottes willen –«, Charlecote rang nach Luft.

»Schon gut. Schon gut«, sagte Mr. Fortune, hakte ihn unter, und zusammen gingen sie los.

Als Reggie Fortune durch seine vier Jahre in Oxford gebummelt war, hatte Geoffrey Charlecote zu den Großen an seinem College gezählt; er war Mitglied der Kricketmannschaft, ein Partyhengst und hatte dazu noch ziemlich Köpfchen. Die Charlecote-Familie ging zurück bis in viktorianische Zeiten. Als man anfing, Eisenbahnen zu bauen, war Geoffreys Großvater Streckenarbeiter gewesen. Er wurde Bauunternehmer, verdiente eine halbe Million und starb dann. Seine praktischen Fähigkeiten, seine Ursprünglichkeit, seine Energie und seine Abneigung gegen die Zehn Gebote (er war ein schlimmer alter Sünder) hatten seine drei Nachfahren in teilweise unterschiedlichen Dosen geerbt. Stephenson Charlecote, sein Sohn, hatte ein Kind, Geoffrey, und war auch Vormund seines verwaisten Neffen Herbert. Stephenson Charlecote war ein erfolgreicher Geschäftsmann. In seinen Händen gedieh das Familienvermögen. Sein einziger Ehrgeiz bestand darin, daß die Familie es in der Welt zu etwas bringen sollte. Das hieß Eton und Oxford für Geoffrey, Harrow und Cambridge für Herbert. Herbert wurde elegant und weltbürgerlich. Trotz Eton und Oxford versetzte Geoffrey seinen Vater in Unmut, indem er Anflüge von Eigenständigkeit zeigte. Das große Haus in Mayfair langweilte ihn, er machte sich nichts aus Gesellschaften und lachte über die Idee, eine politische Laufbahn einzuschlagen. Sein launischer Eigensinn erweckte den ererbten Zorn in Stephenson Charlecote, der sich um so mehr über seinen Sohn ärgerte, als Neffe Herbert ihm in jeder Hinsicht gehorchte und in allen vornehmen Salons Eindruck machte. Es kam zum Bruch, als Geoffrey auf den Gedanken kam, ins Ausland zu gehen, um Bildhauer zu werden. Stephenson Charlecote bekam einen Wutanfall und untersagte es ihm. Geoffrey ging trotzdem.

An all dies erinnerte sich Reggie Fortune jetzt wieder; er vergaß nie etwas, wenn er nicht wollte. Den Rest erzählte ihm Geoffrey, während sie mit Reggies Wagen nach London zurückfuhren.

»Mein Gott, Fortune, es ist furchtbar! Ich fand ihn tot auf der Straße liegen, vor meiner Wohnung. In sein Blut bin ich getreten. Mensch, mein Alter!«

»Schon gut. Schon gut«, sagte Reggie Fortune. »Jetzt fang mal von vorne an.«

»Was heißt von vorne?«

»Na, ihr habt euch doch gestritten, oder?«

»Er hat gestritten. Oh, das klingt gemein. Ich geb zu, es war meine Schuld. Ja, wir hatten einen üblen Streit. Verdammt noch mal, was willst du damit sagen? Denkst du, ich – oh, also das ist abscheulich. Ich glaube, das denkt die Polizei auch. Mensch, mein Alter!«

»Ja. Aber das hilft ihm jetzt auch nicht mehr«, sagte Reggie Fortune gelassen. »Von Anfang an, bitte.«

Geoffrey Charlecote starrte ihn an, schluckte und nahm sich zusammen. »Also, nach dem Streit ging ich ins Ausland. Paris, Rom, München. Ich hatte auch noch eine kleine

Wohnung in Chelsea. Ich hab den Alten nie besucht, und geschrieben haben wir uns auch nicht. Wahrscheinlich bin ich ein Schuft.«

»Ist schon hart, ein Charlecote zu sein, was?«

»Ja. Es tut mir leid, Fortune – ich schwöre, es tut mir leid.«

»Hör doch auf«, sagte Reggie Fortune.

»Also, in München hab ich geheiratet.« Er wurde rot. »Sie ist ein Engel, weißt du, Fortune.«

»Bestimmt. Ein deutscher Engel?«

»Nein. Sie ist Italienerin. Sie kam als Sängerin nach München. Und ich – wir lernten uns kennen, und einen Monat später heirateten wir. Ich sag dir, Fortune, seither bin ich ein anderer Mensch. Es ist, als hätte ich durch sie erst eine Seele bekommen, vestehst du?«

»Hast du es deinem Vater gesagt?«

»Sie hat darauf bestanden, daß ich meinem Vater wieder schreibe. Lucia – sie kann Streit nicht ertragen. Sie ist so sanftmütig, jedes ungute Gefühl tut ihr weh. Also brachte sie mich dazu, mich mit ihm auszusöhnen. Ich hab dem Alten geschrieben, und er hat geantwortet – nur ein kurzer, höflicher, förmlicher Brief. Aber Lucia war sicher, daß es was bewirkt hatte, und darum kamen wir zurück nach England. Dann schrieb ich ihm noch einmal, und er kam uns in Chelsea besuchen. Das war vor einer Woche – genau heute vor einer Woche. Er war ziemlich steif und ablehnend, aber Lucia mochte er gleich. Das geht allen so, weißt du. Fortune, alter Junge, sie ist wunderbar. Ich fand, er war ganz schön alt geworden, aber er war so munter und aufgekratzt wie eh und je. Am Montag lud er uns zum Abendessen ein. Und dann – nun, gestern abend kam er wieder bei uns vorbei, etwa um vier, und blieb ziemlich lange. Und er war so fröhlich und nett. Danach ging ich raus, um ein paar Briefe einzuwerfen, und da lag er, keine zehn Meter von unserer Haustür entfernt. Man hatte ihn erstochen. Er lag in einer Blutlache. Lieber Gott! Es war furchtbar.«

»Ja. Ja. Scheint eine ruhige Straße zu sein, wo du wohnst.«

»Vinton Place – es ist eine Sackgasse.«

»War es dunkel, als er wegging? Und du hast nichts gehört? Ja. Ich möchte wissen, wer sein Geld kriegt?«

»Was zum Teufel willst du damit sagen?« rief Geoffrey.

»Na, das ist eine gute Frage«, sagte Reggie Fortune ruhig. »Wenn ich die Sache für dich übernehmen soll, und das tu ich, wenn du willst, dann vertrete ich nur deine Interessen. Wenn ich für Scotland Yard arbeite – und die rufen mich bestimmt, wenn's ein schwieriger Fall ist –, dann sorge ich eben dafür, daß die Wahrheit rauskommt, egal wer darunter leidet.«

»Und du meinst, ich will nicht, daß die Wahrheit rauskommt?« rief Geoffrey. »Worauf spielst du an? Glaubst du, ich hab ihn ermordet?«

»Absolute Ruhe bewahren«, sagte Reggie Fortune.

»Ich bin aber nicht ruhig. Ich wäre ja ein Vieh, wenn ich hier ruhig bliebe. Ich will, daß die Sache aufgeklärt wird, Mann. Ich will, daß meinem Vater Gerechtigkeit widerfährt. Ob du den Fall für mich übernimmst oder für die Polizei, ist doch gleich.«

»Wenn du's so siehst, dann nehme ich die Polizei, Geoffrey«, meinte Reggie gelassen.

Geoffrey Charlecote starrte ihn an. »Jetzt reicht's, danke«, sagte er. »Halt an. Ich werde Sie nicht mehr belästigen, Mr. Fortune.«

»Zum Teufel mit Mister. Sei kein Blödmann, Geoffrey. Es ist schlimme genug. Laß uns das Beste daraus machen.«

»Halten Sie den Wagen an!« sagte Geoffrey laut und richtete sich auf.

»Mitten auf der Landstraße? Ach, beruhige dich doch.« Aber Geoffrey drehte sich um und öffnete die Wagentür. Also hielt Reggie an, und Geoffrey Charlecote blieb wutentbrannt auf der Landstraße zurück.

Reggie Fortune lehnte sich in den Sitz und seufzte. »Armer Kerl, kann ich nur sagen. Armer Kerl«, meinte er. Und als er zu Hause in der Wimpole Street ankam, rief er als erstes den Ehrenwerten Stanley Lomas an, den Chef des Kriminalkommissariats. Als Folge davon saß er nun unter den französischen Kunstdrucken in Mr. Lomas' Arbeitszimmer.

»Ich dachte, Sie wären schon informiert, verstehen Sie?« sagte Lomas. »Ein ganz hübscher Fall. Wohlhabender alter Gentleman, mittelloser Erbe, plötzlicher Tod. Das ist ganz normal. Aber mittellose Erben stechen nicht zu – jedenfalls nicht in England.«

»Ja. Sie sind intelligent, Lomas. Aber Sie haben Vorurteile. Sie glauben immer an das Offensichtliche.«

»Das Offensichtliche ist das, was passiert.«

»Menschenskind! Wenn das so wäre, dann hätten wir kein Kriminalkommissariat nötig. Also, folgendes hab ich bisher herausgefunden. Überprüfen Sie's, bitte. Geoffrey hatte Streit mit dem Alten – ging weg, fing als Künstler an und heiratete eine Italienerin – auf ihren Wunsch versuchte er, sich mit dem Alten auszusöhnen – der Alte wollte auch, war zweimal bei Geoffrey zu Besuch, und nach dem zweiten Besuch fand Geoffrey ihn erstochen vor dem Haus.«

»Stimmt alles«, sagte Lomas zustimmend. »Eigenartigerweise änderte der Alte kurz vor dem Mord sein Testament zu Geoffreys Gunsten. Als sie den Streit hatten, hat er ein Testament aufsetzen lassen, in dem er alles seinem Neffen Herbert vermachte. Dem neuen Testament nach kriegt Herbert zwanzigtausend, und alles übrige geht an Geoffrey. Es wurde erst am Vormittag des Mordes unterzeichnet.«

»Es gibt einen Haufen von unbekannten Größen in dieser Gleichung«, sagte Reggie. »Tatsachen sind oft unwichtige, kleine Dinge. Die hier könnten auf alles mögliche passen. Sowie er erfährt, daß das Testament ihn begünstigt, bringt Geoffrey den Alten um. Oder: Sowie er von einem neuen Testament hört, das ihn benachteiligt, sieht Herbert rot und sticht den Alten nieder. Übrigens, Lomas, ich nehme doch an, der Alte wurde erstochen?«

»Was? O verdammt, tun Sie doch nicht so. Klar wurde er erstochen. Der Gerichtsarzt und sein Hausarzt, Newton, haben beide die Leiche untersucht. In den Hals gestochen. Wir haben auch die Tatwaffe. Eine Art Stilett oder Dolch.«

Reggie zwinkerte dem Chef des Kriminalkommissariats zu. »Klingt italienisch«, murmelte er.

»Ist auch italienisch.«

»Und Geoffrey hat eine italienische Frau.«

»Eine italienische Sängerin – singt in Cafés. So eine ist das. Ja, so sieht die Sache also aus.«

»Lomas, altes Haus. Sie sollten eigentlich Schauergeschichten schreiben. Die teuflische, italienische Sängerin stürmt aus dem Dunkel hervor, zieht einen D-D-Dolch aus dem Strumpfband, fällt über den lieben, netten alten Gentleman her und läßt ihn sich in seinen Eingeweiden wälzend daliegen. Dann legt sie den Dolch daneben, damit ihn der begabte Detektiv findet und geht wieder hinein zum Abendessen.«

»Klingt dumm, was?« grinste Lomas. »Aber so ist das, verstehen Sie?«

»Ich verstehe nichts«, sagte Reggie Fortune. »Ich verstehe überhaupt nichts. Ich stamme von braven Eltern mit gesundem Menschenverstand ab, und das hier ist ja alles verrückt. Ich nehme an, er wurde tatsächlich erstochen?«

»Sie hacken schon wieder darauf herum. Schauen Sie ihn sich doch morgen früh mal an. Zum Teufel, Mann, der Hausarzt und der Gerichtsarzt sollten doch merken, ob er ein Loch hat oder nicht.«

»Aber wieso – wieso? Geoffrey – seine italienische Frau – die waren doch sowieso auf Samt gebettet. Der enttäuschte Neffe – nun, ich nehme an, der bekam einen monatlichen Wechsel, solange der Alte am Leben war. Wissen Sie irgendwas über den Neffen Herbert?«

»Playboy – Salonlöwe – na, so die üblichen Laster. Spielt sich ein bißchen auf. Nichts Besonderes.«

»Klingt nicht wie ein Meuchelmörder«, gab Reggie zu.

»So was tut man einfach nicht. Das ist das Problem. Komischer Fall.«

»Ich nehme an, der Alte hatte keine dunkle Vergangenheit?«

Lomas schüttelte den Kopf. »Ein ganz respektierlicher alter Vogel.«

Reggie stand auf und schenkte sich ein Glas Sodawasser ein. »Die außergewöhnliche Gründlichkeit des Mörders«, sagte er vorsichtig. »Lomas, alter Junge, überlegen Sie sich mal die außerordentliche Gründlichkeit des Mörders. Mr. S. Charlecote verläßt das Haus seines Sohnes. Ein paar Meter vor der Haustür tötet ihn jemand so schnell, so sauber, daß er keinen Mucks macht. Und dann läßt dieser außerordentlich gründliche Mörder den Dolch liegen, damit Sie ihn finden.«

»Wer sagt, er hat keinen Mucks gemacht?«

»Na, Geoffrey und sein Engelsweibchen. Ja. Nur die und sonst niemand. Das ist ein wunder Punkt. Kleine Betrachtungen über das Offensichtliche von S. Lomas. Na, dann knöpf ich mir mal die Leiche vor.«

Also stattete er am nächsten Morgen der Leichenhalle einen Besuch ab. Er war etwas überrascht, als er den Gerichtsarzt und Dr. Newton vorfand, die beide schon auf ihn warteten. Man begrüßte sich gegenseitig. »Gibt es irgend etwas Betimmtes, das ich mir genauer ansehen sollte, Gentlemen?«

»Meine Ansicht nach ist es ein klarer Fall«, sagte der Gerichtsarzt.

»Ich bin immer froh, einen zweiten Experten dazu zu hören«, sagte Dr. Newton. »Selbstverständlich geht das hier ziemlich über meinen Horizont. Ich gebe zu, daß mich die Sache doch recht mitnimmt.«

»Bestimmt. Bestimmt. Sehr beunruhigend. Ich nehme an, Sie kannten ihn gut, Doktor?«

»Ein alter Patient von mir, Dr. Fortune. Ich darf wohl sagen, ein alter Freund.«

»Ach so. Sie kannten natürlich auch die Familie.«

»Es war eine so liebenswürdige Familie«, sagte Dr. Newton. »Es ist wirklich schrecklich.« Er seufzte. Er war ein auffällig gekleideter, bärtiger Mensch, gefühlvoll in Ausdruck und Gehabe. »Armer Charlecote! Er hat sich wohl nie mehr ganz davon erholt, daß Geoffrey mit ihm gebrochen hat. Aber wer hätte gedacht, daß diese eigenartige Eskapade so enden würde?«

»Sie glauben also, Geoffrey hätte es getan?«

»Wie bitte?« Dr. Newton war entsetzt. »Sie legen mir da Sachen in den Mund, Mr. Fortune. Nein, nein. Das ist eine ganz infame Behauptung.«

»Mord ist ein ziemlich infames Geschäft«, sagte Reggie gelassen. »Na los, Doktor, was halten Sie von Geoffrey?«

»Ich habe schon immer gefunden, Mr. Fortune, daß Geoffrey etwas Ungewöhnliches an sich hatte, etwas Abnormales oder Verqueres – einen gewissen gewalttätigen Charakterzug.«

»Liegt vielleicht in der Familie.«

»Kann sein. Und doch hatte sein Vater nichts dergleichen. Und sein Vetter Herbert auch nicht.«

»Vetter Herbert. Ja. Was ist mit Vetter Herbert?«

Dr. Newton lachte. »Ehrlich gesagt, Mr. Fortune, Sie erstaunen mich. Denn mit Herbert ist gar nichts. Ein sehr feiner junger Mann, zweifellos, aber farblos, ziemlich farblos.« Reggie nickte. »Ja.« Dr. Newton hing seinen

Gedanken nach. »Bei meinen Mutmaßungen über diese Sache – diese höchst bedauerliche Sache – sehe ich mich immer wieder einer unbekannten Größe gegenüber, einer geheimnisvollen Größe: Geoffreys italienischer Ehefrau.«

»Ah, das ist es also«, sagte der Gerichtsarzt nachdrücklich.

Reggie sah die beiden an, nickte und ging, ohne weitere Worte zu verlieren, zu der Leiche hinüber. Er brauchte nicht lange. Zwei Stiche hatten genügt für das Ableben von Stephenson Charlecote. Einer in den Hals, der die Halsschlagader durchstochen hatte; und einer in die Brust, der ins Herz gedrungen war.

Der diensttuende Chefinspektor Bell von Scotland Yard zeigte die Waffe, die man neben der Leiche gefunden hatte: einen langen, schmalen Dolch oder ein Stilett, offensichtlich dazu geeignet, die Wunden verursacht zu haben, offensichtlich italienischer Herkunft.

Reggie beendete seine Untersuchung und wandte sich an die beiden Ärzte, die ehrerbietig dastanden und warteten. »Ist Ihnen irgend etwas Besonderes aufgefallen, Gentlemen?«

»Ziemlich klarer Fall, glaube ich.« Der Gerichtsarzt zuckte die Achseln. »Technisch gesehen eine sehr saubere Arbeit.«

»Ich würde sogar noch weiter gehen«, sagte Dr. Newton. »Die Tat ist anscheinend mit bemerkenswertem Geschick und großer Entschlossenheit ausgeführt worden.«

»Die außerordentliche Gründlichkeit des Mörders«, murmelte Reggie. »Ja. Hat jedesmal die richtige Stelle erwischt.«

»Fast könnte man meinen, er hätte Übung im Gebrauch dieser Waffe«, sagte Dr. Newton.

»Sieht ganz danach aus.« Reggie nickte ihm zu. »Ja. War der Verstorbene in letzter Zeit bei guter Gesundheit?«

»Ich habe ihn seit einiger Zeit wegen Magenschmerzen behandelt – ein hartnäckiger Magenkatarrh. Es war unangenehm, aber kaum was Ernstes.«

Daraufhin entledigte sich Reggie der beiden und blieb mit Chefinspektor Bell zurück. Chefinspektor Bell zwinkerte ihm abgeklärt, aber aufmunternd zu. »Und was nun, Sir?« fragte er.

»Ich bin deprimiert, Bell. Haben Sie jemals Gefühle? Ich habe das Gefühl, daß das alles nicht stimmt.«

»Na, Sir, die Beweise sind spärlich, sehr spärlich.«

»Beweise? Ach du meine Güte, soweit sind wir doch noch gar nicht. Mir ist nicht ganz wohl. Alles ist irgendwie verdreht. Warum hat man den Alten umgebracht? Er hat sich wieder mit Geoffrey ausgesöhnt, und abgesehen davon hatte Geoffrey genug zum Leben. Herbert hatte seinen monatlichen Wechsel und auch ein bißchen eigenes Geld. Sonst hat doch niemand von seinem Tod profitiert.«

»Ich sehe, Sie lassen die Italienerin aus dem Spiel, Sir.«

»Wir kommen immer wieder auf sie zurück«, sagte Reggie traurig. »Aber wieso? Nehmen wir mal an, er war gemein zu ihr, als er zu Besuch kam. Würde Sie da rausrennen und ihn auf der Straße erstechen? Doch wohl kaum. Wußte er vielleicht irgendein Geheimnis über ihre Vergangenheit? Was hat sie für eine Vergangenheit, Bell?«

»Auf jeden Fall eine ziemlich kurze, Sir. Sie ist erst achtzehn. Na gut, sie war Sängerin im Kaffeehaus. Aber bei uns liegt nichts gegen sie vor. Meiner Erfahrung nach sind die nicht schlechter als andere.«

»Das hätten wir also. Haben Sie seine Papiere schon eingesehen?«

»Wir fahren wohl besser dorthin, Sir. Sein Anwalt ist bestimmt schon dort. Aber ich habe erfahren, daß da nichts zu holen ist. Überhaupt sehr wenig private Unterlagen.«

»Na ja. Ich nehme an, es war Mord.«

Chefinspektor Bell starrte ihn an. »Mr. Lomas sagte schon, Sie würden immer wieder darauf herumhacken. Ist doch ziemlich klar, Sir, oder?«

»Ich nehme es an«, sagte Reggie gelangweilt. »Aber es stimmt alles nicht, Bell, es stimmt einfach nicht.«

Im Haus des Toten war sein Anwalt, der alte Sir Thomas Long, in der Bibliothek beschäftigt; sein Helfer war – zu Reggies Überraschung – Herbert Charlecote. Herbert stellte sich als bleicher, geckenhafter Mensch heraus, förmlich und höflich. Farblos – Dr. Newton hatte den Nagel auf den Kopf getroffen.

Herbert freute sich sehr, Mr. Fortunes Bekanntschaft zu machen.

»Ich weiß nicht, ob ich hoffen darf, daß Sie etwas Licht in diese unglückselige Sache bringen, Sir?«

Reggie schüttelte den Kopf. »Ihr Onkel wurde erstochen; er erlag seinen Verletzungen auf der Stelle. Das ist der ganze Fall, Mr. Charlecote. Ich nehme an, Sie können uns auch nicht weiterhelfen?«

»Ich bin völlig verwirrt. Ziemlich benommen, Mr. Fortune.«

Reggie nickte und stand ungemütlich herum, worauf Herbert ihn diskret mit dem Anwalt alleinließ.

»Na, Mr. Fortune?« Sir Thomas nahm seine Brille ab und spitzte den Mund.

»Nichts. Na, Sir Thomas?«

»Nichts, Sir.«

»Ach ja. Das eben war doch ein bißchen eigenartig, nicht?« Reggie machte eine Kopfbewegung zur Tür hin, durch die Herbert hinausgegangen war.

»Mr. Herbert Charlecote bot sich an, mir zu helfen. Er fungierte als Sekretär seines Onkels. Es stand mir nicht zu, ihn darauf hinzuweisen, daß es eventuell dagegen Einwände geben würde, solange er selbst keine hatte.«

»Weiß er Bescheid über das neue Testament?«

»Weder er noch sein Vetter Geoffrey. Mr. Herbert, schließe ich daraus, hält sich für den Alleinerben, und Mr. Geoffrey glaubt, er sei enterbt.«

»Und trotzdem wird der Alte ermordet, kaum daß das neue Testament gemacht ist! Ach, es stimmt alles nicht«, sagte Reggie verdrießlich.

»Ein seltsamer Fall. Ein äußerst seltsamer Fall, Mr. Fortune.« Sir Thomas setzte seine Brille wieder auf. »Aber ich fürchte, ich kann Ihnen nicht helfen.«

Chefinspektor Bell öffnete die Tür. Reggie schien jedoch nicht recht gehen zu wollen und trödelte so lange noch auf der Treppe herum, bis sich der Chefinspektor umdrehte und fragte: »Ist noch was, Sir?«

»Dieser Magenkatarrh«, murmelte Reggie. »Nehmen wir uns mal den Hausdiener vor.«

Der Hausdiener, ein älterer Mann, wurde ausfindig gemacht. Er bezeugte, daß Mr. Charlecote sich sehr über den Streit mit Geoffrey aufgeregt hatte. Mr. Charlecote hatte sich häufig über sein Befinden beklagt. Es gab jedoch keine besonderen Symptome. Dr. Newton hatte ihn schon lange behandelt. Aber der Hausdiener war nicht der Ansicht, daß er Mr. Charlecote viel geholfen hatte. Mr. Charlecote hatte nämlich seine Arznei überhaupt nicht eingenommen. Ziemlich viele Medikamente waren es gewesen. Mr. Charlecote hatte angeordnet, sie in den Ausguß zu schütten.

»Das hätten wir«, sagte Reggie beim Hinausgehen.

»Wir kommen einfach nicht weiter, Sir, oder?« sagte der Chefinspektor voller Mitgefühl. »Haben Sie irgendeine Idee?«

»Was hält Chefinspektor Bell von der Sache?«

»Sieht wie ein schwieriger Fall aus, Sir. Einer von denen, wo das Glück auf seiten des Täters ist. Urteil, Täter unbekannt.«

»Also will Scotland Yard es dabei belassen?«

»Außer, Mr. Fortune hat was in der Hinterhand.«

»Von wegen. Sie wissen aber, daß wir etwas übersehen haben, Bell.«

»Ach, tatsächlich, Sir? Und wo sollen wir es suchen?«

»Nun, aufpassen. Jeden beobachten.«

»Das Leben ist kurz, Sir«, sagte Chefinspektor Bell düster, und damit trennten sie sich.

Der Chefinspektor war ein echter Prophet. Die aufsehenerregende Verhandlung um Stephenson Charlecote endete mit dem unbefriedigenden Urteil auf Mord, begangen von einem oder mehreren unbekannten Tätern. Es war offenkundig, daß die Öffentlichkeit und der Staatsanwalt als deren Sprachrohr allen Verdacht gegen Geoffrey richteten. Er bot als Zeuge ein schlechtes Bild. Er war aufgeregt, nervös und bekam während des feindseligen Verhörs durch den Staatsanwalt einen Wutanfall.

Als er gefragt wurde, ob er wüßte, daß sein Vater am Morgen des Mordes ein Testament gemacht hatte, in dem er ihm alles vererbte, zeigte er sich äußerst erregt, schwor (nicht nur als Zeuge, sondern auch mit Flüchen), daß er nichts davon wußte, beleidigte den Staatsanwalt und erklärte brüllend, er würde das Geld nicht anrühren, was allen Anwesenden im Saal etwas übertrieben und wie ein falsches Melodram vorkam. Wenn Mißtrauen und Abneigung als Gründe ausreichen würden, einen Mann an den Galgen zu bringen, so hätten die Geschworenen Geoffrey den Garaus gemacht, aber die Beweise, wie Lomas erläuterte, reichten nicht einmal aus, um einen ausgemachten Schuft aufzuhängen.

Am nächsten Tag stattete Reggie, höflich wie immer, Geoffrey einen Besuch ab. Es war ein sehr bescheidenes Haus in einer Sackgasse in Chelsea. Der ältliche Bedienstete erkundigte sich nach Reggies Namen und ließ ihn in der Tür stehen, von wo aus er einen Blick auf einen schmalen Hausflur und eine Treppe ohne Teppichbelag erhaschen konnte. Er mußte ziemlich lange warten und hörte verschiedene Geräusche. Als er schließlich ins Atelier geführt wurde, standen die Zeichen auf Sturm. Geoffrey war rot angelaufen und sichtbar schlecht gelaunt, seine Frau bleich und müde.

»Also, was ist denn noch?« brummte Geoffrey.

Seine Frau lächelte. »Mr. Fortune? Das ist aber nett. Nehmen Sie doch bitte Platz. Etwas Tee, ja?«

Und Reggie sagte im Geiste zu sich: »Ach, du meine Güte! Das ist keine Frau, das ist ein Kind.« Denn Lucia Charlecote war so zerbrechlich, so schlicht, daß sie eher wie ein Engel auf einem primitiven italienischen Gemälde aussah als wie eine Frau.

»Halt den Mund, Lucia«, knurrte Geoffrey. »Was wollen Sie hier, Mr. Fortune? Bißchen Detektiv spielen?«

»Du bist ziemlich schwierig, was?« sagte Reggie sanft. »Du weißt doch noch, du wolltest, daß die Wahrheit ans Licht kommt, Gerechtigkeit für deinen Vater und so weiter. Also, ich bin immer noch dran.«

»Ganz schön was angerichtet hast du, nicht?«

»Ich gebe gern zu, daß wir etwas übersehen haben.«

»Übersehen! Ja, direkt aufgehängt habt ihr mich nicht, danke. Ihr habt bloß dafür gesorgt, daß alle denken, ich hätte meinen Vater umgebracht. Und das reicht dir noch nicht mal! Schönen Dank auch!«

»Also, bist du jetzt fertig?« fragte Reggie. »Du bist nicht fair, weißt du. Ich seh's ja ein. Aber du bist nicht fair. Wenn du willst, daß die Sache aufgeklärt wird, mußt du uns schon noch was in die Hand geben. Deshalb bin ich hier. Also, gibt's was Neues?«

»Ach, scher dich zum Teufel!«

»Geoffrey!« Lucia tippte ihm von hinten auf die Schulter. »Mr. Fortune ist sehr nett. Er will uns helfen«, sagte sie lächelnd und nickte Reggie zu.

»Ach, halt doch die Klappe. Mr. Fortune ist ein verdammter Bulle, seine Tricks kann er woanders loswerden.«

»Du bist ganz unmöglich!« rief Lucia. »Mr. Fortune, Sie sehen, mit was ich hier leben muß. Mit einem Brummbär!« Sie zauste Geoffreys Haar; er stieß einen ungehaltenen Schrei aus und schlug ihre Hand weg. »Aber doch, Mr. Fortune, es gibt etwas Neues. Dieses Untier hier, er will das Geld seines Vaters nicht annehmen. Er schreibt dem Anwalt, daß er es nicht annimmt. Aber ich verbiete ihm das. Ich sage, das ist verrückt. Sagen Sie, hab ich nicht recht, Mr. Fortune? Was dem Vater, das dem Sohne. Und Geoffrey, er hat doch nichts getan. Aber wenn er sagt, er nimmt's nicht«, – sie machte eine theatralische Geste –, »dann denken die Leute, es ist, weil er Schuld hat. Ist es nicht so, Mr. Fortune?«

»Kannst du vielleicht mal den Mund halten?« raunzte Geoffrey sie an, drehte sich dann zu Reggie um und starrte ihn an. »Das ist doch eine hübsche Geschichte für dich. Und was sagt deine vertrackte Detektivzunft dazu?«

»Wissen Sie, Mrs. Charlecote, er hat's immer so eilig«, sagte Reggie vertraulich. »Sehr beunruhigend, nicht? Du bist ganz schön schwierig, Charlecote, alter Junge. Bist du nun geistig fähig, einen Gedanken zu registrieren? Gut. Also, nimm doch mal an, ich hätte mich vielleicht deswegen geweigert, dich zu vertreten, weil es besser für den Sohn und Erben ist, wenn ich nicht auf seinen Befehl handle.«

»Was zum Teufel willst du damit sagen?«

»Also, ich weiß nicht recht, was ich damit sagen will. Weißt du's vielleicht? Gibt es irgend etwas, das du mir sagen willst?«

»Ich will dich nie wiedersehen.«

»Geoffrey!« protestierte seine Frau.

»Oh, er ist heute nachmittag nicht sehr gesprächig, Mrs. Charlecote. Sie entschuldigen mich.« Reggie entzog sich ihrer Einladung zum Tee und machte sich davon.

Aber er ärgerte sich. Gegen seinen Willen mußte er an Dr. Newtons Kommentar denken. »Etwas Ungewöhnliches an Geoffrey, etwas Abnormales und Verqueres, ein gewisser gewalttätiger Charakterzug.« So war es. Zum Kuckuck mit dem schmierigen alten Hausarzt! Warum wollte Geoffrey das Geld nicht? War es nur ein Scherz? Oder das leidenschaftliche Bestreben, sich von dem schlechten Ruf, er profitiere vom Tod des Alten, reinzuwaschen? Wahrscheinlich, höchst wahrscheinlich. Aber es gab doch so etwas wie Reue in der menschlichen Natur. Und warum riet das Engelsweibchen Geoffrey, das Geld zu behalten? Es sollte ihr doch eigentlich wichtig sein, daß ihr Mann unbescholten war, man sollte doch meinen, einer Frau sei das wichtiger als dem Mann selber. Und man sollte auch meinen, eine Frau würde den Zorn ihres Mannes teilen gegenüber dem schrecklichen Burschen, der ihn nicht in Schutz genommen hatte. Statt dessen war das Engelsweibchen sehr darauf bedacht, sich mit diesem schrecklichen Burschen gut zu stellen. Weil er die Polizei repräsentierte? Oder wieso sonst? Es hatte schon etwas Dubioses an sich, das Engelsweibchen.

Reggie machte sich Sorgen – was selten vorkam – und ging los, um seinen ungeselligsten Club aufzusuchen. Da saß er und stierte in eine amerikanische Fachzeitschrift, als Lomas ihn plötzlich laut ansprach.

»Gram bringt selbst eine Katze um. Warum so niedergeschlagen, Reginald?«

Reggie setzte sich auf. »›Das Leben ist wirklich, das Leben ist ernst‹, Lomas. ›Und mit dem Tode nicht zu Ende.‹ Und das wegen unseres vertrackten Berufs, der selbst den Leichen keine Ruhe läßt. Kommen Sie. Ich mache mir Sorgen. Und Ihnen werde ich auch welche machen.«

Während sie im St. James's Park spazierengingen, erzählte ihm Reggie von dem seltsamen Gespräch im Atelier. »Ich brauche Trost, Lomas, altes Haus«, sagte er schließlich. »Trösten Sie mich.«

»Mein lieber Fortune! Es ist doch ganz klar, oder? Unbefriedigender Fall, zutiefst unbefriedigend. Aber doch glasklar. Ich war schon immer der Meinung, daß die zwei mit drinstecken. Vielleicht hat das süße Frauchen es getan, oder aber Geoffrey dazu angestiftet. Jetzt kriegt er's mit der Angst und sie nicht. Frauen halten so was besser durch als Männer, verstehen Sie?«

»Nein, verstehe ich nicht. Ich verstehe überhaupt nichts. Lomas, alter Junge, Sie sind wohltuend und tröstlich, wirklich. Ich wußte, daß Sie das sagen würden. Und ich weiß, daß es einfach alles nicht stimmt.«

»Sie Ärmster! Sie kommen nie über einen unbefriedigenden Fall hinweg. Dabei kommt es so oft vor – ein Fall, in dem man nichts unternehmen kann, obwohl man weiß, daß es ein klarer Fall ist.«

»Ach, Menschenskind! Bei einem klaren Fall kann man immer was unternehmen.«

»Sie sind ja noch so jung«, sagte Lomas nachsichtig lächelnd.

»Wir haben etwas übersehen, verstehen Sie das denn nicht?«

»Und was haben wir übersehen, Reginald?«

Reggie hielt ihn an und sah zu den Enten hinüber. Eine ganze Weile sah er zu den Enten hinüber. Und dann sagte er: »Vetter Herbert. Der ausweichende, schwer faßbare Vetter Herbert. Warum geraten wir nie an Vetter Herbert?«

»Weil er nichts damit zu tun hatte, oder?«

»Weil wir nicht nach ihm gesucht haben.«

Lomas ließ ein ungeduldiges Lachen hören. »Das ist absurd, mein Lieber. Dieses bleiche, zahme Kätzchen von einem Mann!«

»Sie haben ein paar von Ihren Leuten bei ihm ein bißchen rumschnüffeln lassen?«

»Mein lieber Fortune! Aber sicher doch. Er ist ein ganz unbescholtenes Bürschen. Spieler, protzt ein bißchen – weiter nichts.«

»Ach, er brauchte Geld – stimmt's?«

»Mein lieber Fortune, da sind Sie absolut schief gewikkelt. Er hat ein Alibi. Zur Tatzeit war er mit ein paar Leuten in Maidenhead.«

»Du meine Güte. Ein Alibi kann doch jeder haben«, brummte Reggie.

Lomas lachte und schüttelte den Kopf. »So nicht, Reginald. Seien Sie nicht so subtil.«

»Na, Ihnen könnte das ja nie passieren«, raunzte Reggie ihn an, und zum ersten Mal trennten sie sich schlechtgelaunt.

Drei Tage später wurde er per Telefon nach Scotland Yard bestellt, und er traf Lomas bei einer Besprechung mit Chefinspektor Bell an.

»Ah, hier ist ja unser Prophet«, sagte Lomas lächelnd.

»Erinnern Sie sich – im Mordfall Charlecote – da deckten Sie Herbert in doppelter Hinsicht? Na, die neuesten Nachrichten vom Rennen besagen, daß Herbert verschwunden ist.«

»Dann ist das verdammt unvorsichtig von Ihnen. Ich sagte doch, Sie sollen ihn beobachten. Ihr seid nicht besonders helle bei der Polizei, aber ihr könntet zum Teufel wenigstens aktiv sein.«

»Sein Diener sagt, er sei verschwunden. Er hatte gestern abend eine Einladung zum Essen. Kam nicht nach Hause, um sich umzuziehen. Kam überhaupt nicht nach Hause. Er ist gestern nach dem Mittagessen ausgegangen, und seither hat ihn niemand mehr gesehen.«

Reggie setzte sich. »Eine von Ihren Riesenzigarren würde mir jetzt guttun, Lomas«, sagte er und bediente sich. »O Mr. Lomas, Sir, das kommt aber plötzlich. Vetter Herbert wurde zweifellos inzwischen nervös. Aber wieso dieser dramatische Abgang? Wieso ist ihm gestern das Pflaster zu heiß geworden?«

Chefinspektor Bell räusperte sich. »Ich fragte mich schon, Sir, ob Mr. Fortune bezüglich Herbert irgendwelche eigenen Schritte unternommen hat. Um ihn zu warnen, sozusagen.«

»Von wegen. Warum in drei Teufels Namen haben Sie ihn nicht beobachtet?«

»Sir, schließlich haben wir gegen ihn gar nichts in der Hand.«

»Und jetzt?«

»Aber, Sir, es ist doch kein Verbrechen zu verschwinden. Ich muß trotzdem sagen, es ist seltsam, sehr seltsam.«

»Oh, ich nehme an, Geoffrey und das Engelsweibchen haben ihn auch umgelegt. Nur einfach so, Lomas, altes Haus.«

»Sie sind so frisch und fröhlich«, brummte Lomas. »Ich wünschte, Sie würden mir mitteilen, was wir davon halten sollen. Warum sollte er auf einmal durchbrennen?«

»Hier ist noch irgendwo eine unbekannte Größe«, gab Reggie zu.

Lomas wurde am Telefon verlangt. Er hob ab und machte, während er zuhörte, ein vielsagendes Gesicht. Dann legte er ganz behutsam auf. »Ich fürchte, Sie liegen total falsch, Fortune. Herbert Charlecote ist nicht durchgebrannt. Man hat Herbert Charlecote gefunden, ertrunken im Basingstoke-Kanal.«

»Lieber Gott, Sir!« rief der Chefinspektor.

»Ziemlich überzeugend, was?« Lomas zuckte die Schultern.

»Und wieso im Basingstoke-Kanal?« fragte Reggie gelassen. »Gibt doch so viele schöne Plätzchen zum Ertrinken näher in der Nachbarschaft. Ich frage Sie, warum im Basingstoke-Kanal?«

Lomas und sein Chefinspektor sahen einander an. »Es ist wirklich ein verrückter Fall«, sagte Lomas gedehnt, »ich kann irgendwie nicht – –«

Reggie sprang auf. »Ach, kommen Sie schon. Wir fahren hin und schauen ihn uns an. Mein Wagen steht draußen. Wo ist das?«

»In Woking. Einen Moment noch.« Lomas klingelte und machte sich wieder an seine Akten.

Also ging Reggie zuerst hinunter. Er entließ seinen

Chauffeur mit ausführlichen Anweisungen und setzte sich ans Steuer. Chefinspektor Bell kam dazu. »Wird immer dunkler Sir, was?«

»Wechselhaftes Wetter«, sagte Reggie. »Los, Lomas, alle Mann an Bord! Hat jemand Angst? Nein!« Der Wagen schoß vorwärts. Und als sie in Woking anhielten, fragte Lomas: »Ist mein Haar jetzt weiß, Fortune?«

Die beiden anderen standen ehrfürchtig dabei, während der Experte mit der Leiche zu tun hatte. »Wie oft hab ich das Spiel schon gesehen, Sir, aber ich werde mich nie daran gewöhnen«, sagte Bell, und Lomas nickte. Aber Reggie pfiff während der Arbeit.

Als er mit der Leiche fertig war und ein undefinierbares Schnipselchen in seine Brieftasche steckte, sagte Lomas: »Also, was ist? Ich nehme an, er ist ertrunken?«

»Stimmt, er ist ertrunken – ungefähr fünf Uhr gestern nachmittag. Sagen wir gegen Abend. Und jetzt die Stelle, wo er umgekommen ist. Wo ist das?«

»Direkt neben einer Brücke an einer Nebenstraße irgendwo zwischen hier und Byfleet Station.«

»Ich frage Sie: Warum sucht sich ein Gentleman von Welt, der drauf und dran ist, Selbstmord zu begehen, eine Brücke an einer Nebenstraße irgendwo zwischen hier und Byfleet Station aus?«

»Irgend jemand hat sich ganz schön ins Zeug gelegt bei dieser Charlecote-Geschichte«, sagte der Chefinspektor.

Reggie lachte. »Der Chefinspektor hat's mal wieder erfaßt – wie immer. Kommen Sie!«

Er hielt den Wagen in einiger Entfernung von der Brücke an, und sie gingen zu Fuß weiter.

»Hier ist ein großer Wagen drübergefahren«, sagte Bell. »Man würde nicht denken, daß das hier eine Autostraße ist.« Es handelte sich um eine schmale Straße, die mit Kies locker bestreut war. Direkt an der abschüssigen Stelle neben der Brücke hatte ein Auto gehalten und beim Bremsen oder beim Losfahren den lockeren Kies aufgewirbelt. Von dort bis zum Kanal waren es nur ein paar Meter. Der Pfad war ausgetreten, und das Gras und die Büsche an der Uferböschung waren niedergetrampelt. »Das kann passiert sein, als sie ihn herausgeholt haben«, sagte Bell. »Aber das erklärt das mit dem Auto noch nicht. Sie haben ihn nämlich mit einem Leiterwagen abtransportiert. Ich glaube, auf dieser Straße ist, seit es Autos gibt, noch nie eines gefahren und hat genau hier angehalten.«

»Jedenfalls nicht bis gestern abend«, sagte Lomas zustimmend.

»Also hat jemand«, sinnierte Reggie, »Herbert in ein Auto gepackt, ihn hierhergebracht und ihn reingeschmissen. Wer war dieser Jemand? Geoffrey und sein Engelsweibchen, heh, Lomas, altes Haus?«

»Der Jemand hat ganze Arbeit geleistet, was? Man hätte ihn vielleicht wochenlang nicht gefunden oder nie, wenn nicht ein Lastkahn vorbeigekommen wäre und ihn rausgefischt hätte. Und hier fährt nicht einmal jeden Monat ein Lastkahn vorbei.«

»Ja, irgendwo steckt hier ganz schön Köpfchen dahinter. Also, dann an die Arbeit. Als nächstes ist Herberts trautes Heim dran.«

Auf dem Rückweg brach der Wagen wiederum alle Rekorde.

Herbert Charlecote hatte in einem großen Appartementhaus in einem der oberen Stockwerke gewohnt.

»Hat sich ganz schön teuer eingerichtet, Sie verstehen«, sagte Lomas und sah sich in dem üppig ausgestatteten Raum um.

»Jetzt hat er für alles bezahlt, Sir«, erwiderte Chefinspektor Bell.

»Wissen Sie, ich habe kein Mitleid mit dem Schicksal des lieben Herbert«, sagte Reggie lächelnd. »Gucken Sie sich jetzt lieber seine Papiere an. Ich brauche einen Mann am Telefon.« Dann ging er hinaus und ließ sich eine ganze Weile nicht sehen.

Als er zurückkam, setzte er sich in die Fensternische und öffnete die hohen Fensterflügel. Auf der niedrigen steinernen Fensterbank stand ein Blumenkasten. Der Duft von Geranien und Eisenkraut strömte ins Zimmer. »Ziemlich öliges Aroma, was?« sagte Reggie. »Ich fürchte, er war ziemlich ölig, der selige Herbert. Wie kommen Sie voran?«

»Er war tatsächlich knapp bei Kasse«, sagte Lomas. »Hier ist sein Kontobuch und ein Brief vom Filialleiter seiner Bank, der sich beklagt, daß er schon wieder überzogen hat. Die 20 000 Pfund, die ihm gemäß dem Testament seines Onkels zustanden – die hatte er bitter nötig.«

»Und doch: sobald er etwas von diesem Testament erfährt, ertrinkt er umgehend. Bedeutsam, nicht wahr?« sagte Reggie lächelnd.

»Der Teufel soll mich holen, wenn ich weiß, was es bedeutet.« Lomas starrte ihn an.

»Ach, mein lieber Lomas! Jemand erwartete, daß Herbert nach dem Tod seines Onkels mehr als 20 000 Pfund kriegen würde; daß er nämlich das gesamte Vermögen einsacken würde. Nur, das tat er eben nicht. Darum findet man ihn tot auf. Können Sie anhand des Kontobuchs feststellen, wann Herbert Schwierigkeiten bekam?«

»Ungefähr vor neun Monaten. Er hatte seither gar nichts mehr auf der Bank.«

»Etwa vor neun Monaten. Dann unternahm also sein Onkel neun Monate lang nichts, um ihm auszuhelfen. Der ermordete Onkel wollte dem abgebrannten Neffen nicht aus der Patsche helfen. Na, Lomas, alter Junge?«

»Ich glaube, Sie spielen hier ihr eigenes Spiel«, sagte Lomas mißtrauisch.

Chefinspektor Bell kam dazu. »Hier ist eine Art Wettbuch, Sir. Er hat auch notiert, wie er beim Kartenspiel abschnitt. War ein ganz schöner Spieler.«

»Irgendwelche Namen?« fragte Lomas interessiert.

»Eine ganze Menge Namen, Sir. Nichts Aufschlußreiches allerdings. Das hier ist vielleicht ungewöhnlich.« Er deutete auf eine Stelle, wo auf der ganzen leeren Seite nur der Buchstabe »N« stand.

Reggie sprang von seinem Fensterplatz herunter und klingelte. »Der Chefinspektor hat's wie immer erfaßt«, sagte er und lachte. Herbert Charlecotes Hausdiener, ein bleicher, ängstlicher Mensch, kam auf das Klingeln herein. »Nun, mein Bester, gleich wird Dr. Newton vor der Haustür stehen; Sie werden ihn hereinlassen; er wird nach Mr. Herbert Charlecote fragen; Sie sagen nichts, überhaupt nichts, und Chefinspektor Bell wird im Hausflur sein und dafür sorgen, daß Sie nichts sagen; Sie werden Dr. Newton hier hereinbitten. Los, Bell. Kümmern Sie sich um ihn.«

Er schob die beiden hinaus.

»›N‹ steht also für Newton, was?« sagte Lomas. »Woher wissen Sie, daß er kommt?«

»Weil er gerade vorgefahren ist. Weil ich angerufen und gesagt habe, Mr. Herbert Charlecote wolle Dr. Newton sprechen. Und Sie gehen jetzt hier rein.« Er schubste Lomas in einen Nebenraum.

Dr. Newton, auffälliger denn je gekleidet, eilte herein und blieb beim Anblick von Reggie überrascht stehen. »Mr. Fortune? Oh, freut mich, Sie zu sehen.« Er war völlig außer Atem. »Aber ich dachte, ich sollte hier Mr. Charlecote sprechen.«

»Ach, wirklich? Das ist ja sehr optimistisch von Ihnen.«

»Ich verstehe nicht ganz, Mr. Fortune. Sind Sie beruflich hier?«

»Fürs Kriminalkommissariat.«

»Oh, tatsächlich?« Dr. Newton war immer noch außer Atem. »Waren Sie es, der mich sprechen wollte? Alles, was ich für Sie tun kann, natürlich – –«

»Sie können mir sagen, was das für eine kleine Wette war mit Herbert Charlecote.«

Dr. Newton verlor etwas von seiner Farbe. »Sie verwirren mich, Mr. Fortune. Ich bin kein Wettbruder. Bitte drücken Sie sich klarer aus. Und ich darf doch um einen anderen Ton bitten.«

»Wo ist Herbert Charlecote?«

»Nun, wo ist er?« echote Dr. Newton. »Ich gebe zu, daß ich nicht ganz schlau werde aus der Lage. Am Telefon sagte man mir, daß Mr. Charlecote mich sprechen möchte, und – –«

»Das hat Ihnen eine schlimme Viertelstunde bereitet, was? Es kommt noch schlimmer, Newton. Gestern nachmittag« – Reggie schlenderte um den Tisch herum und stellte sich zwischen Dr. Newton und die Tür – »gestern nachmittag nahmen Sie Herbert Charlecote mit auf eine Autofahrt. Als Sie zum Basingstoke-Kanal kamen, zu einer schön abgelegenen Stelle am Basingstoke-Kanal, hielten Sie ihm einen Wattebausch mit Chloroform auf den Mund, und als er bewußtlos war, warfen Sie ihn ins Wasser und ließen in dort ertrinken. Eine saubere Sache, Newton. Aber man hat ihn herausgefischt, Newton, und ich war den ganzen Morgen bei ihm, Newton.«

Dr. Newton fing an zu lachen. »Glauben Sie wirklich, daß ich dieses Märchen ernstnehme, Mr. Fortune? Dann darf ich Sie an meine Rechtsanwälte verweisen. Ich bin sicher, Sie verstehen, warum.« Er ging auf die Tür zu.

»Nicht direkt«, sagte Reggie und verstellte ihm den Weg.

Dr. Newtons gleichgültiger Ausdruck veränderte sich. Er versuchte, sich vorbeizudrängen, und als ihm das nicht gelang, stürzte er sich auf Reggie. Die beiden packten einander und schwankten quer durchs Zimmer. Reggie befreite sich kurz und duckte sich. Dr. Newton flog zum offenen Fenster hinaus. Als Lomas ins Zimmer gestürzt kam, hörten sie den dumpfen Aufprall auf dem Steinboden.

»Lieber Gott, hat er sich hinuntergestürzt?« schrie Lomas.

»Nein, ich hab ihn runtergeworfen«, sagte Reggie und strich sich übers Haar.

Lomas rannte aus dem Zimmer. Reggie schlenderte hinterher und ging zum Telefon.

Im Hof des Gebäudes lag die Leiche von Dr. Newton. Lomas, Bell und der Portier machten sich daran zu schaffen, und eine kleine Gruppe Schaulustiger hatte sich bereits versammelt, als Reggie dazukam. »Eigentlich brauchen Sie mich ja nicht«, sagte er, beugte sich aber über die Leiche. »Es ist vorbei. Das Genick ist gebrochen. Schädelbruch auch. Aber das ist jetzt egal.«

Bell stand auf und blies in seine Polizeipfeife.

»Lassen Sie das. Lassen Sie das«, sagte Reggie gereizt; es war das erste Anzeichen, daß seine Nerven etwas strapaziert waren. »Ich habe schon den Krankenwagen gerufen. Warum denken Sie nicht vorher an solche Sachen?«

Chefinspektor Bell verlor vor Verwirrung seine gewohnte Gelassenheit. »Gott sei mir gnädig!« rief er und starrte Reggie an.

Lomas nahm Reggie beim Arm. »Kommen Sie mit nach oben, Fortune, bitte«, sagte er ernst.

Reggie ließ sich darauf in Herbert Charlecotes Wohnzimmer führen, und als er oben war, warf er sich auf die Couch. »Drittens und letztens«, sagte er. »Und damit hat sich der Charlecote-Fall erledigt, Lomas, alter Junge.«

»Ach, bitte nicht in dem Ton«, rief Lomas. »Wir befinden uns in einer äußerst schwierigen Lage, Fortune.«

»Mein lieber Lomas! Ach, mein lieber Lomas! Wir sind aus einem äußerst schwierigen Fall siegreich hervorgegangen. Wir haben einen sehr gerissenen Verbrecher verfolgt und gefaßt, der, als er mit seinen Morden konfrontiert wurde, die Nerven verlor und Selbstmord beging, indem er sich aus einem Fenster im vierten Stock stürzte.«

»Sie haben doch gesagt, Sie hätten ihn rausgeworfen.«

»Lomas, mein Lieber, meine kleinen Witze sind keine Beweise.«

»Sie werden bei der Verhandlung Beweise anführen müssen, wissen Sie.« Reggie nickte. »Erzählen Sie dann diese Selbstmordgeschichte?«

»Sicher«, sagte Reggie.

Lomas wischte sich die Stirn. »Verdammt noch mal, Mann, ich kann das doch nicht auf sich beruhen lassen«, rief er.

»Ach, seien Sie doch nicht so pedantisch. Der Schurke hatte mindestens zwei Morde auf dem Gewissen. Wir hatten nicht genügend stichhaltige Beweise, um ihn aufzuhängen. Zum Weiterleben war er viel zu gefährlich, und so hat er sich ganz friedlich und ohne Skandal das Genick gebrochen. Was machen Sie sich denn für Sorgen?«

»Und was für Beweise haben Sie?«

»Ah, jetzt setzt die Vernunft wieder ein. Fangen wir von vorne an. Herbert Charlecote war vor knapp einem Jahr am Rande der Verzweiflung. Er brauchte Geld. Sein Onkel gab ihm aber keins. Sie erinnern sich an das Wettbuch und an das Kontobuch. Aber damals war er der Erbe seines Onkels: Mit dem Hausarzt, Newton, vereinbarte er, den Alten zu töten. Newton wollte dafür Bezahlung. Wahrscheinlich bestand die Vereinbarung aus einer Wette. Nehmen wir mal an, Herbert wettete mit Newton zehntausend zu eins, daß der Onkel nicht in dem Jahr noch sterben würde. Sie erinnern sich an das ›N‹ in dem Wettbuch. Newton fing an, den Alten auf Magenkatarrh zu behandeln. Schickte ihm literweise Arznei. Wahrscheinlich war es Gift. Es geschah aber nichts, weil der Alte es nicht einnahm. Sie erinnern sich, der

Hausdiener sagte, daß er alles in den Ausguß schütten ließ. Ich habe den Verdacht, daß sich der Alte nicht viel aus dem Hausarzt machte. Die Zeit wurde langsam knapp. Und dann kam die Aussöhnung mit Geoffrey. Es durfte keine Zeit vergeudet werden. Falls das Testament zu Geoffreys Gunsten geändert würde, wäre es sinnlos, den Alten zu töten. Also mußte Newton sich beeilen. Er ging sehr sorgfältig zu Werke. Er suchte sich ein italienisches Messer aus und beging den Mord in der Nähe der Behausung von Mrs. Geoffrey, der Italienerin. Aber er führte den Mord aus. Sie erinnern sich an die außerordentliche Gründlichkeit des Mörders. Eine saubere Chirurgenarbeit, dieser Mord. Und dann fiel das Kartenhaus zusammen. Das Testament war geändert worden. Herbert bekam nur zwanzigtausend. Kaum genug, um seine Schulden zu bezahlen. Und darum wollte er Newtons Prämie nicht rausrücken. Newton wurde dann natürlich fies. Er machte Androhungen, nehme ich an, und Herbert drohte zurück. Wissen Sie, ich kann mir nicht vorstellen, daß der selige Newton einer war, der sich gern übers Ohr hauen lies. Vielleicht war es Rache. Vielleicht dachte er, Herbert würde ihn verpfeifen. Jedenfalls nahm er Herbert gestern nachmittag im Wagen mit. Und jetzt kommen wir zu den Beweisen, die wirklich stichhaltig sind, Lomas. Newton war gestern nachmittag mit seinem Wagen unterwegs. Ich habe meinen Chauffeur Erkundungen einholen lassen. Und Newton saß selbst am Steuer. Und sein Wagen paßt zu den Spuren auf der Straße dort – 24 Dunois Orleans, zwei gepanzerte Blake-Reifen. Als sie an die Brücke kamen, hielt Newton an, tat so, als stimmte was nicht, stieg aus und bereitete einen Wattebausch mit Chloroform vor. Den hielt er Herbert auf den Mund, betäubte ihn und warf ihn in den Kanal. Ich habe ein paar Wattefasern in Herberts Mund und Nasenlöchern gefunden. So liegt der Fall, Lomas, altes Haus. Kommen Sie, wir gehen Tee trinken. In der Akademie gibt's recht anständige Toastbrötchen.«

»Lieber Gott!« sagte Lomas. »Toastbrötchen!«

## Fall 5

# *Die Hottentotten-Venus*

Es war an einem späten Abend im Juni. Der Chef des Kriminalkommissariats war in nachdenklicher Stimmung. »Wollten Sie jemals heiraten, Fortune?« murmelte er.

»Oft; aber nie nur eine.« Reggie Fortune sah seinen Gastgeber neugierig an. Das Abendessen war gut gewesen, der Rotwein sehr gut, die Zigarren waren höchst zuträglich. Und trotzdem – »Weshalb so gefühlvoll, Lomas?« fragte er.

»Manche Forscher behaupten, Frauen hätten keinen Verstand«, murmelte Lomas träge. »Aber das ist ein Vorurteil. Das Problem ist, daß Frauen keine menschlichen Wesen sind. Schauen Sie sich mal parallel dazu den Hund an. Er ist intelligent. Aber er setzt bei den Dingen andere Wertmaßstäbe als wir. Nicht-menschliche Maßstäbe. Sagen wir Knochen, Katzen, Stiefel. Und genauso ist es mit Frauen.«

»›Ich liebe ein Mädel‹ – aber sie hat meine besten Halbschuhe aufgefressen. Lomas, lieber Junge, faseln Sie nur einfach so daher oder kommen wir endlich zur Sache?«

»Ich komme viel mit Frauen in Kontakt«, sagte der Chef des Kriminalkommissariats leidenschaftlich und ereiferte sich im folgenden: »Aber das hier ist ein unangenehmes Familiengeheimnis. Ich habe ein Schwester, Fortune. Sie ist intelligent. Sie ist beinahe so allwissend wie Sie, mein

Lieber, und sehr viel praktischer. Aber sie kann einen ziemlich verrückt machen. Im Moment macht sie mich verrückt. Leider ist sie nicht verheiratet. Sie war zu intelligent. Sie führt ein vornehmes Internat in Tormouth. Ich glaube, daran verdient sie sich dumm und dämlich. Jedenfalls stellt sie sich sehr gut. Vor einem Monat schrieb sie mir, etwas Seltsames sei passiert. In der Nacht sei im Zimmer einer Lehrerin das Unterste zuoberst gekehrt worden.«

»Wird in Mädcheninternaten viel gerauft?« fragte Reggie gähnend. »Das wäre ja reizend.«

»Meine wunderbare Schwester wollte von mir wissen, was das bedeutete. Ich trau mir das aber nicht zu, Fortune. Ich kenne meine Grenzen. Ich konnte mir nicht vorstellen, ein Mädcheninternat zu betreten. Besonders nicht als Beamter. Und jetzt schreibt sie mir von weiteren außergewöhnlichen Entwicklungen. Das Zimmer einer anderen Lehrerin ist durcheinandergebracht worden.«

»Wird tatsächlich gerauft in Mädcheninternaten! Auch hier sind die Frauen auf dem Vormarsch.«

»Nehmen Sie's nicht zu leicht, Fortune. Das hätte meine Schwester nicht gern. Das hier ist ein Verbrechen. Es wurden einige Photos gestohlen – Photos von Schülerinnen. Und es gibt keinerlei Hinweise auf den Täter.«

»Das große Geheimnis von Tormouth. Schlagzeile im *Tagesschrei* – ›Köpfchen für Scotland Yard‹. Aber der unabhängige Experte fand zwei Häuser weiter eine rosa Haarnadel im Maul des Dackels und bewies: Der Vikar war der Übeltäter.«

»Ich beneide Sie um Ihren Humor, Fortune«, seufzte

Lomas. »Sie haben keine Schwester – jedenfalls keine ledige Schwester.«

Und nach diesem oberflächlichen Gespräch wechselten sie lustlos das Thema. Auf beiden lastete nämlich der Druck des Pimlico-Mordes, eines undurchsichtigen und gemeinen Verbrechens. Sie hatten es zu guter Letzt geschafft (man wird sich erinnern), den widerborstigen Stadtrat an den Galgen zu bringen; aber nur Reggie konnte es sich danach leisten, in Urlaub zu fahren. Als er sich verabschiedete, sagte er, er wolle in Devonshire eine Autotour machen.

»Rufen Sie doch meine Schwester an und untersuchen Sie den Fall.« Lomas lächelte säuerlich. »Wenn es überhaupt ein Fall ist. Manchmal denke ich, es ist ein Traum.«

»Rauferei im Mädcheninternat. Von unserem Spezialteam. Entsetzliche Dinge aufgedeckt.«

Lomas schüttelte den Kopf. »Ich fürchte, meine Schwester wird Sie nicht mögen. Sie ist nicht frivol.«

»Lomas, ich muß doch sehr bitten. Eine frivole Schulleiterin. Ich erröte.«

Ein paar Tage später fuhr Reggie Fortune nach Tormouth; es gefiel ihm dort, er mochte das Hotel, und er meldete sich bei der Ehrenwerten Evelyn Lomas. Miss Lomas war ganz der Bruder, was Gesicht und Figur betraf, ansehnlich, schlank und schmuck; im Wesen war sie jedoch überhaupt nicht wie ihr Bruder. Sie war mittleren Alters und zeigte es auch, war brüsk und geradeheraus.

»Freut mich, daß Sie sich Zeit genommen haben, Mr. Fortune.« Sie setzte sich an den Schreibtisch. »Mein Bruder sagt, ich kann mich ganz auf Ihre Diskretion verlassen.«

»Das ist nett von ihm«, murmelte Reggie. Er ärgerte sich über Lomas. Eigentlich hatte er sich nur ein bißchen anfreunden wollen mit der Dame. Und nun hatte es den Anschein, als sollte er der Ermittlungsbeamte für das blödsinnige Geheimnis im Mädcheninternat werden. Eine peinliche Lage. Und Miss Lomas hatte offensichtlich keinen Humor.

»Sie verstehen sicher, daß Diskretion in diesem Fall von äußerster Wichtigkeit ist, Mr. Fortune. Jedes öffentliche Aufsehen wäre unverzeihlich. Sie sehen recht jung aus.«

»Ich tue mein Bestes«, sagte Reggie bescheiden.

Miss Lomas räusperte sich. »Hier sind die Tatsachen, Mr. Fortune.«

Und dann hörte Reggie das Ganze noch einmal mit allen langweiligen Details und erfuhr nichts Neues. Das Zimmer einer Lehrerin bei Nacht auf den Kopf gestellt, nichts zerstört oder gestohlen – dann Pause – das Zimmer einer anderen Lehrerin auf den Kopf gestellt, und ein paar Photos von den Mädchen gestohlen. Nur das und nichts weiter. Reggie langweilte sich und ließ den Blick von der angespannten Miss Lomas abschweifen. Als sie innehielt, ihn wegen seiner mangelnden Aufmerksamkeit mißmutig ansah und hoheitsvoll gereizt darauf wartete, daß er etwas sagte – –

»Interessieren Sie sich für Archäologie?« war alles, was er sagte.

»Wie bitte?« sagte Miss Lomas mir scharfer Stimme.

»Ich frage deswegen«, murmelte Reggie und nahm einen kleinen, gelblichen Gegenstand in Form einer Frauengestalt vom Tisch. »Ist sie nicht faszinierend?«

»Ich finde das Ding kindisch und scheußlich, Mr. Fortune«, fuhr Miss Lomas ihn an. »Es hat nichts mit dem Fall zu tun. Aber ich fürchte, daß meine Angelegenheiten Sie nur amüsieren, Mr. Fortune.«

»O bitte, bitte«, widersprach Reggie. »Wissen Sie, für Sie ist alles so klar, Miss Lomas. Diese seltsamen Angelegenheiten sind aber kaum jemals klar. Alles kann miteinander zu tun haben. Überlegen Sie doch mal. Sie sagen, daß in Ihrem Internat etwas Ungewöhnliches geschehen ist.«

»Außergewöhnlich, noch nie dagewesen und beunruhigend«, rief Miss Lomas.

»Und dann finde ich das hier herumliegen – eine Hottentoten-Venus in einem Mädcheninternat – das ist außerordentlich ungewöhnlich.«

»Das Ding ist nur ein Götzenbildchen aus Elfenbein«, sagte Miss Lomas, nahm es ihm aus der Hand und sah es verächtlich an. Es hatte eine grobe, seltsame Form, als ob ein Kind es gemacht hätte.

»Es ist nicht aus Elfenbein, und wahrscheinlich war es auch kein Götzenbild«, schnappte Reggie. Trotz seiner ausgezeichneten Laune fand er Miss Lomas anstrengend. »Das ist ein Pferdezahn, und zweifellos wurde es als Puppe geschnitzt oder als Kunstgegenstand. Aber wie kommt es in ein Mädcheninternat?«

»Ich bin völlig Ihrer Meinung; es ist höchst unpassend. Ich würde es sogar als unanständig bezeichnen. Darum behalte ich es hier auf meinem Schreibtisch.« (Reggie brachte ein Lächeln zustande.) »Es wurde vor kurzem in der Bibliothek gefunden. Zweifellos hat eines der Mädchen, das Verwandte in Indien oder Afrika hat, das Ding als exotischen Talisman geschenkt bekommen. Sie verlor es, und nachdem sie erfuhr, daß es hier nicht erwünscht ist, will sie es jetzt nicht zurückverlangen. In bezug auf die Schuldisziplin bin ich beunruhigt und verärgert. Ich kann mir aber nicht vorstellen, daß es Sie etwas angeht, Mr. Fortune.«

»Es ist das einzige, das mich hier interessiert«, sagte Reggie. Er hatte genug von der Dame. »Sie verstehen meine Frage nicht, Madam. Das ist kein Talismann, den jemand einfach so findet. Das hier ist etwas Wertvolles. Diese kleine Dame« – er berührte sie zärtlich – »die ist fünfzehntausend Jahre alt. Sie stammt aus der Altsteinzeit. Es gibt auf der Welt nur ein paar davon. Irgendein Franzose nannte diese Spielart die Hottentotten-Venus, weil sie ein bißchen aussieht wie die Frauen dieses Stammes. Aber die Frau, nach deren Bild sie gestaltet wurde, war vielleicht eine Vorfahrin von Ihnen oder mir.«

»Ich glaube doch wohl nicht, Mr. Fortune.« Miss Lomas war entrüstet.

»Wir haben uns mit der Zeit verbessert, Madam«, sagte Reggie und verbeugte sich. »Es geht doch darum: außer den Nationalmuseen gibt es nur ein halbes Dutzend Sammlungen, die im Besitz von einer dieser kleinen Damen sind. Wer ist der wunderliche Gelehrte, der so etwas einem Schulmädchen zum Spielen schenkt? Kann ich mal die Namen Ihrer Mädchen sehen?«

»Ich nehme nur Schülerinnen mit den besten Empfehlungen, Sir«, sagte Miss Lomas eingeschüchtert, aber indigniert.

Also durfte sich Reggie das Verzeichnis durchsehen. Er sah es genau durch, aber vergeblich. Keiner der Namen deutete auf eine Verbindung zu einem der wenigen Archäologen hin, die eventuell eine Hottentotten-Venus besaßen. Er gab auf.

»Nun, Sir?« sagte Miss Lomas triumphierend und verächtlich. »Ich bin Ihnen für Ihre Freundlichkeit sehr zu Dank verpflichtet. Es tut mir außerordentlich leid, daß ich Sie mit meinen Angelegenheiten belästigt habe. Ich brauche Sie nicht darum zu bitten, weiterhin Ihre kostbare Zeit mit dem Fall zu vergeuden, den ich Ihnen unklugerweise unterbreitet habe.«

»Aber, meine liebe Miss Lomas, ich fange ja gerade an, mich dafür zu interessieren«, sagte Reggie mit einem gewinnenden Lächeln. »Wissen Sie, einer meiner ersten Gedanken war, daß Ihre Kinder gerauft hatten.«

»Ich muß doch bitten, Mr. Fortune! Wie Sie sich ausdrücken! Verstehen Sie bitte, daß die Mädchen in meiner Schule nicht ›raufen‹ – wie Sie es nennen. Ich glaube, das überläßt mein Geschlecht jungen Männern, Mr. Fortune.«

»Frauen sind so rebellisch heutzutage«, murmelte Reggie. »Ich möchte wissen – haben Sie kein neues Weibchen in der Herde? Keine kühne, schlimme Rebellin?« Miss Lomas' Gesichtsausdruck beantwortete seine Frage. »Das dachte ich mir. Dann muß es die zweite Lösung sein. Jemand brauchte eins der Photos.«

»Aber wieso? Wieso sollte eines der Mädchen die Photos der anderen stehlen. Das ist doch unsinnig.«

»Oh, es ist alles Unsinn«, stimmte ihr Reggie frohgemut zu. »Es bleibt solange Unsinn, bis wir den Schlüssel finden. Aber eins ist auf jeden Fall ungewöhnlich: die Hottentotten-Venus. Ich bin sicher, ich finde noch viel mehr raus, bis wir hier fertig sind.«

»Wollen Sie mich beunruhigen, Mr. Fortune?«

»Ich will nur, daß Sie sich weiterhin dafür interessieren. Alle diese Dinge haben sich also erst kürzlich zugetragen. Ist in letzter Zeit irgend jemand Neues in die Schule gekommen? Ein neuer Bediensteter? Ein neuer Lehrer? Na, oder vielleicht irgendein neues Mädchen?«

»Gewöhnlich kommen dieses Semester keine neuen Mädchen zu uns. Aber wir hatten doch eins – Alice Warenne. Sie kam mit den besten Empfehlungen, Mr. Fortune. Gräfin von Spilsborough bat mich, sie aufzunehmen.«

»Und wer sind die Eltern von Alice Warenne?«

»Ihr Vater ist Engländer, lebt aber im Ausland. Ein distinguiert aussehender Mann, offensichtlich wohlhabend. Er hat, wie Sie sehen, Freunde in den besten Kreisen. Ihre Mutter ist, glaube ich, schon lange tot. Alice ist in Frankreich aufgewachsen und spricht besser Französisch als Englisch. Aber das ist doch alles Zeitverschwendung, Mr. Fortune. Alice Warenne ist ein reizendes Mädchen – ein goldiges Geschöpf. Ich kann mir nicht vorstellen, daß mit ihr etwas nicht stimmt. Bitte reimen Sie sich da nichts zusammen.«

»Und hat irgend jemand Alice Warenne besucht seit der Geschichte mit den Photos?«

Miss Lomas zeigte sich einigermaßen überrascht. »Du liebe Güte, Mr. Fortune – jetzt, wo Sie's sagen, ja. Ihr Vater war in England und kam vor ein paar Tagen auf Besuch her. Ich erinnere mich, daß er noch einen anderen Mann bei sich hatte.«

»Einen anderen? Bringen liebende Väter oft einen treuen Freund mit, um zu sehen, wie ihre Töchter gedeihen?«

»Jetzt, wo Sie's sagen, finde ich es doch seltsam.« Miss Lomas sah Reggie beängstigt an. »Trotzdem, es ist durchaus gängig, Mr. Fortune.«

»Nun, wenn es der Bruder wäre – oder ein eventueller Verlobter.«

»Ich muß doch bitten, Mr. Fortune! Alice ist ein Kind. Nicht älter als sechzehn. Der andere Mann war älter als ihr Vater. Ich wünschte, mir fiele sein Name ein.«

»Ich auch«, pflichtete Reggie bei.

»Nichts Ungewöhnliches, glaube ich. Er sah jedoch ziemlich ungewöhnlich aus – groß und gutaussehend – aber wie ein Künstler oder Bohemien gekleidet.«

»Und nachdem der liebende Vater und der treue Freund Alice besucht hatten, fanden Sie diese kleine Dame«, dabei hielt er die Hottentotten-Venus hoch, »in der Bibliothek?«

»Das war – am Tag danach«, rief Miss Lomas. »Du liebe Güte!«

»Wir kommen voran, was?« Reggie lächelte. »Ich frage mich aber, auf was wir da kommen.«

»Sie trafen sich mit ihr in der Bibliothek. Ich werde von Alice selbstverständlich eine Erklärung verlangen«, sagte Miss Lomas.

Reggie steckte die Hottentotten-Venus in seine Tasche und lächelte Miss Lomas an. »Ich bin sicher, Sie werden das Richtige tun. Wir sagen lieber nichts, bis wir etwas Vernünftiges sagen können. Ich würde Alice gern sehen. Nur ›zur Ansicht‹, verstehen Sie.«

»Die Mädchen werden auf dem Sportplatz sein.«

»Reizend. Führen Sie mich doch hinüber. Behandeln Sie mich, als sei ich möglicherweise ein zukünftiger Vater.«

»Wie bitte?« sagte Miss Lomas entrüstet.

»Oh, ich meine natürlich, ein liebender Vater, der auf Besuch ist, um zu sehen, ob auch alles recht nett ist für mein Töchterchen. Bringen Sie Alice nicht auf die Idee, ich würde mich für sie interessieren.«

»Na gut, Mr. Fortune.« Miss Lomas ging, um ihren Hut zu holen.

Der Sportplatz war ein hübsches Stück Feld, umsäumt von alten Eichen in frischem Grün, durch das man einen Blick auf das sonnenbeschienene Meer von Devon erhaschen konnte. Anmutige Mädchen in Weiß spielten Korbball oder rannten auf dem Tennisplatz hin und her.

Reggie blieb stehen und ließ sich auf einen Stuhl fallen. »Das ist alles sehr hübsch und beruhigend«, murmelte er. »Hier sind unsere jungen Barbarinnen und spielen. Warum werden sie erwachsen, Miss Lomas? So sind sie doch viel angenehmer.«

Miss Lomas starrte ihn an. »Natürlich werden sie erwachsen«, erklärte sie ihm. »Sie können doch nicht ihr Leben lang Kinder bleiben.«

»Manche waren nie welche«, seufzte Reggie. »Reizend, reizend. Wie die jungen Dinger bei Homer, nicht? Die Jungfrauen und die weißarmige Prinzessin, sie begaben sich zum Ballspiel. Reizend – besonders die da. Ja. Welche, sagten Sie, ist Alice?«

»Das hier ist Miss Warenne.« Miss Lomas deutete mit ihrem Sonnenhut auf zwei Mädchen, die Arm in Arm gingen. Die eine war ein hochgewachsenes und sehr stattliches Wesen, schon voll entwickelt, mit einem feinen, ausdrucksstarken Gesicht und rotbraunem, glänzendem Haar.

»Meine Güte, die sieht ja göttlich aus!« staunte Reggie.

»O je, nein«, sagte Miss Lomas. »Das ist Hilda Crowland. Alice ist die Kleine da.«

»Schauen wir doch ein bißchen beim Korbball zu«, schlug Reggie vor, und dazu überquerten sie das Feld so, daß sie der kleinen Alice Warenne einen Augenblick begegneten. Sie war ein winziges Geschöpf und hatte ein rundes Kindergesicht. Sie war dunkel, stämmig und hatte Grübchen. Aber obwohl sie ihr Haar noch offen trug, war sie bestimmt nicht jünger als ihre attraktive Gefährtin.

Reggie Fortunes Interesse an Korbball war bald erschöpft. Sie gingen so übers Feld zurück, daß sie Alice Warenne und ihrer aufregenden Freundin wieder begegneten, und im Vorübergehen stellte Reggie Miss Lomas (ziemlich laut) ein paar Fragen über die Spiele in der Schule und den Stundenplan. Sobald sie außer Hörweite der beiden Mädchen waren, unterbrach er sich selbst mit einem scharfen: »Sind ja dick befreundet, die beiden?«

»Sie sind immer beisammen«, gab Miss Lomas zu.

»Und wer ist das prächtige Geschöpf?«

»Hilda Crowland? Ach, sie ist schon seit Jahren bei uns.«

»Und dabei ist sie die Busenfreundin des Mädchens, das erst seit ein paar Monaten hier ist!«

»Jetzt, wo Sie's sagen, das ist seltsam, Mr. Fortune.«

»Lieber Gott, alles ist seltsam!« sagte Reggie gereizt. »Wer ist Hilda Crowland?«

»Also, ihre Mutter ist Witwe und sehr wohlhabend, glaube ich. Sie lebt in Cornwall. Hilda kam durch Lady de Burgh zu uns. Sie verstehen natürlich, Mr. Fortune, das heißt tadellose Beziehungen.«

»Das will ich meinen. Das will ich meinen. Also, Miss Lomas, das hier ist ein merkwürdiger Fall. Ich nehme ihn auf und schau ihn mir genauer an. Da wird etwas ziemlich ausführlich geplant, was Ihre Schule und wahrscheinlich eines der Mädchen in Ihrer Schule betrifft. Es ist vielleicht eine Sache, die außerhalb Ihrer Verantwortlichkeit liegt. Es ist vielleicht etwas Unangenehmes.«

»Du liebe Güte, Mr. Fortune, was schlagen Sie vor zu tun?« Miss Lomas fand die Sache eher aufregend als beunruhigend.

»Ich schlage überhaupt nichts vor. Ich habe noch keine Einzelheiten. Das Problem ist, Miss Lomas, daß Sie gar nichts wissen über Ihre Mädchen.«

»Ich muß doch sehr bitten, Mr. Fortune! Wie ich Ihnen bereits sagte, ich bestehe auf – –«

»Empfehlungen. Empfehlungen kann sich jeder beschaffen. Hat Ihr Bruder Ihnen nie vom Butler des Premierministers erzählt? Sein Vater war Erzbischof.«

»Was raten Sie mir denn?«

»Tun Sie, als sei nichts geschehen. Als sei überhaupt nichts geschehen. Ich bleibe vorab in Tormouth. Ich logiere im Bristol.«

Und so ließ er Miss Lomas ziemlich zerzaust, aber innerlich doch zufrieden zurück, denn ihr Fall war tatsächlich ein ernster Fall, ihr Verdacht hatte sich bestätigt, ihr Bruder war blamiert. Das Internat hatte sie nun mehr denn je im Griff.

Reggies Zimmer im Bristol hatte einen Balkon mit Blick aufs Meer. Dort saß er nun vor einem Teller, auf dem Toastbrötchen gelegen hatten, und zündete sich eine seiner dicksten Zigarren an. »Wo hab ich die Göre denn bloß schon gesehen?« fragte er sich.

Er konzentrierte sich auf diese Frage, und (während er es vermied, sich in Sackgassen zu verirren) verliefen seine Gedanken folgendermaßen: »Maschineschreiben ... warum läßt mich die süße Alice ans Maschineschreiben denken? ... *mes petites manches de satinette* ... meine Satinärmelchen ... also, was soll denn das? ... Ach, du meine Güte! Sie war die unscheinbare kleine Tippse in dem Stück im Variété letztes Jahr. Wie hieß sie noch? Alice Ducher! ... Menschenskind! Eine Soubrette aus dem Variété in einem unbescholtenen englischen Mädcheninternat! O England, o Heimatland! Luft!«

Er nahm die Hottentotten-Venus aus der Hosentasche und betrachtete sie mit ernster Miene. »Ich weiß nicht, wer von euch beiden die schlimmere ist, Liebling«, sagte er. »Du oder Mademoiselle Ducher. Was hat es eigentlich auf sich mit dir? Herrje, ich hätte nicht gedacht, daß sie was mit altsteinzeitlichen Puppen zu tun hätte! Wie hängt das zusammen, Liebling?« Die Hottentotten-Venus blieb natürlich stumm.

Reggie seufzte und legte sie weg; dann begann er die Schönheit der Natur zu bewundern. Tormouth, muß man wissen, liegt an einer hübschen Bucht mit weißen Stränden und einer Landzunge aus dunklem Felsgestein, wo sich in der Flut des Sonnenlichts kristallene Strahlen in einem rötlichen Glühen zeigen. Und Reggie beobachtete, wie der Himmel im Westen scharlachrot wurde und die Flut wie tausend goldene Glitzersteine erstrahlte. Ein ergötzlicher Anblick. Es war mühselig, sich aufs Denken zu konzentrieren. Tormouth ist ein beliebter Yachthafen, und obwohl es erst Frühsommer war, lagen zwei oder drei weiße Schiffe in der Bucht vor Anker. Reggie ging ins Zimmer und kam mit einem Fernglas wieder auf den Balkon. Die Abendstimmung überwältigte ihn, und er verspürte das Bedürfnis nach etwas Ablenkung. Er stellte das Fernglas auf die Yachten ein. Ein großer Zweimaster und zwei Dampfboote lagen da – eines davon war ein kleiner Postdampfer mit der weißen Aufschrift des Königlichen Yacht-Geschwaders, das andere ein großes Boot unter italienischer Flagge. Die Namen konnte er nicht entziffern.

Ein Zimmerkellner kam, um das Teegeschirr abzuräumen. »Ich brauche die Lokalzeitung. Und haben Sie Shean's Yachtliste da?«

Man brachte ihm beides. Die Yachten in der Bucht von Tormouth waren als *Sheila*, *Lorna* und *Giulia* gemeldet. Er fand sie auf der Liste und stieß einen Pfiff aus. Der Eigner der *Giulia* war der Prinz von Ragusa.

»Allmählich nimmt es Gestalt an«, sagte er.

Der Prinz von Ragusa, erbmäßiger Herrscher über ein Reich von etwa zehn Quadratmeilen und märchenhaft wohlhabend, war unter Gelehrten als begeisterter Archäologe bekannt. Er war einer der wenigen Leute auf der Welt, in dessen Sammlung sich eventuell eine Hottentotten-Venus befand. Wenn er seinen Ruf nicht zu Unrecht hatte, war es aber recht unwahrscheinlich, daß er eine Pariser Soubrette kannte oder etwas mit ihr zu schaffen hatte. Und was hatte seine Hottentotten-Venus in einem Mädcheninternat zu suchen?

»Immer noch einige unbekannte Größen«, überlegte

Reggie. Und doch war die Hottentotten-Venus in der Schule in Tormouth, und vor Tormouth lag der Prinz von Ragusa. »Ich glaube, da muß ich Junker Lomas gleich mal drauf ansetzen«, sagte Reggie und widmete sich dem Verfassen eines Stücks lateinischer Prosa. Etwa so:

»De academia sororis nonnihil timeo nec quid timeam certe scio. Sunt qui conjurarint et fortasse in flagitium. Si quid improvisum vel mihi vel academiae eveniret principem de Ragusa et navem eius capere oporteret.«

Dies schrieb er auf ein Telegrammformular und präsentierte es eigenhändig der Dame auf dem Postamt, die zu Recht entsetzt war.

»Aber was ist denn das für eine Sprache?« protestierte sie.

»Da fragen Sie mich zuviel«, gab Reggie zu. »Es soll eigentlich Latein sein, aber ich bin schon lange aus der Schule.«

Die Dame schniefte, sah aber beim zweiten Hinschauen, daß es an Scotland Yard adressiert war und sagte: »Aha, ich verstehe.«

»Ich gäbe was drum«, murmelte Reggie. Denn das geheimnisvolle Telegramm besagte folgendes: »Ich mache mir Sorgen um die Schule Ihrer Schwester, weiß aber nicht, was zu befürchten ist. Es ist eine Verschwörung im Gange, möglicherweise eine verbrecherische. Sollte mir oder der Schule etwas Unvorhergesehenes passieren, dann kapern Sie sich den Prinzen von Ragusa und seine Yacht.« »Jawohl. Eine harte Nuß für Lomas«, sagte Reggie. Dann ging er zum Abendessen.

Es ist nun vonnöten, die Geschichte von Miss Somers, Bakkalaurea der Naturwissenschaften, zu Rate zu ziehen.

Am nächsten Tag fand im Gemeindehaus von Tormouth ein Vortrag von Mr. Horatio Bean statt, dem Photographen einer kürzlich erfolgten Polarexpedition. Miss Lomas pflegte ihre Mädchen zu derartigen erbaulichen Veranstaltungen zu schicken. Miss Somers, bac. rer. nat., war für die Abordnung verantwortlich, die aus diesem Anlaß ins Gemeindehaus marschierte. Ihre Geschichte, von allen Emotionen gesäubert, die sich für einen weiblichen Bakkalaureus der Naturwissenschaften nicht ziemen, lautet so: Ihr fiel nichts auf, bis der Film gezeigt wurde, das heißt, bis der Raum verdunkelt wurde. Die beiden Mädchen standen rasch auf. Eine von ihnen, Alice Warenne, flüsterte ihr im Vorbeigehen zu, daß Hilda Crowland sich nicht ganz wohlfühle. Alice würde mit ihr hinausgehen und sich um sie kümmern. Sie gingen. Am Ende des Vortrags kam ein Gemeindediener zu Miss Somers und sagte, er sei gebeten worden, ihr mitzuteilen, daß die beiden jungen Damen in die Schule zurückgegangen seien.

Darauf folgt naturgemäß der Bericht von Wachtmeister Stewer von der Stadtpolizei Tormouth. Er lautet so: Hatte 15.30 Dienst am Anlegesteg; Motorboot von italienischer Yacht kam und legte bei Treppe eins an; zwei junge Damen kamen eilig herbei und stiegen ein; zigarrerauchender Gentleman in der Nähe drückte mir ein Blatt Papier und eine halbe Krone in die Hand, sagte: »Schutzmann, bitte das hier sofort per Telegramm schicken«; Gentleman hechtete dann ins Boot, das schon abgestoßen war, der Motor lief; Motorboot steuerte auf italienische Yacht zu; ich zurück zur Wache, um Bericht zu machen.

Das Papier, das vom dienstführenden Inspektor begutachtet wurde, trug folgenden Text: »Lomas, Scotland Yard. Zwei Mädchen auf *Giulia*. Ich auch. – F.« Das Telegramm wurde aufgegeben. Etwa um fünf Uhr nachmittags rief Scotland Yard an und wollte wissen, ob die *Giulia* noch in Tormouth lag. Ein Sergeant kam in den Hafen geeilt und fand P. C. Stewer wieder auf seinem Posten, wie er gerade eine Rauchwolke am Horizont beobachtete. Etwa um dieselbe Zeit rief Miss Lomas in der Polizeiwache an, um zu fragen, ob man inzwischen irgend etwas von ihren Mädchen gehört oder gesehen hatte. Und so lassen wir den Inspektor zurück, der vor lauter Wichtigkeit seines Amtes beinahe platzte.

*»Mille pardons, mademoiselle«*, sagte Reggie, als er im Motorboot landete, hielt seinen Hut fest und setzte sich unfreiwillig auf Miss Crowlands Schoß. Mit fester, freundlicher Hand half sie ihm wieder auf. Sie war in jeder Hinsicht widerstandsfähig. Ihre grauen Augen lächelten ihn an.

Ein Mann – ein ältlicher, feierlich aussehender, völlig konsternierter Mann – stellte Reggie zur Rede. »Sie dürfen nicht mitkommen, Monsieur«, rief er auf französisch.

»Ich bin so frei, das Gegenteil zu behaupten«, sagte Reggie in derselben Sprache.

»Dies ist ein Privatboot.«

»Stimmt genau. Des Prinzen von Ragusa. Deswegen bin ich ja hier. Ich bringe Nachrichten für den Prinzen von Ragusa – Nachrichten, die ihn außerordentlich überraschen werden.«

Dem feierlichen Mann wurde unwohl. »Trotzdem protestiere ich, Sir.«

»Ich nehme Ihren Protest zur Kenntnis«, sagte Reggie und machte eine Verbeugung.

Der Feierliche verbeugte sich auch – und schien es zufrieden.

Reggie setzte sich neben die kleine Alice Warenne, die das Ganze mit ernster Miene beobachtet hatte, im Gegensatz zu Miss Crowland, die offensichtlich belustigt war. »Erlauben Sie einem Kunstliebhaber, Sie anzusprechen, Mademoiselle«, sagte er. »Ich möchte mich ganz herzlich bei Ihnen bedanken für die große Freude, die Sie mir bereitet haben.«

»Wie, Sir? Ich verstehe nicht ganz.« Sie sah kindlicher aus denn je.

»Ihre Satinärmelchen«, murmelte Reggie. »Ihre goldigen Satinärmelchen.«

Da lachte sie, und Reggie wußte, er hatte sich nicht geirrt. Sie war die Soubrette aus dem Variété. Das Lachen von Mademoiselle Ducher war unvergeßlich. »Ich bin eine große Künstlerin, nicht wahr, Sir?«

Hilda Crowland lächelte sie an. »Monsieur ist ein Freund von dir, Alice?« fragte sie auf englisch.

»Immer mit der Ruhe. Im Moment lediglich ein Bewunderer, Liebling.« Sie warf Reggie einen Blick zu, der nicht im geringsten kindlich war.

»Darf ich also mehr erhoffen?« sagte Reggie, und wieder lachte sie.

Sie waren jetzt längsseits der Yacht angekommen. Die Damen wurden die Laufplanke hinaufgeführt, und Reggie folgte ihnen dicht auf den Fersen. Es sah aus, als würden sie an Deck von einer ganzen Abordnung erwartet, einer Abordnung mittleren Alters, die, als die Mädchen erschienen, ihre grauen und kahlen Häupter entblößten. Zwei Männer fielen aus dem Rahmen, die ihre Kopfbedeckung lüfteten, sie aber gleich wieder aufsetzten. Bei dem einen handelte es sich um einen jungen, munteren Mann, der andere war grauhaarig und gesetzt, mit einer gewissen selbstsicheren Würde. Vor ihm machte Alice einen kecken Knicks. Er trat vor und ergriff Hilda Crowlands Hand. »Mein liebes Kind«, sagte er auf englisch, »sei herzlich willkommen«; dann küßte er sie auf beide Wangen.

Sie errötete leicht. »Ich verstehe nicht ganz, Sir.« Sie wich zurück.

»Hier stelle ich dir deinen Vetter vor, den Grafen von Spoleto.« Der junge Mann lächelte sie an und gab ihr einen Handkuß. Der ältere Mann wandte sich an die Umstehenden. »Gentlemen – ich empfange am heutigen Tage meine Tochter, die Herzogin von Zara.« Einer nach dem anderen trat her, wurde vorgestellt und küßte dem erstaunten Mädchen die Hand. Am Ende der Schlange marschierte Reggie und stellte sich vor Seiner Hoheit, dem Prinzen von Ragusa, auf, der plötzlich sehr verblüfft dreinschaute. »Ich kenne Sie nicht, Sir«, sagte er mit tiefster Verachtung. »Wer ist das, Audagna?« Er wandte sich an den Mann, der auf dem Motorboot gewesen war.

»Ich vertrete hier ihre Mutter«, sagte Reggie.

Eine Welle der Entrüstung ging durch die Abordnung. Hilda errötete und sah Alice an, die lachte. Seine Hoheit stand stocksteif da.

»Ich habe nicht den Wunsch geäußert, daß ihre Mutter vertreten sei«, verkündete er.

»Ich kann das Verhalten Eurer Hoheit nicht gutheißen«, sagte Reggie geradeheraus.

»Ich gestehe Ihnen nicht das Recht zu, hier anwesend zu sein, Sir«, schrie der Prinz.

»Das macht Ihr Verhalten nur noch verdächtiger«, erwiderte Reggie.

»Verdächtig!« Der Prinz schnappte nach Luft und wandte sich zu den Umstehenden. »Er sagt verdächtig!« Alle waren plötzlich vom Schreck überwältigt. Der Prinz gewann als erster die Fassung wieder. »Bitte mir zu folgen, Sir«, sagte er mit erhabener Höflichkeit. »Hilda, mein liebes Kind.« Er reichte ihr den Arm. »Spoleto!«

Die Familie und Reggie stiegen hinunter in die Kabine Seiner Hoheit. Nur Hilda bekam einen Platz angeboten und saß seelenruhig da. An ihrer würdigen Erscheinung deuteten lediglich ein bißchen mehr Farbe auf den Wangen und ein hellerer Glanz in den Augen darauf hin, daß sie ihre ungewöhnliche Lage zur Kenntnis nahm.

Der Prinz von Ragusa wandte sich an Reggie. »Ich kenne Ihren Namen noch nicht, Sir.« Also gab ihm Reggie eine Visitenkarte. »Mr. Reginald Fortune – Rechtsanwalt, Sir?«

»Ich bin Chirurg. Aber hoffen wir, daß meine beruflichen Qualifikationen nicht gebraucht werden.«

»Schön und gut. Sie sind im Auftrag meiner Frau hier. Ich gestehe meiner Frau keinerlei Recht der Einflußnahme auf meine Pläne für meine Tochter zu. Aber nachdem Sie nun schon eingedrungen sind, Sir, will ich Ihnen meine Absichten nicht verbergen. Ich habe die Beaufsichtigung meiner Tochter wieder übernommen, da sie nun im richtigen Alter ist, um ihren angemessenen Platz an meiner Seite einzunehmen, die Pflichten gegenüber ihrer Familie zu erfüllen und die Pläne auszuführen, die ich für sie gemacht habe.«

»Bewundernswert. Und wollen wir jetzt hören, was Miss Crowlands Absichten in der Sache sind?« Reggie sah das Mädchen an.

»Bitte sprechen Sie von meiner Tochter als der Herzogin von Zara.«

Ein dumpfes Geräusch erschütterte plötzlich die Yacht. Reggie schaute aus dem Bullauge und sah das Wasser vorbeiziehen. »Nun fahren wir also los«, sagte er lächelnd.

»Die Yacht segelt direkt nach Ragusa. Es wird mir nicht möglich sein, Sie abzusetzen, Sir. Alle Unannehmlichkeiten schreiben Sie bitte sich selbst und Ihrer Auftraggeberin zu. Ich sehe in Ihrem Gebaren eine Unbesonnenheit, die ich von meiner Frau durchaus erwartet habe.«

Reggie kicherte. »Na, na. Und Sie mögen natürlich keine Unbesonnenheit!«

»Nach unserer Ankunft in Ragusa können Sie, wenn Sie wollen, bleiben und an der Hochzeit meiner Tochter teilnehmen.«

»Ach. Darf ich auch dabeisein, Sir?« sagte Hilda, mit gefährlicher Unterwürfigkeit.

»Mein liebes Kind!« sagte Seine Hoheit zärtlich. »Mr. Fortune, Sie haben das große Glück, an der Vermählung meiner Tochter, der Herzogin von Zara, mit meinem Neffen, dem Grafen von Spoleto, teilzunehmen.«

Diesmal war Reggie derjenige, der die gebührende Ruhe bewahrte. Er kicherte nur kurz.

»Wie? Aber – aber das ist ja unglaublich!« rief Spoleto auf französisch und wich gestikulierend zurück.

Der Prinz wurde rot und funkelte ihn an.

Hilda erhob sich. »Das ist doch lächerlich, Sir«, sagte sie und war ganz bleich dabei.

»Lächerlich, das ist das richtige Wort«, rief Spoleto.

»Sei ruhig, Spoleto. Mein liebes Kind, du verstehst mich nicht.«

»Ich verstehe genug. Sie sagen, Sie sind mein Vater. Ich denke, meinen Vater sollte ich doch kennenlernen. Ich – angenehm, Sie kennenzulernen. Aber das hier – das ist absurd und beleidigend. Ich will davon nichts mehr hören. Dieser Herr – ich kenne ihn ja überhaupt nicht.« Sie musterte Spoleto geringschätzig. »Ich will ihn auch gar nicht kennenlernen.«

»Herzlichen Dank«, rief Spoleto.

»Hilda! Denke bitte daran, daß du von nun an deine Pflicht als meine Tochter zu erfüllen hast. Ich gestatte keinerlei Ungehorsam.«

»Dieser Ton nützt nichts«, sagte Miss Crowland. »Ich bin doch kein Kleinkind.«

Seine Hoheit raufte sich das graue Haar und machte eine bedrohliche Gebärde. »Englisch! Sie ist genauso englisch wie ihre Mutter.«

»Oh. Wenn Sie jetzt noch was gegen meine Mutter sagen, dann gehe ich«, sagte Miss Crowland. »Sie kommen doch von meiner Mutter, Sir. Ich würde Sie gern sprechen.«

Reggie verbeugte sich und hielt ihr die Tür auf. Beim Hinausgehen hörte er Spoleto auf französisch sagen: »Sehen Sie, Onkel, so geht es nicht«, und dann ein hitziges Wortgefecht. Das Haus von Ragusa lag mit sich selbst im Zwist.

Oben an Deck schien Miss Crowland einige Schwierigkeiten zu haben, sich zu entscheiden, was sie sagen wollte. »Weiß meine Mutter Bescheid?« brach es schließlich aus ihr hervor.

»Das müssen Sie mit Ihrem Gewissen abmachen, nicht wahr?« sagte Reggie lächelnd.

»Ich habe ihr nichts erzählt; sie hat mir aber auch nie was erzählt«, sagte Miss Crowland heftig. »Wie kam sie auf die Idee, Sie hierherzuschicken?«

»In der Schule sind ein paar seltsame Dinge vorgefallen, wissen Sie.«

»Wirklich?« sagte Miss Crowland freudig überrascht. »Was denn für Dinge?«

»Ich frage mich, ob Sie wissen, wer die kleine Alice Warenne wirklich ist? Sie ist Schauspielerin am Théâtre des Variétés in Paris.« Miss Crowland lachte. »Sie wurde beauftragt, ein Photo von Ihnen zu beschaffen, alles über Sie herauszufinden, diese Entführung hier vorzubereiten und Sie zu überreden, an Bord zu gehen.«

»Monsieur sind Detektiv!« Alice schlüpfte zwischen die beiden. »Oh, und was für ein Detektiv.«

»Das wußte ich alles. Außer, daß sie Schauspielerin ist.« Miss Crowland wandte sich an sie. »Bist du Schauspielerin?«

»Liebling!« Alice lachte über ihr ganzes Kindergesicht. »Das ist das hübscheste Kompliment, nicht wahr, Monsieur Detektiv?«

»Wenn Sie annehmen, daß sie mich belogen hat, so irren Sie sich. Sie erzählte mir, der Prinz von Ragusa sage, er sei mein Vater, und er wolle, daß ich auf seine Yacht komme.

Meine Mutter hat mir nie etwas über meinen Vater erzählt. Ich fand das nicht fair. Also kam ich. Und jetzt, Mr. – Mr. Fortune, was wird meine Mutter jetzt tun?«

»Was sollen wir alle denn tun?« sagte Reggie und lachte. »Sie sitzen in der Klemme, Ihre Mutter sitzt in der Klemme, und der Prinz von Ragusa sitzt in der allertiefsten Klemme.«

»Ausgenommen wie immer Monsieur Detektiv«, meinte Alice lachend. »Sehen Sie, Monsieur, das schöne England, da verschwindet es! Adieu, ehrwürdiges Land und nette Polizisten!«

»Bilden Sie sich etwa ein, Sie sind hier, um auf mich aufzupassen?« sagte Miss Crowland heftig.

»Betrachten Sie mich einfach als eine Mutter«, sagte Reggie, worauf sie wütend davonrauschte.

»Na, Monsieur?« Alice lachte ihn an. »Sie machen sich überall beliebt. Sind Sie jetzt zufrieden?«

»Wenn ich eine Rasierklinge hätte und ein sauberes Hemd«, sagte Reggie.

»Leider, Monsieur, kann ich Ihnen das nicht bieten. Ich spiele keine – wie heißen die? – Kammerdiener. *Bon voyage, Monsieur.*« Sie trippelte davon.

Es wurde Reggie zu verstehen gegeben, daß er an Bord nicht sehr beliebt sein würde. Das Gefolge des Prinzen ging ihm absichtlich aus dem Weg. Die königliche Familie blieb unten. Er wurde zu einer Kabine geführt und bekam dort ein Abendessen serviert.

»Und nicht einmal ein schlechtes Abendessen«, sagte Reggie, als er wieder an Deck ging.

Es war eine dunkle Nacht ohne Mondschein. Die Yacht

kam nun in eine südliche Brise und wurde in den ersten Wogen des offenen Meeres etwas unruhig. Reggie hatte das Oberdeck für sich. Er hatte seine Zigarre beinahe zu Ende geraucht, als ihn jemand in seinen belustigten Meditationen störte.

»Mr. Fortune? Amüsieren Sie sich gut?« Es war der Graf von Spoleto.

»Ich darf doch lächeln.«

»Im Grunde, mein Freund, machen wir uns doch lächerlich. Mein Onkel, das ist ein Träumer – ein Spinner. Er sieht etwas im Geiste vor sich, es ist logisch, es ist nach seinem Sinn, und schon betrachtet er es als vollbracht. So war er schon immer. Was für ein Temperament! Er ist kein Mann mit Lebenserfahrung.«

»Das habe ich gemerkt«, murmelte Reggie.

»Aber was soll man machen? Die Situation ist unmöglich, mein Freund. Versetzen Sie sich doch mal in meine Lage. Dieses junge Mädchen – sie ist so rein, so unverfälscht wie Morgentau – und wird durch mich dieser Demütigung ausgesetzt. Und ich – was ich auch tue, ich mache mich lächerlich. Ich bitte Sie, mein Freund, glauben Sie mir, daß ich so fühle. Versetzen Sie sich doch mal in meine Lage.«

»Versetzen Sie sich mal in meine. Könnten Sie mir vielleicht eine Rasierklinge leihen? Aber eine Zahnbürste wohl kaum.«

»Vor Spanien wird er nirgends an Land gehen. O ja, das bringt er fertig, mein Freund. Aber dieses junge Mädchen – –«

»Haben Sie für sie denn eine Zahnbürste dabei?«

»Es ist alles da für sie. Zofen, Kleider. Oh, er hat an alles gedacht, mein Onkel. Er nennt es ihre Aussteuer. Was für ein Mensch!«

»Meutern Sie doch! Bringen Sie die Yacht in Ihre Gewalt! Können Sie navigieren? Ich nicht. Das war immer das Problem bei Seeräubergeschichten.«

»Meutern? Die würden alle sterben für ihn. Ach, Sie lachen mich aus. *Mon Dieu*, mein Freund, das hier ist sehr ernst. Ich bitte Sie, vertrauen Sie mir. Sie haben doch bestimmt eine Idee. Ich verspreche Ihnen, nichts ist mir wichtiger, als Mademoiselle wieder wohlbehalten ihrer Mutter zurückzubringen. Ich – –«

»Spoleto!«

Sie drehten sich um. Der Prinz von Ragusa stand an der Kajütentreppe. »Mein lieber Onkel ––«

»Spoleto! Du bist ein Verräter. Du ––«

»Das ist nicht wahr!«

»Du heckst mit diesem Kerl da etwas gegen mich aus. Das ist unglaublich. Ein Schurkenstreich. Betrug.«

»Sir, das lasse ich mir von niemandem gefallen.«

»Na, und ob du dir das gefallen läßt. Du wirst – –« Es schien Reggie, als wollte Seine Hoheit dem Neffen eine Ohrfeige verpassen. Reggie ließ los, als die Yacht in Seitenlage ging. Sie rempelten alle drei zusammen. Seine Hoheit fiel mit lautem Getöse die Kajütentreppe hinunter.

»Da haben Sie's«, sagte Reggie.

Spoleto schrie auf, spähte zu der Gestalt hinunter, sah Reggie mit bleichem Gesicht an und eilte nach unten. Reggie folgte ihm gemächlich.

Seine Hoheit war bereits von Dienern und Gefolge umringt.

»Wenn Sie dann fertig sind, zeige ich Ihnen, wo er sich verletzt hat«, sagte Reggie mit schneidender Stimme.

»Ach ja, Sie sind ja Chirurg«, rief Spoleto. »Weg da, weg da. Der Herr ist Chirurg. Sagen Sie, ist er tot?« Seine Hoheit begann zu stöhnen.

»Machen Sie keine Witze«, sagte Reggie, kniete nieder und fing an, den Haufen auseinanderzusortieren. Dieses Unterfangen bereitete Seiner Hoheit Schmerzen. »Ja. Er kann nicht selbst gehen. Wir müssen ihn ins Bett schaffen, damit ich ihn untersuchen kann.«

Es war ein aufwendiges und mit Wehklagen akzentuiertes Unterfangen, bis Seine Hoheit schließlich entkleidet im Bett lag und schwach stöhnte. »Meine Güte, was für ein Patient!« sagte Reggie und verzog das Gesicht.

»Ich glaube, ich habe am ganzen Körper Blutergüsse«, stöhnte der Prinz. »Dieser Schuft von Spoleto!«

»Sagen Sie das nicht, Sir. Sicher hat er es nicht so gemeint«, sagte Reggie mit bewundernswertem Großmut. »Die – die Yacht ist in Seitenlage gegangen. So, und jetzt den Ellbogen.« Er begann ihn fachmännisch zu behandeln.

»Au! Ja. Ja, der Ellbogen schmerzt am meisten. Aber am Knie habe ich auch schreckliche Schmerzen. Und mein Kopf tut so furchtbar weh.«

»Das Knie. Ja. Am Knie ist ein schlimmer Bluterguß. Das ist vielleicht – na, vorab kann ich Ihre Schmerzen etwas lindern, Sir. Es ist jedoch meine Pflicht, Ihnen zu sagen, daß ich mir über den Arm Sorgen mache. Der Ellbogen muß sofort geröntgt werden. Ich fürchte, er ist gebrochen. Vielleicht müssen wir eine kleine Operation vornehmen. Nur eine Schraube, Sie verstehen.«

»Eine Schraube in meinem Ellbogen!« schrie der Prinz auf.

»Ich nehme nicht an, daß Sie Ihren Arm verlieren wollen«, sagte Reggie ernsthaft.

»Meinen rechten Arm verlieren! Lieber Gott, Mr. Fortune! Sie wollen doch damit nicht sagen – –«

»Ich will damit sagen, daß Ihr Ellbogen sofort geröntgt werden muß und daß man mir alle chirurgischen Geräte zur Verfügung zu stellen hat, sonst kann ich für die Folgen nicht garantieren. Die Yacht muß sofort einen Hafen anlaufen.«

»Schwebe ich in Lebensgefahr, Mr. Fortune?«

»Ich hoffe, ich kann Ihren Arm retten, wenn Sie mich lassen.«

»Ich bin ganz in Ihrer Hand, Mr. Fortune«, sagte der Prinz schwächlich. »Au, können Sie nicht etwas tun gegen diesen scheußlichen Schmerz in meinem Arm – –«

Reggie hatte ganz schöne Schwierigkeiten mit ihm, was nur zu verständlich ist. Es wurde recht spät, bis Seine Hoheit (der sich schrecklich für seine Glieder interessierte) endlich zum Einschlafen gebracht werden konnte; es wurde sehr spät – beziehungsweise früh –, bis Reggie zu Bett ging, aber während der ganzen Zeit tuckerte die *Giulia* zurück nach Tormouth. Und als Reggie wieder an Deck kam, »hübsch und rosig«, wie er zu seinem Spiegelbild bemerkte, dank einer Rasierklinge und einem Hemd von Spoleto, da lugte die braune Landzunge von Tormouth durch den Morgennebel.

Spoleto und Hilda waren bereits an Deck; sie gingen zusammen spazieren und heckten, wie es schien, ein Verteidigungsbündnis aus.

»Sehr erfreulich«, sagte Reggie.

»Wie geht es meinem Onkel, Mr. Fortune?« erkundigte sich Spoleto.

»Er schläft noch, gottlob.«

»Es ist doch nichts Schlimmes?« fragte Hilda.

»Na, wissen Sie, er macht sich ja solche Sorgen um sich.«

»Ich könnte mir nie verzeihen, falls ihm etwas zustößt!« rief Spoleto.

»Oh, ich schon, wissen Sie, ich schon«, murmelte Reggie gedankenverloren. Sie kümmerten sich nicht weiter um ihn.

»Aber du bist doch nicht schuld – –« nahm nun Hilda Spoleto in Schutz. »Du bist doch an gar nichts schuld.

»Das sagst du!« rief Spoleto. »Danke, liebe Cousine«, und er gab ihr einen Handkuß.

»Ach, du bist ja absurd«, sagte Hilde leicht errötend und drehte sich um.

Spoleto machte eine Geste des Bedauerns. »Ganz recht, ganz recht«, sagte Reggie. »Gehen wir lieber frühstükken.« Während der Mahlzeiten hätte er, wenn er zugehört hätte, die gesamte Gefühlsgeschichte des Grafen von Spoleto erfahren können. Er flüchtete, um nach seinem Patienten zu sehen.

Der Prinz war frohgelaunt, hatte gut geschlafen, interessierte sich immer noch über Gebühr für seine Verletzungen, war aber inzwischen voller Hoffnung. Er lobte Reggie sehr für dessen Behandlung des Falles. »Mein Lieber, ich betrachte es als göttliche Fügung, daß Sie an Bord waren. Ja, gewiß, als göttliche Fügung.«

»Nun ja, Sir, die Sache hätte ohne mich wohl eine andere Wendung genommen«, gab Reggie bescheiden zu.

»Jawohl, so ist es«, sagte Seine Hoheit. »Lieber Gott, Mr. Fortune, und wie sehr ich Ihr Auftauchen gestern mißbilligte!« Er wurde nachdenklich. »Ich glaube, was mich am meisten ärgerte, war die Tatsache, daß jemand meine Pläne entdeckt hatte.« Er sah Reggie versonnen an. »Können Sie es mir verraten, Mr. Fortune? Ich möchte zu gern wissen, was Sie hierhergeführt hat. Hat Hilda ihrer Mutter irgend etwas erzählt? Oder gibt es in meinen eigenen Reihen einen Verräter? Spoleto – diese kleine Schauspielerin?«

»Hier ist der Verräter, Sir.« Reggie zog die Hottentotten-Venus aus der Tasche.

»Himmel!« Der Prinz nahm sie behutsam entgegen. »Meine neue paläolithische Venus.«

»Sie haben sie in der Bibliothek des Internats in Tormouth liegenlassen. Es gibt nicht viele Leute auf der Welt, die eine Hottentotten-Venus zu verlieren haben. Und so hat sie mir bedeutet, daß der Prinz von Ragusa in bezug auf Hilda Crowland etwas im Schilde führt.«

»Sie besitzen eine gehörige Portion Scharfsinn, Mr. Fortune«, sagte der Prinz, dann unterbrach das Geräusch der Ankerkette ihre Unterhaltung.

In Tormouth gibt es ein Krankenhaus. Der Graf von Spoleto ging an Land, um den Röntgenologen zu holen. Reggie streckte sich an Deck auf einem Liegestuhl aus und wartete auf die kommenden Ereignisse. Die ließen nicht lange auf sich warten. Ein Küstenboot brachte den Ehrenwerten Stanley Lomas, fesch wie eh und je, und eine Frau, die Reggie an ihrem Haar und der prächtigen Figur als Hildas Mutter erkannte – Mrs. Crowland – die Prinzessin von Ragusa. Reggie ging die Laufplanke hinunter, um sie in Empfang zu nehmen.

Lomas sprang aus dem Boot. Die Prinzessin wurde hinübergeleitet und ging die Laufplanke hinauf. »Lieber Gott, Fortune!« Lomas schüttelte ihm die Hand. »Sie sind ja ein Wunderknabe! Wie haben Sie die denn wieder hergelotst?«

»Genie – ganz einfach Genie.«

Die Prinzessin hatte inzwischen ihre Tochter begrüßt, die überhaupt nicht verlegen war. »Hilda! Was machst du denn für unglaubliche Sachen?«

Worauf Hilda ruhig sagte: »Ich wollte meinen Vater kennenlernen.«

»Du machst uns ja alle lächerlich«, rief die Prinzessin.

»Das finde ich gar nicht«, entgegnete Hilda trotzig.

»Darf ich Ihnen Mr. Fortune vorstellen, Madam?« kam Lomas dazwischen.

Reggie machte eine Verbeugung. »Es tut mir leid, Madam, Ihnen mitteilen zu müssen, daß der Prinz einen Unfall hatte. Ein Sturz von der Kajütentreppe. Er ist bettlägerig. Ich warte darauf, daß sein Arm geröntgt wird. Aber ich versichere Ihnen, es besteht kein Grund zur Beunruhigung.«

»Ich bin nicht beunruhigt«, sagte die Prinzessin. »Ich möchte ihn sehen.«

»Gewiß. Vergessen Sie bitte nicht, daß ich ihm gesagt habe, ich handelte in Ihrem Auftrag.«

»Das war ungebührlich von Ihnen, Mr. Fortune«, sagte die Prinzessin und rauschte davon zur Kajütentreppe. Die Tür zur Kabine des Prinzen ging geräuschvoll hinter ihr zu.

»Jetzt ist der Prinz dran.« Reggie grinste zu Lomas hinüber.

»Sagen Sie mal, was ist hier eigentlich mein *locus standi*?« fragte der Chef des Kriminalkommissariats.

»Keine Angst, Lomas. Ich glaube, jetzt bringt sie ihn um. Das fällt dann in Ihr Ressort.«

Also saßen sie untätig herum, bis der besorgte Spoleto mit seinem Röntgenologen zurückkam. Reggie ging zum Prinzen und zur Prinzessin hinunter. Sie saß auf seinem Bett. Sie lächelte. Beim Hinausgehen warf sie Seiner Hoheit eine Kußhand zu.

All dies beobachtete Reggie, ohne eine Miene zu verziehen.

»Ich stehe unermeßlich in Ihrer Schuld, Mr. Fortune«, strahlte Seine Hoheit. »Sie sind nicht verheiratet, nicht wahr?«

»Es wird täglich unwahrscheinlicher«, sagte Reggie grimmig.

»Man erkennt niemals die Schönheit der weiblichen Natur, bis daß man einmal leidet«, sagte Seine Hoheit.

Der Arm wurde geröntgt, dann gingen der Röntgenologe und Reggie in die Dunkelkammer der Yacht. Als die Platte entwickelt war, sagte der Spezialist verwundert: »Ich sehe keine Verletzung, Mr. Fortune.«

»Na, so was«, sagte Reggie.

Vor der Dunkelkammer stand die Prinzessin und wartete ungeduldig. »Nun, Mr. Fortune?«

»Also, Madam, eine Operation wird nicht nötig sein«, versicherte Reggie.

Die Prinzessin sah ihn skeptisch an. »Ich bin Ihnen ja

wohl sehr zu Dank verpflichtet, Mr. Fortune. Ich möchte aber doch mehr über Ihre Rolle in dieser Angelegenheit erfahren.«

Reggie, wie er später zugab, bekam das Zittern. Die Prinzessin rauschte voran. Sie öffnete die Tür zum Musikzimmer. Dort überraschte sie Hilda und Spoleto. Hilda wurde gerade heftig geküßt.

Reggie nahm Reißaus. Beruflicher Instinkt, wie er erklärte, berief ihn zurück zu seinem Patienten. »Ich freue mich sehr, Ihnen mitteilen zu können, Sir, daß die Verletzung an Ihrem Arm doch nichts Ernsthaftes ist. Alles, was Sie nun brauchen, ist Ruhe und Pflege.«

Seine Hoheit lachte wie ein Schuljunge und fing an zu plaudern – über sich.

Reggie unterbrach ihn bei der erstbesten sich bietenden Gelegenheit. »Ich freue mich sehr, Sie bei so guter Laune zurückzulassen, Sir.«

Seine Hoheit quoll über vor Dankbarkeit. Er wußte gar nicht, wie er Mr. Fortune danken sollte – was er ihm schenken könnte.

»Wenn ich vielleicht diese kleine Dame mitnehmen dürfte, Sir.« Reggie nahm die Hottentotten-Venus. »Das wäre eine nette Erinnerung an ein interessantes Abenteuer.« Und so ging er davon mit der Hottentotten-Venus in der Tasche. Er eilte an Deck zu dem besorgten Lomas. »Sie hatten recht, Lomas. Sie haben immer recht. Wir haben hier keinen *locus standi*. Wo ist denn das Küstenboot?« Sie gingen rasch an Bord und ruderten weg vom Königshaus von Ragusa. »Im Himmel«, sagte Reggie, »gibt's weder Heiraten noch Verheiratetwerden. Darum gehe ich da hin.

Sehen Sie mal« – er zog die Hottentotten-Venus hervor – »das ist die einzige vernünftige Frau, die ich je getroffen habe. Lomas, guter alter Kerl, haben Sie sich schon überlegt, wie Sie das alles Ihrer Schwester beibringen wollen?«

Der Chef des Kriminalkommissariats stöhnte nur laut auf.

## Fall 6

# *Wenn Minister Geschäfte machen*

### *Phase 1 – Der Skandal*

Oh, wie schön ist's, im April in Engeland zu sein‹«, sagte Reggie Fortune, während er, fest in seinen Mantel gehüllt, die Gangway in sein Heimatland hinunterrutschte und -glitt. Hinter ihm lag das Boot aus Boulogne, das man im Schneegestöber nur aufgrund des entweichenden Dampfes und des Flimmerns von Lichtkreisen ausmachen konnte. »Der neue Postdampfer des Fliegenden Holänders«, murmelte Reggie und summte das Lied des Steuermanns aus der Oper vor sich hin, bis ein um die Ecke kommender Windstoß ihm wie ein Kugelhagel an den Stellen ins Gesicht stach, die er nicht bedeckt hatte.

Aber sein Leidensweg war noch nicht zu Ende. Im Schnellzugwagen herrschte eine bleierne Hitze. Der Toast schmeckte ihm nicht. Der Zug fuhr langsam, und sooft Reggie das beschlagene Fenster abwischte, sah er die weißbedeckte Landschaft und immer wieder Schneegestöber. So kam er mit etwa sieben Stunden Verspätung in der Victoria-Station an, und es gab keine Taxis. Er machte seinem Ärger Luft. Man stelle sich vor, wie er, die beiden Koffer, von denen er sich nicht trennen wollte, im Gleichgewicht haltend, durch den Tiefschnee von der Untergrundstation Oxford Circus bis zur Wimpole Street stapfte und schlapp, aber noch der Worte fähig, seinem Faktotum Sam in die Arme sank. Und immer noch schneite es.

Ungefähr zur selben Zeit, seiner Schätzung nach um 11 Uhr nachts am 15. April, fiel ein Mann vom obersten Stockwerk des Montmorency-Hauses, des größten und neuesten Appartmenthauses in der Gegend. Er fiel durch den Lichtschacht im Inneren des Hauses und machte wahrscheinlich ein dumpfes Geräusch, als sein Körper durch die Schneedecke auf den Zementboden darunter aufschlug. Bei dem Windgeheul und Fenstergeklapper wäre es jedoch höchst ungewöhnlich gewesen, wenn jemand ihn gehört oder für etwas anderes als einen fallenden Dachziegel oder eine Schornsteinhaube gehalten hätte. Er selbst war nicht in der Lage, eine Erklärung abzugeben. Und immer noch schneite es.

Mr. Fortune, obwohl er sich von Mantel, Hut, Schal und Handschuhen befreit hatte und sich nun beide Hände und einen Fuß am Kaminfeuer im Flur trocknete, war immer noch dabei, Sam sein Leid zu klagen, als der Ehrenwerte Stanley Lomas die Treppe herunterkam. Mr. Fortune sagte: »Hilfe!«

»Wie war's?« fragte Lomas fröhlich. »Waren Sie in Sevilla?«

»Menschenskind, bitte sagen Sie nichts. Ich halt's nicht aus. Zeigen Sie doch menschliche Gefühle. Erbarmen, Lomas. Ich bin in schönen, freundlichen Ländern gewesen, mit einem anständigen Klima, und nun komme ich zurück in diesen epileptischen Schneesturm, und da steht schon Lomas mild und munter auf der Matte und wartet auf mich.

Und dann sind Sie auch noch höflich! O Sophonisbe! Sophonisbe, oh!«

»Ich wollte Sie unbedingt sehen«, erklärte Lomas.

»Und ich will Sie überhaupt nicht sehen. Ich will überhaupt nichts Frisch-Fröhliches sehen. Wenn Sie jetzt etwas sagen, dann fange ich an zu weinen. Mein Bester, haben Sie schon zu Abend gegessen?«

»Vor ein paar Stunden.«

»Das war nicht gerade schön von Ihnen, wissen Sie. Wenn Sie zu mir kommen, sollten Sie vorher nichts essen. Sonst fange ich an, an Ihrem Geschmack zu zweifeln. Na gut! Kommen Sie, und schauen Sie mir beim Essen zu. Der Anblick hat schon starke Männer zu Tränen gerührt; die reine Ekstase der Lust, Lomas. Das Erhabene und das Schöne, von R. Fortune. Und Sam sagt, Elise hat *timbale de foie gras* und ihr spezielles *entrecôte* zubereitet. Eßt doch noch einmal, Whittington. Und trinket den Wein, solange er rot ist. Mein Chambertin ist dringend indiziert. Und dann schlafe ich den tausendjährigen Schlaf, wie Dornröschen.«

»Ich wünschte, das könnte ich auch.«

»Lomas, alter Junge!« Reggie drehte sich um und sah ihn prüfend an. »Ja, Sie haben sich übernommen. Sie sollten mal Urlaub machen.«

»Und ob. Das ist auch etwas, was ich Sie fragen wollte – was halten Sie davon, wenn ich in Pension gehe?«

»Du liebe Zeit! So schlimm steht es?« Reggie pfiff durch die Zähne. »Tut mir leid, daß ich Witze gemacht habe. Aber ich hatte ja keine Ahnung. Stand auch nichts in der Zeitung.«

»Nur Anspielungen. Verdammt noch mal, nicht einmal im Club bleibt man davon verschont.«

Sie besprachen es beim Abendessen.

Vor einigen Monaten war eine neue Regierung gebildet worden, für die damit geworben wurde, daß sie umgehend paradiesische Zustände auf Erden schaffen würde. Und das erste äußere Zeichen ihrer inneren, geistigen Güte war der Große Kohlenschwindel. Einige Leute in London fingen an, Aktien bestimmter Bergbaufirmen zu kaufen. Einige Leute in London fingen an, das Gerücht zu verbreiten, die Regierung würde ein Bergbaugebiet nach dem anderen verstaatlichen – und zwar zuerst die Gebiete, von denen die Aktien gekauft worden seien. Die Aktien gingen natürlich sprunghaft in die Höhe.

»Ganz normale, scheußliche Kennzeichen eines Börsenbooms«, sagte Reggie.

»Nein. Das hier basiert auf Tatsachen«, erwiderte Lomas. »Das ist der Unterschied. Dieser Schwindel beruht auf der Wahrheit, der ganzen Wahrheit und nichts als der Wahrheit. Wer auch immer das Spiel anfing, hatte genaue und präzise Informationen. Es wurden nur Aktien von den Firmen gekauft, die die Regierung übernehmen wollte; sie wußten alles, und sie haben sich nicht geirrt. Jemand an höchster Stelle hat den Plan verraten.«

»Politik ist ein übles Geschäft«, sagte Reggie.

Lomas sah düster in seinen Burgunder. »Politiker sind fast die niedrigsten Geschöpfe Gottes«, pflichtete er ihm bei. »Das weiß ich. Ich bin Beamter. Aber ich verstehe nicht, wie einer von denen hier die Finger im Spiel gehabt haben kann. Der Plan war noch nicht vors Kabinett gelangt.

Jeder wußte allerdings, daß etwas im Schwange war. Aber es geht doch um die betroffenen Firmen in diesem ersten Testfall. Keiner wußte Bescheid, welche das waren, außer dem Präsidenten des Handelsministeriums und seinem Privatsekretär.«

»Der Präsident – das ist doch Horace Kimball.«

»Ja. Hat nichts mit Politik zu tun. Er ist der Gummikönig, wissen Sie. Er wurde im Interesse des Kabinetts eingesetzt, um die Geschäftsleute unter Kontrolle zu halten. Er wurde im Grunde dafür engagiert, die Verstaatlichungspläne durchzubringen.«

»Und dann fängt er an, indem er einen Regierungsskandal verursacht. Geschäftsleute und Geschäftsmethoden. Na ja! Seien Sie mir bloß still mit den Politikern! Ich bin als ehrlicher Mensch auf die Welt gekommen. Ich werde lieber auf die simple, altmodische Art beschwindelt. Ich hab's lieber mit Stil.«

»Ganz recht«, sagte Lomas nachdrücklich. »Aber ich muß dazu sagen, ich habe nichts gegen Kimball. Er ist so das Übliche. Meint, er sei Napoleon – leidenschaftlich darauf erpicht, daß man ihn für gebildet hält. Ist aber ein recht begabter Bursche, und er meint's gut. Nur ist er jetzt wildentschlossen, den Kerl zu schnappen, der seinen Plan verraten hat. Kann ich ihm nicht verdenken. Es ist aber trotzdem verdammt seltsam.«

»Wenn nur Kimball und sein Privatsekretär Bescheid wußten, dann hat entweder Kimball oder der Privatsekretär die Sache verraten.«

»Mein lieber Fortune, wenn Sie so was sagen, verzweifle ich noch. Das ist nämlich der hoffnungslose Reim, den ich mir im Schlaf immer wieder vorsage. Ich glaube schon, daß Kimball ehrlich ist. Den Ruf hat er. Ehrgeizig bis zum Geht-nicht-mehr, aber absolut korrekt. Und warum sollte er so ein Doppelspiel treiben? Er ist stinkreich. Wenn er aufs Geld aus wäre, war es Blödsinn, in die Politik zu gehen. Er würde sich in der Industrie viel besser stellen. Nein; er muß wegen Macht und Stellung in die Politik gegangen sein. Und dann wird seine Karriere gleich zu Beginn von einem Finanzskandal verpfuscht! Es ist nicht anzunehmen, daß er dabei die Hand im Spiel hatte. Es ist zu verrückt.«

»Bleibt nur noch der Privatsekretär. Mag Mr. Kimball seinen Privatsekretär vielleicht nicht?«

»O doch. Kimball hält große Stücke auf ihn. Ich habe Kimball darauf hingewiesen, daß wir aufgrund der Tatsachen gezwungen sind, Sandford zu verdächtigen, und er war darüber ziemlich verschnupft – sagte, er habe eine hohe Meinung von Sandford, fragte, was für Beweise wir denn hätten und so weiter.«

»Gut und schön und sogar intelligent. Hut ab vor Mr. Kimball. Was für Beweise haben Sie, Lomas, altes Haus?«

»Sie haben es doch gerade gesagt«, meinte Lomas leicht gereizt. »Nur Kimball und Sandford kannten das Geheimnis. Es ist im Rahmen der Gegebenheiten unmöglich, daß Kimball die Sache verkauft hat. Bleibt uns Sandford.«

»Menschenskind! Das ist kein Beweis, das ist eine Behauptung.«

»Ich weiß, zum Henker mit Ihnen. Aber es gibt doch so etwas wie einen Beweis. Einer von Sandfords Freunden ist ein junger Kerl namens Walkden und arbeitet bei einer der Firmen, die den Börsenboom organisiert haben.«

»Das ist komisch«, sagte Reggie und zündete sich eine Pfeife an. »Aber damit könnten wir nicht einmal einen ausgemachten Schurken hopps gehen lassen.«

»Meinen Sie, das wüßte ich nicht?« rief Lomas. »Wir haben nichts, auf das wir uns stützen könnten, und alle verfluchen sie mich deswegen!«

»Sie meinen Kimball?«

»Kimball – Kimball ruft zweimal pro Tag an und erkundigt sich, wie der Fall bittesehr vorangehe. Aber die ganze Regierung hängt jetzt dran. Protokolle vom Innenminister – bittere Memos vom Premierminister. Sie wollen natürlich einen Sündenbock. Das wollen Regierungen immer.«

»Liefere uns einen oder wir liefern dich?«

»Ich sagte Ihnen bereits, daß ich an Rücktritt denke.«

»Weil die Sie dazu zwingen wollen, etwas gegen den Privatsekretär zu unternehmen – und Sie ein Gewissen haben?«

»Herrje, nein. Ich würde ihn lieber heute als morgen vor Gericht bringen, wenn ich könnte. Er ist ein eingebildeter junger Geck. Aber ich kann ihn nicht vor Gericht bringen. Nein; ich glaube nicht, daß sie es jemandem bestimmten anhängen wollen. Aber irgend jemandem wollen sie's anhängen, und ich finde keinen.«

»Das ist nichts für mich«, murmelte Reggie. »Mir graust's vor Staatsbeamten. Ich habe einen Schwager im Finanzministerium. Ab und zu darf ich mit ihm zu Abend essen. Grabmeditationen für Reginald. Nein. Das ist nichts für mich. Ich brauche Leidenschaft und Blut. Aber irgendwie interessiert mich das, was Sie sagen. Lomas, das tut es tatsächlich. Ich möchte mehr erfahren über H. Kimball und Sekretär Sandford. Sie machen mir Sorgen.«

»Mein Gott, mir machen sie auch Sorgen«, sagte Lomas nachdrücklich.

»Die beiden sind zu schön, um wahr zu sein. Ich möchte wissen, ob da sonst noch irgendwo der Wurm drin ist?«

»Also, ich finde keinen.«

»Nur die Hoffnung nicht aufgeben. Erinnern Sie sich nicht mehr, daß es die adlige Witwe war, die die Bohun-Saphire verpfändet hatte? Und treten Sie ja nicht zurück. Wenn Ihnen der Premierminister noch einmal ein gemeines Memo schickt, sagen Sie ihm, Sie hätten jetzt ein Auge auf seinen Golflehrer. Ein Mensch, der so puttet, muß etwas auf dem Kerbholz haben. Und treten Sie ja nicht zurück, nicht für alle Politiker jenseits der Hölle. Vielleicht wollen die Sie loswerden. Ich komme morgen bei Ihnen vorbei.«

»Tun Sie das, bitte«, sagte Lomas. »Sie haben so einen guten Blick für Gesichter.«

»Mein guter alter Junge! Ich glaube nie an Gesichter, das ist mein Geheimnis. Das einzige, das mir je gefallen hat, war das von der jungen Frau, die ihrer Schwägerin das Nasenbein gebrochen hat. Aber ich komme vorbei.«

Getröstet von Wein und Mitgefühl wurde Lomas losgeschickt und schleppte sich mühsam durch den kniehohen Schnee nach Hause. Und immer noch schneite es.

Der Schnee blieb liegen. Obwohl er mit Schneeräumern von den Autobahnen gefegt wurde, lagen auf allen Nebenstraßen ungeschmolzene Berge davon, und der Park war schmutzigweiß. Reggie fröstelte, als er in Scotland Yard aus dem Wagen stieg; er hastete die Treppe hinauf und stellte sich so nah wie möglich an Lomas' Kaminfeuer, wobei er Chefinspektor Bell den Platz streitig machte.

»Ich habe schon auf Sie gewartet«, sagte Lomas ruhig. »Es gibt etwas Neues. Dreitausend Pfund sind auf Sandfords Konto eingegangen. Das Geld wurde gestern vormittag in kleinen Scheinen am Schalter eingezahlt. Der Kassierer meint, es sei von einem etwas untersetzten Mann mit Brille eingezahlt worden – konnte ihn aber nicht identifizieren.«

»Die Welt ist böse, Lomas. Das wäre aber nicht so schlimm, wenn es nur einen Sinn ergeben würde. Eines Tages werde ich noch Verbrecher, nur um Ihnen mal zu zeigen, wie man's macht. Wer ist dieser Sandford, was ist er denn, daß um ihn solch seltsame Dinge geschehen?«

»Ich weiß nicht recht, was daran seltsam sein soll, Sir«, sagte Chefinspektor Bell. »Ich nehme an, die dreitausend sind sein Anteil an der Beute.«

»Genau das sollen wir glauben«, pflichtete ihm Reggie bei. »Und das mißfällt mir.«

»Sie meinen, warum zum Teufel sollte er es auf sein Bankkonto kriegen? Er muß doch wissen, daß sein Konto beobachtet wird. Das hab ich auch gesagt«, gab Lomas erschöpft zurück.

»Nun, Sir, wie ich schon sagte, normalerweise ist es doch so«, protestierte Chefinspektor Bell. »Wenn ein paar korrupte Leute in der Regierung sich einen Burschen in guter Position gekauft und aus ihm rausgekriegt haben, was sie wollten, dann ist es doch oft so, daß sie ihn loshaben wollen. Dann machen sie ihn eher zur Schnecke, als daß sie ihn laufen ließen. Das war in der Bewick-Geschichte so und im Grantley-Fall – –« Er rasselte eine ganze Reihe von Fällen herunter. »Was ich damit sagen will, Sir, unter Gaunern gibt es so was wie Ehre nicht. Wenn die sehen, daß einer von ihnen in einer anständigen Position ist, dann machen sie ihn nieder, sobald sie können. Neid, das ist es. Ich glaube, wir sind alle neidisch. Aber meiner Erfahrung nach ist einer, der nicht ganz astrein ist, doppelt neidisch. Ich will damit sagen, daß Gauner in Sachen purem, boshaftem Neid die Schlimmsten sind.«

Reggie nickte. »Wissen Sie, Bell, ich kann mich nicht erinnern, daß Sie jemals unrecht hatten, wenn Sie Ihre Meinung geäußert haben. Übrigens, was ist Ihre Meinung?«

Chefinspektor Bell lächelte nachsichtig. »Wir müssen ja so aufpassen, Sir. Ob Sie's glauben oder nicht, ich hab keinen Dunst, wer die offiziellen Transaktionen im Kohlenschwindel gemacht hat. Ein halbes Dutzend Firmen waren an dem Boom beteiligt, ziemlich angesehene Firmen. Aber wer den Tip zuerst bekam und wer die großen Details abwickelte, da weiß ich soviel wie ein Kleinkind.«

»Ja, da steckt wirklich Köpfchen dahinter«, stimmte Lomas ihm zu.

Aber Reggie, der immer noch den Chefinspektor ansah, meinte: »Was haben Sie denn in der Hinterhand, Bell?«

Der Chefinspektor lachte. »Wie Sie sich aber auch immer ausdrücken, Mr. Fortune – –« Er zündete sich eine Zigarette an und sah zu seinem Vorgesetzten hinüber. »Ich weiß nicht, was Sie von Mr. Sandford halten, Mr. Lomas?«

»Viel kann ich dazu auch nicht sagen, Bell«, sagte Lomas. »Ich weiß nur, zu den Brüdern gehört er bestimmt nicht.«

»Also, ich würde ihn als Einzelgänger beschreiben, Sir«, schlug Bell vor. »Interessiert sich vornehmlich für sich selber, könnte man sagen.«

»Ein Aufsteiger«, sagte Lomas.

»Na ja! Wer ist denn dieser Sandford – was ist er denn, daß ihn die ganze Welt nicht leiden kann?« fragte Reggie. »Wer war sein Vater? Welches Internat?«

»Nun, komisch, daß Sie danach fragen, Sir«, sagte Chefinspektor Bell.«

»Er war nicht auf dem Internat. Sein Vater ist auch nicht bekannt«, sagte Lomas. »Er erinnert sich, daß er als Einzelkind mit seiner verwitweten Mutter in einer kleinen Ortschaft in Nordwales lebte – Llan soundso. Er ging dort auf die höhere Schule. Hat immer Preise gekriegt. Er bekam ein Stipendium für Pembroke, Oxford. Dann starb Mrs. Sandford und hinterließ ihm ungefähr ein Pfund pro Woche. Er bekam gute Noten in Oxford, und im Innenministerium war er gleich ziemlich oben. Er hat wohl Erfolg in seiner Abteilung, aber die anderen können ihn nicht ausstehen.«

»Intelligent, aber gefühlsarm, wenn Sie wissen, was ich meine«, sagte der Chefinspektor.

»Ich hasse ihn bereits«, murmelte Reggie.

»Das ist ziemlich einfach«, sagte Lomas. »Na, er ist cleverer Durchschnitt, darauf läuft's doch hinaus.«

»Armer Teufel«, murmelte Reggie.

»Davon gibt's eine ganze Menge im Staatsdienst. Das einzig Ungewöhnliche an Sandford ist, daß er anscheinend keine Vergangenheit hat. Wie der Bursche in der Bibel, der keine Vorfahren hatte – Melchisedek, oder so? Nun, Mrs. Sandford kam auch von nirgendwoher. Sie stammte nicht aus Llanfair-fechan – so heißt der Ort. Sie zog dorthin, als Sandford noch klein war. Niemand weiß dort, woher sie kamen. Er sagt, er weiß es nicht. Niemand weiß, wer sein Vater war. Er sagt, er weiß es nicht. Er sagt, sie hat keinerlei Papiere hinterlassen. Sie hatte eine Rente, und die fünfzig Pfund im Jahr, die sie ihm hinterließ, waren in Staatsanleihen angelegt. Er hat nie was von irgendwelchen Verwandten erfahren. Keiner in Llan-wie-heißt's-noch-mal erinnert sich, daß sie je Besuch gehabt hätte. Und vor zehn Jahren ist sie gestorben.«

»Man könnte sagen, es sah fast so aus, als wollte sie sich verstecken«, meinte Chefinspektor Bell. »Aber herrje, wer weiß das schon! War vielleicht einfach eine trauernde Witwe. Die werden manchmal so.«

»Hat sich jemand schon mal für Melchisedek interessiert?« fragte Reggie.

»O Gott, nein! Außerhalb seiner Abteilung hat nie jemand was von ihm gehört. Und dort hassen sie ihn alle. Aber er ist einer von denen, die sich nicht unterkriegen lassen.«

»Armer Teufel«, murmelte Reggie noch einmal.

»Sie würden nicht so verdammt mitleidig tun, wenn Sie ihm mal begegneten«, sagte Lomas. Eine Visitenkarte wurde ihm hereingebracht. »Hallo! Da ist ja Kimball. Ich dachte schon, der läßt mich aber lange in Frieden. Nun, heute haben wir was für ihn.«

»Er hat einen großen, dicken Kopf«: so begann ein sarkastischer Journalist mit der Beschreibung Seiner Exzellenz Horace Kimball. Und er berichtete getreulich von seinem ersten, entscheidenden Eindruck beim Anblick von Mr. Kimball, der ein schwergewichtiger Mensch war; sein großer Kopf und Hals wurden von einem kräftigen Körper getragen. Aber beim besseren Kennenlernen entdeckte man seine lebhafte Beweglichkeit und seinen aufmerksamen Gesichtsausdruck und fühlte sich plötzlich unwohl. Und doch hatte er – wohlgemerkt – eine direkte, herzliche Art, und seine unbarmherzigsten Kritiker waren immer diejenigen, die ihm noch nie begegnet waren. Im übrigen war er darauf bedacht, immer hübsch ordentlich gekleidet zu sein, was ihm auch gelang.

Er kam hereingeeilt. »Also, Lomas, wenn wir diese Geschichte nicht fertigmachen, dann macht sie uns fertig«, verkündete er und warf sich auf einen Sessel. »Gibt's was Neues?«

»Gerade bespreche ich es mit Mr. Fortune.«

»Ganz recht. Die schlausten Köpfe, die wir kriegen können.« Er nickte Reggie mit seinem dicken Kopf zu. »Was halten Sie davon?«

»Kein Wunder, daß es Ihnen lästig ist«, sagte Reggie.

»Lästig! Das ist noch milde ausgedrückt. Ich mag gar nicht daran denken, wieviel schlaflose Nächte ich deswegen schon verbrachte.« Er merkte, daß Reggie ihn musterte. »Sie sind Arzt, nicht wahr?« sagte er und lachte mitleidig. »Ich bin kein Fall für Sie, wissen Sie.«

»Entschuldigen Sie mein berufliches Interesse«, sagte Reggie. »Aber ich möchte Ihnen doch raten, Ihren Arzt aufzusuchen, Sir.«

»Mein Arzt kann mir auch nichts erzählen, was ich nicht schon weiß. Dieser Skandal, das ist es, was mir zu schaffen macht. Sie würden doch nicht sagen, ich sei überempfindlich, oder? Sie würden mich doch nicht für naiv halten? Also, wissen Sie, ich bin jetzt dreißig Jahre im Geschäft, und nie hat mich einer von meinen eigenen Leuten hintergangen. Das ist es, was mich so ärgert. Jemand aus meinen eigenen Reihen, ein enger Mitarbeiter, verkauft mich. Mein Gott, es ist zum Verrücktwerden!«

»Wen haben Sie im Verdacht?« fragte Reggie.

Kimball drehte sich abrupt um, so daß der Sessel quietschte. »Verdammt noch mal, Mann, das haben wir schon tausendmal besprochen. Ich kann niemanden verdächtigen. Ich würde auch niemanden verdächtigen. Und doch ist die Sache passiert.«

»Soviel ich verstanden habe, sind Sie selbst und Sandford, Ihr Sekretär, die einzigen, die den Plan kannten?«

»Da könnte ich genausogut mich selbst verdächtigen wie Sandford.«

»Gestern wurden dreitausend Pfund in Scheinen von jemandem, der seinen Namen nicht angeben wollte, auf Sandfords Konto einbezahlt«, sagte Lomas.

»Guter Gott!« sagte Kimball und setzte sich schwer atmend wieder im Sessel zurecht. »Genau das habe ich nicht glauben wollen.«

»Haben Sie etwas Brandy da, Lomas?« fragte Reggie und beobachtete seine Blässe fachmännisch. Lomas sprang auf.

Reggie nahm Kimballs Hand und begann, seinen Puls zu fühlen.

»Lassen Sie das«, sagte Kimball schneidend und zog die Hand weg. »Herrje, Mann, ich bin nicht krank! Nein danke, Lomas, gar nichts. Ich trinke nie Alkohol. Es ist gleich wieder in Ordnung. Aber es haut mich doch ganz schön um, daß ich jetzt glauben soll, es sei Sandford gewesen.« Er erhob sich mühsam von seinem Sessel, ging ans Fenster, riß es auf und tupfte sich die Stirn ab. Er stand einen Augenblick in der frischen Luft, nahm eine Prise Schnupftabak und wandte sich dann abrupt zu den anderen um. »Es gibt keinen Zweifel an dieser Tatsache, was? Wir kommen nicht drumherum?«

»Ich fürchte, wir werden Sandford um eine Erklärung bitten müssen«, sagte Lomas.

»Das ist das Unangenehmste, was ich je im Leben tun mußte«, sagte Kimball. »Na, da ist wohl nichts zu machen. Trotzdem, er hat vielleicht eine einleuchtende Erklärung. Verdammt, ich will erst was gegen ihn sagen, wenn es einen stichhaltigen Grund gibt. Ich fand ihn immer sehr ehrlich – und sehr gründlich. Der cleverste Kerl, den ich je hatte. Dann holen Sie ihn eben; sagen Sie, ich würde ihn gern hier sprechen. Na los, Lomas, was ist denn Ihre Meinung? Er kann es doch bestimmt ganz einfach erklären, nicht?«

»Vielleicht. Ich wüßte aber nicht, wie«, sagte Lomas düster. »Sie etwa?«

»Sie mögen denken, ich bin verrückt, aber ich vertraue meinen Leuten eben«, sagte Kimball, und die folgenden fünf Minuten verbrachten sie in peinlichem Schweigen, bis Sandford kam.

Er sah wie ein netter junger Mann aus. Er war ziemlich klein, sehr schmal und trug eine Brille. Alles an ihm war korrekt und zurückhaltend. Aber sein Gesicht hatte eine seltsame Struktur: es schien sich zur Nase hin zuzuspitzen, und doch sah seine Kinnpartie kräftig aus. Er begrüßte Kimball, seinen Chef, und Lomas, wie es sich gehörte. Reggie und Chefinspektor Bell sah er an, als erwarte er, daß sie sich zurückzogen. Und Kimball warf er einen Blick zu, der besagte, er möge sich kurz fassen.

Es schien Kimball schwerzufallen, einen Anfang zu finden. Er räusperte sich, schneuzte und nahm noch eine Prise Schnupftabak. »Ich weiß nicht, ob Sie sich denken können, weshalb ich nach Ihnen geschickt habe«, brach es schließlich aus ihm hervor.

»Ich nehme an, es geht um die Sache mit den Kohleaktien«, sagte Sandford scharf.

»Ja. Haben Sie etwas Neues darüber erfahren?«

»Mir ist nichts bekanntgeworden.«

»Nun, es gibt da etwas, das Sie mir erklären müssen. Ich bin sicher, Sie haben eine ausreichende Erklärung. Aber ich bin gezwungen, Sie danach zu fragen.«

»Soviel ich weiß, habe ich nichts zu erklären.«

»Mir ist zu Ohren gekommen, daß gestern dreitausend Pfund in Banknoten auf Ihr Konto eingezahlt wurden. Woher kommt dieses Geld?«

Sandford nahm die Brille ab, putzte sie und setzte sie wieder auf. »Ich habe keine Ahnung«, sagte er in höchst korrektem, geschäftsmäßigem Ton.

»Mein Gott, Mann, verstehen Sie doch, was das heißt!« rief Kimball.

»Ich muß doch bitten, Sir. Ich habe keine Ahnung, was das heißt. Es fällt mir schwer, zu glauben, daß Sie richtig informiert worden sind.«

»Sie meinen doch nicht, ich würde eine derartige Anschuldigung erheben, außer, wenn ich mich dazu gezwungen sehe!«

»Es gibt keinerlei Zweifel an dieser Tatsache, Mr. Sandford«, sagte Lomas düster.

»Ach ja! Dann kann ich nur sagen, niemand hat die Befugnis, Einzahlungen auf mein Konto vorzunehmen. Nachdem Sie die Angelegenheit so genau überprüft haben, nehme ich an, daß Sie wissen, wer es war.«

»Nun, er hat seinen Namen nicht angegeben. Können Sie uns sagen, wer es war?« fragte Lomas.

»Ich wiederhole, Sir, ich weiß nichts über die Transaktion.«

»Mehr haben Sie nicht zu sagen?«

»Ich brauche wohl kaum hinzuzufügen, daß ich das Geld nicht annehme.«

»Sie wissen, daß man die Sache nicht dabei bewenden lassen kann!« rief Kimball. »Kommen Sie schon, Mann, Sie erweisen sich selbst damit keinen Dienst. Und mit diesem Ton machen Sie alles noch viel schlimmer, verstehen Sie das denn nicht?«

»Ich muß doch bitten, Sir. Ich verstehe nicht ganz, was ich sagen soll. Sie sprachen davon, eine Anschuldigung zu erheben. Würden Sie das bitte näher erklären?«

»Wenn Sie unbedingt wollen! Dieser Boom fing an aufgrund von Informationen, die außer mir nur Sie hatten. Und unmittelbar nach dem Boom wird diese große Geldsumme heimlich auf Ihr Konto eingezahlt. Sie müssen doch verstehen, was jedermann sagen wird – was ich auch sagen würde, wenn ich Sie nicht kennen würde –, nämlich daß Sie den Plan verraten haben, und daß das Geld Ihre Belohnung ist. Kommen Sie schon, Sie müssen uns doch irgendeine Erklärung geben können – eine Rechtfertigung zumindest.«

»Ich wiederhole, Sir, ich weiß nichts von der Sache. Ich hoffe doch, daß diese Gerüchte auf niemanden einen Einfluß haben, der meinen Charakter und meinen beruflichen Werdegang kennt.«

»Mein Gott, Mann, hier haben wir Tatsachen vor uns! Woher kommen diese dreitausend Pfund?«

»Ich habe keine Ahnung. Ich weiß nichts davon.«

Zum ersten Mal ergriff Reggie das Wort. »Ich frage mich, ob Sie vielleicht eine Theorie haben?«

»Ich betrachte es nicht als meine Pflicht, mir Theorien auszudenken.«

»Wissen Sie vielleicht, ob jemand Sie ruinieren will? Oder warum jemand Sie ruinieren will?«

»Ich muß doch bitten. Ich lehne es ab, in derartig wilde Spekulationen verwickelt zu werden.«

Kimball sprang auf. »Sie machen es mir unmöglich, Ihnen zu helfen. Ich habe Ihnen jede Chance eingeräumt, vergessen Sie das nicht – jede Chance. Aber jetzt muß ich passen. Ich kann Ihnen nur raten, seien Sie sich Ihrer Stellung bewußt. Ich weiß nicht, ob ein Rücktritt Ihnen schlimmere Folgen erspart. Ich werde tun, was ich kann. Aber Sie machen es mir sehr schwer. Guten Morgen. Gehen Sie lieber nicht zurück ins Büro.«

»Ich weise sämtliche Anschuldigungen zurück«, sagte Sandford. »Guten Morgen, Sir.«

Mit entschuldigender Gebärde wandte sich Kimball den anderen zu. »Ich glaube, da ist nichts zu machen. Jetzt müssen wir es eben durchziehen. Schicken Sie mir ein offizielles Protokoll. Dem Burschen ist nicht zu helfen. Armer Teufel!«

»Ich kann nicht behaupten, daß er mein Mitleid erregt«, sagte Lomas.

Kimball lachte freudlos. »Er kann sich selbst auch nicht helfen«, sagte er und ging.

»Ich hätte nicht gedacht, daß Kimball so menschlich ist«, sagte Lomas.

»Nun, Sir, er hat immer zu seinen Leuten gehalten, das muß man ihm lassen«, meinte Chefinspektor Bell.

»Ich frage mich, wie er auch nur einen Tag zu Sandford halten konnte.«

»Dieser Mr. Sandford, also das ist vielleicht ein hochnäsiger Mensch«, kicherte Bell. »Komisch, wie unverschämt die auftreten, solche Leute.«

»Ja, er denkt wohl, er hätte großen Eindruck gemacht. Nun, Fortune, ich fürchte, hier ist nicht viel zu holen für Sie.«

Reggie war ans Fenster gegangen und machte sich dort zu schaffen. »So was, der Wind hat gedreht«, sagte er. »Das ist ja immerhin etwas.«

Als der Portier des Montmorency-Hauses am nächsten Morgen aufwachte, bemerkte er, daß der Schnee sogar in dem Schacht zwischen den Wohnungen, wo die Luft in ganz London am stickigsten ist, schnell schmolz. Nach dem Frühstück sah er, wie ein paar Kleidungsstücke unter dem Schneematsch zum Vorschein kamen. Das ärgerte ihn, denn er mochte den kleinen Innenhof besonders. Die Mieter, so meinte er zu seiner Frau, machten immer solche Unordnung, aber daß sie nun ihre Hosen in den Schacht warfen, das war der Gipfel. Er stapfte hinaus in den Schneematsch und fand eine Leiche.

Nach dem Mittagessen wurde Reggie Fortune, der gerade über dem neuesten Theaterstück des Herrn Wedekind eingedöst war, vom Telefon wachgeklingelt, aus dem ihn die Stimme von Chefinspektor Bell dringend bat, sofort in die Leichenhalle zu kommen.

»Wer ist tot?« fragte er. »Hat sich Sandford in bürokratischen Schlingen erhängt? Hat Kimball einen Schlaganfall gekriegt?«

»Es ist sozusagen was Anonymes«, ließ sich die Stimme des Chefinspektors vernehmen. »Genau die Art von Fall, die Sie mögen.«

»Ich habe noch nie einen Fall gemocht«, sagte Reggie indigniert und legte auf.

An der Tür zur Leichenhalle erschien Chefinspektor Bell, als der Wagen vorfuhr.

»Sie tun verdammt geheimnisvoll«, beklagte sich Reggie.

»Ich doch nicht, Sir. Wenn Sie mir sagen können, wer der

Bursche ist, bin ich Ihnen dankbar. Aber zuerst will ich wissen, woran er gestorben ist. Sie entschuldigen, aber ich will Ihnen nicht sagen, wie man ihn gefunden hat, bis Sie sich Ihre Meinung gebildet haben.«

»Was zum Teufel wollen Sie damit sagen?«

»Ich will nicht, daß Sie voreingenommen sind, Sir, wenn Sie verstehen, was ich meine.«

»Verdammte Frechheit. Wann haben Sie mich je voreingenommen erlebt?«

»Meine Güte, Mr. Fortune, so hab ich Sie noch nie fluchen hören«, sagte Bell bedrückt. »Immer mit der Ruhe, Sir. Ich habe meine Gründe. Ehrlich.«

Er ging voraus in den Raum, in dem der Tote lag. Er schlug das Tuch zurück, das die Leiche bedeckte. »Na, so was!« sagte Reggie Fortune. Denn der Tote hatte kein Gesicht.

»Sie entschuldigen mich. Ich bin Ihnen sowieso nur im Weg«, sagte der Chefinspektor mit belegter Stimme und eilte zur Tür.

Reggie drehte sich nicht um. »Schicken Sie Sam rein mit meinen Sachen«, sagte er. Dann dauerte es ziemlich lang, bis er herauskam; er war ungewöhnlich blaß, und sein rundes, gemütliches Gesicht sah eigenartig ernst aus.

Chefinspektor Bell warf seine Zigarette weg. »Scheußlich, nicht?« sagte er mitleidsvoll.

»Wahnsinnig«, erwiderte Reggie. »Kommen Sie.« Ein warmer Regenschauer ging nieder, der Westwind wehte, aber er öffnete trotzdem sämtliche Fenster und wies den Chauffeur an, um Regent's Park herumzufahren. »Kommen Sie schon, Bell. Der Regen kann Ihnen nicht schaden.«

»Kein Wunder, daß Sie ein bißchen durchgeweht werden wollen. Der arme Kerl. Das ist so ziemlich das Scheußlichste, was ich je gesehen habe.«

»Ich glaube, ich hab Angst«, sagte Reggie nachdenklich. »Es ist so unheimlich und frustrierend. Ich glaube, das einzige, was einem angst machen kann, ist das Wahnsinnige. Nicht das Verrückte – das ist nur lästig –, sondern das, was verdammt clever und doch wahnsinnig ist. Ein tüchtiger Bursche, der in einem Punkt eine Manie hat. So ist, glaube ich, der Teufel, Bell.«

»Du lieber Gott, Sir«, sagte Chefinspektor Bell.

»Ich will jetzt nur noch meine Toastbrötchen«, sagte Reggie, »ein paar Toastbrötchen und ein bißchen Tee und mein heimisches Kaminfeuer. Da fühle ich mich in Sicherheit.«

Er machte es sich halb auf dem Rücken liegend vor dem Kamin im Arbeitszimmer gemütlich und brachte es in dieser Stellung sogar fertig, einigermaßen bequem zu essen und zu trinken.

»In einer anderen Welt, Bell«, sagte er verträumt, »in einer anderen und besseren Welt, scheint mir. Sie wollten die Todesursache wissen. Und Sie wollten mich nicht voreingenommen machen. Sie lieber Kerl. Hier gibt's aber gar keine Voreingenommenheit. Es ist ein ziemlich klarer Fall.«

»Tatsächlich, Sir? Sie überraschen mich.«

»Der Tote wurde durch einen Schlag mit einer schweren, stumpfen Waffe auf die linke Schläfe umgebracht – einem Totschläger vielleicht, einem Stock oder einem Schüreisen. Gleichzeitig, oder unmittelbar nachdem der Tod eingetreten war, wurde sein Gesicht mit der gleichen oder einer ähnlichen Waffe zertrümmert. Der Tod ist vermutlich vor ein paar Tagen eingetreten. Nach dem Tod, aber nicht lange danach, wurden der Leiche weitere Verletzungen beigebracht, eine Rippe und das linke Schulterblatt sind gebrochen, wahrscheinlich durch den Sturz aus einer gewissen Höhe. Das sind die medizinischen Tatsachen. Es gibt noch andere seltsame Umstände.«

»Nur ein paar!« sagte Bell mit einem grimmigen Kichern. »Sie sind sich ja sehr sicher, Sir, wenn ich das mal so sagen darf. Ich nehme an, durch den Sturz ist er doch nicht umgekommen und sein Gesicht so – so zertrümmert worden?«

»Das können Sie sofort ausschließen. Er wurde durch einen Schlag getötet, und weitere Schläge haben ihm das Gesicht zertrümmert. Wo haben Sie ihn gefunden?«

»Er wurde heute früh, als der Schnee geschmolzen war, im Lichtschacht des Montmorency-Hauses entdeckt.«

»Unterm Schnee? Das heißt, der Mord geschah in der Nacht des fünfzehnten. Ja, das paßt; das erklärt seine durchweichte Kleidung.«

»Da ist aber eine ganze Menge, die es nicht erklärt«, sagte Bell düster.

»So wie ich ihn gesehen habe, hat man ihn gefunden?« Bell nickte. »Jemand hat sich ganz schön Mühe mit ihm gegeben. Er war vollständig bekleidet – Kragen und Krawatte, Stiefel. Aber eine Reihe von Knöpfen an den Untersachen waren offen. Und nirgends ein Name, nicht einmal ein Herstelleretikett an der Kleidung. Seine Wäsche ist neu und hat kein Etikett von der Reinigung. Ja, jemand hat sich sehr Mühe gegeben, damit wir ihn nicht erkennen.«

»Ich weiß nicht, worauf Sie hinaus wollen, Sir.«

»Ach so? Ist es normal, daß ein Mann, der gepflegte Kleidung trägt, kein Etikett an seiner Wäsche hat und nirgendwo den Namen seines Schneiders? Ist es normal, daß ein Mann in Krawatte und Kragen nicht einmal sein Unterhemd zuknöpft? Nein. Der Bursche wurde umgezogen, nachdem man ihn umgebracht hat. Das muß auch ein grausiges Geschäft gewesen sein. Das ist bestimmt kein zartbesaiteter Knabe, der das bewerkstelligt hat. Die Leiche einkleiden, die er gerade umgelegt hat, und ihr dann das Gesicht zertrümmern! Na ja! Noch etwas Tee?«

»Für mich nicht«, sagte Bell und schluckte mühsam. »Sie haben was von einem Wahnsinnigen gesagt, nicht wahr, Sir?«

»O nein, nein, nein. Nicht die Art von Wahnsinnigen, die Amok läuft. Keine Tötungsmanie. Der Bursche hier ist nicht nur zusammengeschlagen worden, weil einem anderen danach war. Hier steckt ein Zweck dahinter. Das hier ist ein verdammt kaltblütiges, berechnendes Verbrechen. Diese Art von Wahnsinn. Jemand verfolgt ein Ziel, das es ihm wert ist, jede Scheußlichkeit zu tun. Das ist die schlimmste Art von Wahnsinn, Bell. Keine Tötungsmanie – das macht einen Menschen nur zur Bestie. Was wir hier haben, ist etwas, das einen Menschen zum Teufel macht.«

»Das geht ein bißchen über meinen Horizont, Sir. Ein verdammter Mord ist es, und mehr will ich auch gar nicht.«

»Ja, das ist unsere Aufgabe«, sagte Reggie nachdenklich. Zusammen fuhren sie zum Montmorency-Haus hinüber.

»Wie würden Sie den Verstorbenen beschreiben, Sir?« fragte Bell.

»Ein Mann um die Fünfzig, kaum mittelgroß, neigt zur Beleibtheit, ungewöhnlich kahl.«

»Nicht gerade viele Anhaltspunkte, was?« seufzte Bell. »Wir wissen nicht mal, ob er glattrasiert war oder nicht.«

»War er, glaube ich. Ich habe keine Spur von Gesichtshaar gesehen. Aber es ist übereilt, etwas abzuleiten von Dingen, die nicht da sind. Man hätte ihn ja auch rasieren können, nachdem er getötet wurde.«

»Und ihn dann so zurichten? Mein Gott! Und ganz schön haben sie ihn zugerichtet, was?«

»Ein sehr logisches Verbrechen, Bell.«

»Logisch! Gott sei mir gnädig! Aber ich wollte sagen, Sir, wir haben nicht viele Anhaltspunkte. Angenommen, ich gebe eine Vermißtmeldung auf für einen fünfzigjährigen Mann, ziemlich klein und untersetzt und kahlköpfig, da mache ich mich ja lächerlich.«

»Nun, ich würde keine aufgeben. Er hatte übrigens eine Operationsnarbe – am Ohr. Aber das würde ich auch nicht sagen. Ich würde eigentlich vorab überhaupt nichts sagen. Behalten Sie Ihre Trümpfe in der Hand.«

»Trümpfe? Was für Trümpfe denn, Mr. Fortune?«

»Alles, was Sie wissen, sind doch Trümpfe.«

»Sie werden entschuldigen, Sir, aber meiner Erfahrung nach nicht, Sir.«

Sie kamen beim Montmorency-Haus an, wo die Detektive bereits gut vertraut waren mit dem Portier und alles Naheliegende erledigt hatten. Die Leiche war wahrscheinlich aus einem der Fenster gefallen, die auf den Lichtschacht hinausgingen. Die Leute, die um den Lichtschacht herum ihre Wohnungen hatten, waren alle bereits befragt worden, außer einem. Mr. Rand, Mieter einer Wohnung im obersten Stock, war seit ein paar Tagen nicht gesehen worden. Auf das Klingelzeichen an Mr. Rands Tür hatte niemand geantwortet.

»Na, so kommen wir der Sache schon näher«, sagte Chefinspektor Bell. Und sein Untergebener, der die Untersuchung bei den Bewohnern leitete, strahlte und rieb sich die Hände; er machte die Bemerkung, Rand sei wohl ein recht mysteriöser Bursche gewesen; er hatte seine Wohnung erst vor ein paar Wochen bezogen, hatte sie auch keineswegs regelmäßig benutzt, hatte kaum Besuch gehabt, war höflich, aber zurückhaltend. »Das paßt doch«, sagte Bell und schaute Reggie an.

»Wie sah er aus?« fragte Reggie.

»Mittelgroß bis groß, Brillenträger, gutgekleidet, braunes Haar, das er ziemlich lang trug, wie man mir sagte«, rasselte der Inspektor herunter.

»Damit ist doch alles klar«, sagte Bell. »Paßt nicht auf die Leiche, Warren. Paßt kein bißchen. Nun, Sir, wie sieht's jetzt aus?« Er wandte sich an Reggie.

»Sie haben es immer so eilig«, klagte Reggie und setzte sich. »Und ich renne Ihnen vergeblich hinterher. Was ist unsere primäre Hypothese, Bell?«

»Sir?«

»Sollen wir annehmen, daß die Leiche Rand ist oder daß Rand die Leiche aus dem Fenster geschmissen hat?«

»Ach, die Möglichkeit gibt's ja auch noch«, sagte der Inspektor eifrig. »Damit haben wir uns noch nicht beschäftigt.«

»Wir haben uns noch mit überhaupt nichts beschäftigt,

wenn Sie mich fragen«, sagte Bell düster. »Was ist denn Ihre Meinung, Mr. Fortune?«

»Die primäre Hypothese lautet, daß wir einen geschickten, meisterhaften Wahnsinnigen suchen. Deshalb bin ich der Meinung, daß uns die ganze Sache völlig rational erscheinen wird, sobald wir alles ausgetüftelt haben – natürlich immer mit der Perspektive auf die ursprünglich wahnsinnige Idee dieses Geistesgestörten.«

»Soll ich ganz London nach einem rationalen Geistesgestörten absuchen?« protestierte Bell.

»Mein lieber Freund, Sie würden sie zu Tausenden finden. Niemand ist so verdammt rational wie ein Geisteskranker. Aber in dem Punkt geht seine Rechnung nicht auf. Nur nicht den Mut verlieren. Er geht logisch vor. Er berücksichtigt nicht die tatsächlichen Gegebenheiten. Und da kommen wir ins Spiel.«

»Ins Spiel sind wir ja gekommen, aber wir kommen anscheinend nicht wieder raus«, brummte Bell. »Ich berücksichtige ja die tatsächlichen Gegebenheiten. Aber sie passen nicht zusammen.«

»Sie sind so hastig heute, Bell«, sagte Reggie sanftmütig. »Warum denn?«

»Ich seh immer noch das Gesicht von dem Burschen vor mir«, murmelte Bell.

»Nun ja! Er hat uns gesagt, was er konnte, der arme Teufel. Aber wir machen doch weiter, wenn ich bitten darf. Daß Rand weg ist, heißt doch noch lange nicht, daß Rand die Leiche ist. Die ist vielleicht bei einem anderen Mieter aus dem Fenster gefallen. Was wissen Sie über die anderen Mieter?«

»Alle sehr rechtschaffen, Sir«, sagte der Inspektor.

»Mein Lieber, diese ganze Sache ist sehr rechtschaffen. Daß Ihnen das nicht in den Kopf will. Ich glaube allmählich, wir finden noch raus, daß die Leiche ein Notar war, der von einem Zivilbeamten ermordet wurde. Ein Verbrechen ganz im simplen Mittelklasse-Stil. Was sind die anderen Mieter für Leute?«

»Nun, Sir, da ist ein Ingenieur im Ruhestand, und ein junger, frischverheirateter Bursche, arbeitet bei Rimington, und ein Marineoffizier und ein paar junge Ärzte mit Praxis in der Harley Street, und einer von den Maynards, dieser Familie aus Devonshire. Das sind die, deren Wohnungen auf den Lichtschacht hinausgehen. Ich habe mit allen gesprochen, und wenn Sie mich fragen, die kommen nicht in Frage; die sehen nicht danach aus, nicht einer von denen.«

»Das glaube ich«, sagte Reggie. »Die klingen nicht so, als kämen sie in Frage. Hat keiner von denen was gehört?«

»Nein, Sir; stimmt, das ist komisch.«

»Es geschah in der Nacht, als der Schneesturm war. Man hätte nicht mal eine Bombe bemerkt. Nun, wer war dieser Rand?«

»Das ist genau das, was keiner hier weiß, Sir. Er wohnte erst seit ein paar Wochen hier. Es sind Wohnungen mit Zimmerservice, wissen Sie, und möbliert. Er hatte ein Empfehlungsschreiben von einem Bankier. Die Bank sagt, er hat keinen finanziellen Grund zu verschwinden. Ruhiges, stabiles Konto. Einkommen aus Anlagen. Kontostand etwa dreihundert. Aber die Bank weiß nichts über ihn. Er hat das Konto schon seit Jahren. Vorher hat er in der Nähe der

Jermyn Street gewohnt, in einem Appartmenthaus. Die Eigentümerin ist letztes Jahr gestorben.«

»Und die Eigentümerin ist letztes Jahr gestorben«, wiederholte Reggie. »Er ist schwer faßbar, dieser Mr. Rand. So wie unsere Leiche. Aber wird Rand vermißt, Bell? Man hat ihn seit ein paar Tagen nicht gesehen. Das will nicht viel heißen. Er hat seine Wohnung ja nicht regelmäßig benutzt.«

»Und soweit wir wissen, ist der Tote nicht Rand.«

»Na, so weit würde ich nicht gehen«, sagte Reggie.

»Du liebe Güte, der Portier, der ihn gefunden hat, hat die Leiche nicht erkannt.«

»Sie erinnern sich an das Gesicht.«

»Mein Gott, sagen Sie nichts von dem Gesicht.«

»Tut mir leid. Also, ich würde sagen, der Portier war ganz schön durcheinander.«

»Ja, aber der Portier sagte, Rand war groß, und die Leiche ist eher klein. Der Portier sagte, er hatte dichtes Haar, und die Leiche ist völlig kahl.«

»Mein Bester, wenn einer ein aufrechtes Rückgrat und ein bißchen Haltung hat, denkt gleich jeder, er ist groß – solange er lebt. Und einer, der völlig kahl ist, ist doch genau der Richtige für eine Perücke.«

»Ich dachte, wir richten uns nach den Tatsachen«, sagte Bell düster.

»Tun wir auch, Bell. Wir fangen ja gerade erst an, Mr. Hastig. Nicht so eilig.«

»Haben Sie da was in der Hinterhand?«

»Nicht den kleinsten Trumpf. Ach, mein lieber Bell, wie können Sie nur? Habe ich je schon mal einen Trumpf gehabt? Mir bricht mein reines, wundes Herz.«

»Sie sind verdammt lustig heute, was?«

»Mein Lieber, ich habe Sie noch nie zum Fluchen gebracht. Mein guter Bell! Tut mir leid. Also, dann los. Weiter. Ich will dem schwer faßbaren Rand einen Besuch abstatten.«

Die Wohnung von Mr. Rand hatte keinen persönlichen Stil. Er hatte sich mit den Möbeln zufriedengegeben, die die Eigentümer hineingestellt hatten, die übliche, langweilige Massenware. Reggie wandte sich an den Hausmeister. »Ich nehme an, Mr. Rand gehört nichts hier in der Wohnung? Nicht einmal die Bilder?«

»Die Bilder wurden auch von den Möbellieferanten gestellt, Sir. Also –«

»Gott sei ihrer Seele gnädig«, sagte Reggie.

»Also gibt es außer der Kleidung nichts an persönlichen Sachen des Mieters.«

»Er ist tatsächlich schwer faßbar, unser Freund Rand«, murmelte Reggie, während er im Zimmer herumschlenderte. »Rauchte ziemlich angeberische Zigarren. Trank einen recht guten Whisky. Nicht gerade sehr aufschlußreich. Kommt das Zimmerpersonal jeden Tag?«

Dem Hausmeister wurde es peinlich. »Nun, Sir, ehrlich gesagt haben wir im Moment etwas wenig Personal. Nur wenn gerufen wird. Nur wenn wir wissen, daß der Mieter die Wohnung benutzt.«

»Sie brauchen sich doch nicht zu entschuldigen. Ehrlich gesagt«, kritisch betrachtete er den Staub auf einer lädierten Bronzefigur, »seit wann war niemand mehr da?«

»Ich würde sagen, seit ein paar Tagen«, sagte der Hausmeister verschreckt.

»Ich würde sagen, seit einer Woche. Egal. Vielen Dank.«

Chefinspektor Bell schob den Hausmeister eilig hinaus. Dann wandte er sich an seinen Inspektor. »Zum Henker mit Ihnen, Warren, was glotzen Sie eigentlich dauernd den Papierkorb an? Der Bursche hätte es gemerkt, wenn Mr. Fortune sich nicht für die Zigarren und Getränke interessiert hätte.«

Reggie lachte, und der Inspektor duckte sich. »Ich bitte um Verzeihung, Sir. Wußte nicht, daß ich geglotzt habe. Aber es ist schon verflixt seltsam.«

Bell schnaubte durch die Nase und hob den Papierkorb auf den Tisch. Er war fast voll mit schwarzverkohltem Papier. »Warum haben die das im Papierkorb verbrannt?« fragte der Inspektor.

»Ich nehme an, weil die Kaminfeuer diese Gasöfchen sind«, sagte Bell. »Aber ich versteh nicht ganz, warum sie das Zeug nicht einfach auf der gekachelten Fläche vor dem Kaminöfchen liegengelassen haben.«

»Weil das hier ein sauberes Verbrechen ist«, sagte Reggie. »Ein hübsches, säuberliches Mittelklasse-Verbrechen. Keine Schweinerei. Das habe ich Ihnen doch gesagt.«

Der Chefinspektor starrte ihn an. »Also, was wissen Sie eigentlich?«

»Ich weiß nichts. Ich spüre. Ich spüre, was für ein Mensch das war, der es getan hat. Sie nicht? Ich wette, er stammt aus einem sauberen, anständigen Mittelklasse-Heim.«

Der Chefinspektor fuhr zusammen. »An wen denken Sie?«

»Sie sind so hastig heute, Bell. Ich habe keinen ›Wen‹. Noch ist der Totschläger unbekannt. Aber ich schwöre Ihnen, seinen Charakter habe ich jetzt rausgekriegt.«

»Ach ja, tatsächlich!« sagte Bell. »Reinlicher Bursche! Macht keine Schweinerei! Erinnern Sie sich an das Gesicht?«

»Oh, ich sagte ja, er ist wahnsinnig.«

»Na, ich aber noch nicht. Ich merke eben, was ich merke.« Er fing an, das verbrannte Papier zu untersuchen. »Hauptsächlich Briefe. Ziemlich dickes Papier. Manches sieht aus wie ein Notizbuch. Das ist alles, was da zu holen ist.«

»Nun, außer einer Sache noch. Wer das getan hat, der hat aufgeräumt. Etwas aufgeräumt, das vielleicht Spuren hinterlassen hätte, die vielleicht gefährlich waren. Genauso, wie er mit dem Gesicht des Toten aufgeräumt hat. Verstehen Sie jetzt? Irgend jemand und irgend etwas mußte spurlos verschwinden.«

»Ja. Aber was?«

»Das erfahren wir vielleicht nie«, sagte Reggie nachdenklich.

»Das glaub ich«, sagte Bell und lachte. »Das spüre ich, Sir.«

Der Inspektor und er fingen an, das Zimmer systematisch zu durchsuchen. Aber außer Tabak und Alkohol fanden sie keine Spur von Mr. Rand. Nichts war aufgebrochen worden, es war aber auch nichts abgeschlossen. »Der Tote hatte keine Schlüssel bei sich, Mr. Fortune?« fragte Bell plötzlich. »Das ist auch ein Anhaltspunkt. Sehr wenige Leute laufen ohne Schlüssel herum.«

»Ach, zum Kuckuck, sehr wenige Leute laufen ohne Geld herum«, wies ihn Reggie zurecht. »Die Leiche hatte keinen roten Heller bei sich. Sie können sicher sein, so wie wir ihn gefunden haben, ist der nicht herumgelaufen. Zum Beispiel hätte er sich die Weste zugeknöpft.«

»Aha«, meinte Bell vielsagend. »Sie haben sich das alles ja schön im Kopf zurechtgelegt, muß man sagen. Das ist das Besondere an Ihnen, Mr. Fortune, wenn ich mir die Bemerkung erlauben darf. Sie haben immer sofort den ganzen Fall im Kopf; unsereins sieht immer nur stückweise, sozusagen.«

Reggie lächelte. Er begriff, daß Chefinspektor Bell bereute, die Fassung verloren zu haben, und es jetzt unbedingt wiedergutmachen wollte. »Ich habe noch nie einen Mann gekannt, mit dem sich so gut arbeiten läßt wie mit Ihnen, Bell«, sagte er. »Sie behalten immer einen klaren Kopf.«

Chefinspektor Bell schüttelte denselben und starrte Reggie an. »Heute aber nicht. Und das wissen Sie sehr gut, Mr. Fortune, also bitte. Ich bin ganz durcheinander, ehrlich. Sicher, in meinem Alter müßte ich es eigentlich besser wissen. Ich habe auch schon so einiges erlebt, das kann man wohl sagen. Aber es gibt ein paar Dinge, an die werde ich mich nie gewöhnen. Und das Gesicht von dem Burschen hat mich fertiggemacht.«

Reggie nickte. »Ja. Wie ich schon sagte – das einzige, was einem angst macht, ist das Wahnsinnige. Und das einzige, was einem da hilft, ist, sich dagegen zu wehren. Darum geht's mir jetzt besser.«

»Richtig, Sir. Also, jetzt zu Ihren Tatsachen. Nirgends

Papiere. Alles verbrannt in dem Korb hier. Eigentlich komisch, daß hier keine Bücher rumstehen.«

»Ich glaube nicht, daß er besonders kultiviert war, unser schwer faßbarer Mr. Rand. Aber etwas haben Sie übersehen, nicht?«

»Bestimmt«, grinste Bell. »Das tu ich meistens, wenn Sie dabei sind.«

»Es gibt keinerlei Anzeichen dafür, daß der Mord in diesem Zimmer begangen wurde.«

»Ach, das habe ich gleich gesehen. Wir hatten ja auch keinen Grund, das anzunehmen.«

»Nein«, seufzte Reggie, »nein. Alles so ordentlich. So ordentlich.« Dann gingen sie in Mr. Rands Schlafzimmer.

Auch dort herrschte Ordnung. Keine Spur eines Kampfes oder von Blut. Hier waren auch keine Papiere, keine Bücher, nichts Persönliches außer Kleidung.

»Hat ganz schön Geld beim Schneider liegenlassen«, sagte Bell beim Anblick des wohlgefüllten Kleiderschrankes und entzifferte den Namen eines Schneiders in der Savile Row. »Oho. Die sind nicht alle von demselben. Auch billigeres Zeug dabei. Ist was mit seinen Stiefeln, Sir?« Denn Reggie schaute sich ein Paar nach dem anderen an.

»Nichts. Sehr schön. Ungefähr Größe neun und ziemlich breit. Die Leiche hatte etwa Größe neun und breite Füße. Was ist mit seinen Sachen? Verschiedene Schneider? Alles in einer Größe? Alles für dieselbe Person angefertigt?« Ein Anzug nach dem anderen wurde auf dem Bett ausgebreitet. Sie waren alle in der gleichen Größe; alle waren mit ›W. H. Rand‹ gekennzeichnet. »Sehr schön«, brummte Reggie zufrieden. »Die würden der Leiche genau passen. Aber ziemlich unterschiedlicher Stil. Er kleidete sich immer wieder anders. Recht schwer faßbar, dieser W. H. Rand.«

Nun machten sie die Schubladen auf. Derselbe Überfluß, dieselbe Vielfalt der Stile herrschte bei Mr. Rands Wäsche. »Ja, er wollte wohl schwer faßbar sein«, murmelte Reggie. »Alles da, vom Buchmacher bis zum Kirchenvorsteher in Trauer. Aber alles Kragenweite 16½ Und das ist die Größe von der Leiche. Ist alle Wäsche gekennzeichnet?«

So war es, und zwar mit Tinte, so daß das Zeichen nur entfernt werden konnte, indem man ein Stück Stoff heraustrennte. »Wenn die Leiche Rand ist, woher zum Teufel stammt dann sein Hemd?« fragte Reggie. »Der Totschläger entfernte den Namen vom Jackett. Das war einer der Anzüge aus der Savile Row. Aber das Hemd? Brachte der Totschläger vielleicht ein frisches Hemd mit? Vorsorglicher Bursche, sehr vorsorglich.«

Bell, der vor einer Kommode kniete, brummte plötzlich laut. »Herrgott, hier hat jemand eine Schublade durchwühlt. Das ist bis jetzt die erste. Lauter neue Sachen – nie getragen.«

Reggie beugte sich über ihn und pfiff durch die Zähne. »Nicht gekennzeichnet. Das gleiche Zeug wie bei der Leiche. Und die Schublade unordentlich hinterlassen. Die erste unordentliche Schublade. Sieh mal an. Jeder macht irgendwann einen Fehler. Hier fing er an, schlampig zu werden. Als er zu Hemd und Weste kam.« Er schüttelte sich und wandte sich zum Fenster. »Die verdammte Wohnung geht auf den Schacht hinaus«, rief er aus, drehte sich wieder um und setzte sich. »Bah! Das war der Totschläger, nehme ich an«, murmelte er und sprang auf. »Glaubt ihr Burschen an Gespenster?«

»Du lieber Gott, Sir, jagen Sie uns keinen Schreck ein!«

Reggie stand an der Ankleide. »Tut mir ja leid«, sagte er über die Schulter und machte dabei Schubladen auf und zu. Dann kam er mit etwas in der Hand herüber. »Kein schlechter Einfall von mir, Bell. Hier, eine Perücke. Die Leiche ist ungewöhnlich kahl. Der schwer faßbare Rand hatte dichtes braunes Haar. Hier - eine schöne, braune Perücke.«

»Da ist aber kein Blut drauf!« rief Bell.

»Nein. Ich vermute, das ist Mr. Rands zweitbeste. Die, die er aufhatte, als er getötet wurde, würde wohl nicht mehr so schön aussehen.«

»Damit ist das wohl geklärt«, sagte Bell gedehnt.

»Wir haben uns das Badezimmer noch nicht angeschaut«, sagte Reggie.

Bell sah ihn an und zuckte die Achseln.

»Wahrscheinlich nicht viel zu holen, Sir«, meinte der Inspektor.

»Vielleicht doch«, sagte Reggie bedeutsam und ging voraus.

Das Badezimmer war ziemlich groß, aber nicht luxuriös. Lediglich die notwendigsten Badeutensilien standen herum. Die untere Wandhälfte war gekachelt, der Boden aus Linoleum. Reggie blieb in der Tür stehen. »Fällt Ihnen daran irgend etwas auf, Bell?«

»Sieht neu aus, Sir.«

»Ja. Hübsch sauber. Ordentlich, Sie verstehen. Aber nirgends Handtücher oder ein Schwamm. Und doch war im Schlafzimmer heute alles für Rand zum Schlafen hergerichtet – Pyjama, Kamm und Bürste, alles. Benutzte er keine Handtücher? Hatte er keinen Schwamm?«

»Was wollen Sie damit sagen, Sir?«

»Hier hat der Totschläger nach dem Mord aufgeputzt. Und die schmutzigen Handtücher und den blutigen Schwamm hat er mitgenommen. Ordentlicher Bursche – immer hübsch ordentlich. Warten Sie mal einen Moment!« Und er kroch auf allen vieren ins Badezimmer. Ungefähr in der Mitte des Raumes hielt er inne, hockte sich auf dem Linoleumboden hin und tastete ihn mit den Fingerspitzen ab. Dann stand er auf und ging ans Fenster, öffnete es und sah hinaus. Er untersuchte die Fensterbank, setzte sich dann wie ein Fensterputzer darauf und fing an, den Rahmen genau zu begutachten. Nach einer Weile zog er ein Taschenmesser hervor und schnitt vorsichtig ein Stück Holz heraus. Das legte er auf den Rand des Waschbeckens und untersuchte den Rahmen weiter. Als er fertig war, ließ er sich erneut auf alle viere nieder und kroch über den Fußboden. Er stieß einen überraschten Schrei aus, legte sich flach auf den Bauch und griff unter die Badewanne. Als er wieder aufstand, hielt er einen glitzernden Gegenstand in der Hand. Er hielt ihn Bell hin.

»Was ist das, Sir? Ein Streichholzetui?«

»Vielleicht. Ein goldenes Streichholzetui – zunächst einmal. Kein Name. Keine Initialen. Beim Öffnen – finden wir darin – etwas weißes Pulver«, er roch daran, nahm ein wenig auf die Fingerspitze und probierte, »nämlich Kokain. Also, kommen Sie rein, Bell, kommen Sie rein. Schauen Sie mal, was Sie hier herauskriegen. Ich finde jedenfalls nirgends Fingerabdrücke.« Er ließ das goldene Etui in seine Hosentasche gleiten.

Die beiden Detektive kamen herein und untersuchten den Raum noch genauer als er. »Nichts, was irgendwie aufschlußreich wäre«, meinte Bell.

Reggie saß auf dem Wannenrand. »Na, na, das würde ich nicht sagen«, meinte er beschwichtigend. »Es ist zwar nicht das, was wir uns wünschen, Bell. Aber es gibt da doch Anhaltspunkte – es gibt gewisse Anhaltspunkte.«

»Also gut, Sir. Rufen Sie Mr. Fortune«, sagte Bell grinsend.

»Ich habe nicht gesagt, daß es jemals vor Gericht kommt. Aber einiges wissen wir jetzt. Der Tote ist Rand, der schwer faßbare Rand. Er besaß so wichtige Papiere, daß sie verbrannt werden mußten. Er wurde von einem kräftigen Mann mit ein paar Schlägen getötet, wahrscheinlich im Wohnzimmer. Als er tot war, wurde er ausgezogen und mit den ungekennzeichneten Sachen bekleidet, wahrscheinlich hier. Denn bevor der Leiche das Gesicht zertrümmert wurde, hat man sie dahin geschafft, wo sich die Schweinerei aufputzen ließ. Man kann am Eindruck im Linoleum sehen, wo Rands Kopf lag. Und dann wurde er aus dem Fenster da geworfen. Auf diesem Holzstückchen befindet sich ein wenig organisches Material, wahrscheinlich menschliches Gewebe. Dann packte der Totschläger alles, was blutig war, zusammen und ging; und einer von beiden – der sorgfältige Totschläger oder der schwer faßbare Rand – einer von beiden nahm Kokain.«

Chefinspektor Bell zuckte die Achseln. »Das bringt uns nicht gerade weiter, was? Ziemlich belanglos. Einen verwirrenden Fall würd ich das nennen. Ich will damit sagen, daß wir keinen von beiden ganz durchschauen.«

Reggie brummte, stand vom Wannenrand auf und nahm sein Holzstückchen mit ins Wohnzimmer; die beiden Detektive verharrten in erwartungsvoller Stille. Im Wohnzimmer nahm Reggie Mr. Rands Zigaretten aus der Schachtel und steckte das Holzstückchen hinein.

»Ich glaube, hier ist nicht mehr viel zu holen«, murmelte er und ließ den Blick durchs Zimmer schweifen. »Versuchen wir's doch mal bei Licht. Licht an, Inspektor. ...Nein. Aha, was ist denn das?« Er ging zum Kaminöfchen und brachte zwischen den künstlichen Kohlen ein Stückchen glänzendes Metall zum Vorschein. Im nächsten Augenblick war er auf den Knien und nahm die Feuerstelle auseinander. »Geben Sie mir einen Umschlag, bitte!« sagte er über die Schulter; sie sahen, daß er Glassplitter aufsammelte.

»Was ist das, Sir?«

»Das ist der Bügel einer randlosen Brille. Und wenn wir Glück haben, können wir die Linsen rekonstruieren. Als Rand niedergeschlagen wurde, fiel die Brille hinunter und ging kaputt. Das ist das vierte, woran der Totschläger nicht gedacht hat.«

»Ihnen entgeht aber auch gar nichts, Mr. Fortune. Trotzdem, es bleibt verwirrend, sehr verwirrend. Selbst das hilft uns doch nicht, die beiden zu durchschauen. Wir kennen nicht mal Rand. Was, meinen Sie, war Rand für ein Mensch? Irgend jemand hat sich die Mühe gemacht, ihn um die Ecke zu bringen. Ich nehme an, er wußte was. Aber was wußte er? Wer war Rand?«

Reggie zog seinen Mantel an. Er nahm den Umschlag und die Zigarettenschachtel und steckte beides ein, dabei sah er Chefinspektor Bell unentwegt mit verträumten Augen an. »Ja«, sagte er, »ja, momentan gibt's da noch viele unbekannte Größen. Wer zum Teufel war Rand? Nun ja! Ich glaube, hier sind wir fertig. Rufen Sie den Lift, Inspektor!« Als er mit Bell allein war, sah er immer noch versonnen in dessen dickes, stumpfes Gesicht. »Ja. Wer zum Teufel war Rand? Und da wir gerade dabei sind, wer zum Teufel ist Sandford?«

»Lieber Gott, Mr. Fortune, wollen Sie damit sagen, diese Geschichte hat mit jener Geschichte etwas zu tun?«

»Nun, da sind noch viele unbekannte Größen«, sagte Reggie.

## *Phase IV – Die Anklage*

Wenn sie später über den Fall sprachen, waren sich Reggie und Lomas gewöhnlich einig, daß er ein absolutes Meisterstück war. »Ein Verbrechen, unbefleckt von jeglicher gewöhnlicher Habgier oder von Gefühlen; schieres Verbrechen; die Schändlichkeit in Reinform. Beeindruckend, Lomas, alter Junge.«

»So ist es«, sagte Lomas zustimmend. »Man erlebt manchmal Fälle dieser Art, aber nie ganz so stilecht. Mein lieber Schwan, Fortune, es hat schon was Erhabenes – diese Intensität der Zielstrebigkeit, diese Verachtung geläufiger Wertvorstellungen, die absolute Unnötigkeit dieser Tat. Und dabei ist sie auch noch verdammt clever.«

Reggie nahm sich eine Zigarre. »Großartige Arbeit«, seufzte er. »Trägt die Handschrift eines wahrhaft großen Mannes, wenn das Ganze nur nicht so teuflisch wäre. Er war ein großer Mann, abgesehen von seinem Haß. Genau wie der Teufel.«

»Sie sind so moralisch«, protestierte Lomas. »Sehen Sie denn nicht das Schöne daran?«

»Natürlich bin ich moralisch. Ich bin geistig normal. Oh, so normal, Lomas, altes Haus. Und deswegen hab ich den listigen Verbrecher geschlagen. Und den Teufel, Gott sei ihm gnädig.«

»Ja, Sie sind so normal wie ein Schuljunge«, sagte Lomas zustimmend.

Aber all das kam danach.

Nicht alles, was in dem Fall unternommen wurde, ist – allen Befürchtungen zum Trotz – hier aufgeschrieben. Wir konzentrieren uns auf die entscheidenden, bedeutsamen Szenen, und deren nächste trug sich einige Tage nach Entdeckung der Leiche zu.

Lomas war gerade mit Chefinspektor Bell in seinem Büro, als Kimball hereinkam. Er war aufgekratzter denn je. »Gibt's was Neues? Haben Sie schon was rausgekiegt? Sie sehen, ich bin sofort gekommen, nachdem ich Ihre Nachricht bekam. Hat mich sehr gefreut. Ist besser, wenn alle Einzelheiten geklärt werden. Nun, was ist es?«

»Ich fürchte, ich selbst habe nichts für Sie«, sagte Lomas. »Es ist so, daß Fortune meinte, Sie könnten ihm vielleicht in ein paar Punkten Auskunft geben.«

»Ich? Du lieber Gott, Sie wissen doch alles, was ich weiß. Wo ist er denn, wenn er mich sprechen will?«

Schließlich kam Reggie. »Warten Sie schon lange?« fragte er in seinem unbeschwertesten Tonfall. »Tut mir leid. Die Sache wird allmählich spannend, wissen Sie. Neuigkeiten an jeder Ecke. Also, dann.« Er ließ sich in einen Sessel fallen und zwinkerte den Anwesenden zu. »Was machen wir denn alle hier? Ach, ja! Jetzt weiß ich's wieder.« Er lächelte und nickte in Kimballs Richtung. »Über den Burschen da wollte ich Sie noch was fragen.«

Kimball war selbstverständlich nicht gerade erbaut von diesem Verhalten. »Ich dachte, Sie hätten etwas Wichtiges zu sagen. Ich habe keine Zeit zu vergeuden.«

»Nun, es ist so verflixt schwer, zu begreifen, was wichtig ist und was nicht. Aber am Ende kommt doch alles raus.«

»Glauben Sie, was? Geht es um die Kohlensache?«

»Das würde ich nicht sagen«, meinte Reggie nachdenklich. »Nein, das würde ich nicht sagen. Schließlich ist der Kohlenschwindel nicht unser einziges Eisen im Feuer.«

»Warum zum Teufel belästigen Sie mich dann?« rief Kimball.

Reggie richtete sich abrupt auf. »Weil es da etwas gibt, worüber Sie eigentlich Bescheid wissen müßten.« Er nestelte seinen Mantel zurecht, rutschte wieder in den Sessel zurück und leierte herunter, was er zu sagen hatte. »Irgendwann gegen Ende letzten Jahres – genauer – letzten Dezember – um ganz präzise zu sein, vom fünften bis zum neunundzwanzigsten – wurde in einer Privatklinik in der Queen Anne Street – genau gesagt Nr. 1003 – ein Mann von Sir Jenkin Totteridge wegen einer Mittelohrentzündung operiert. Der Bursche hieß Mason. Sie haben ihn mehrmals besucht. Wer war Mason?«

Kimball taxierte ihn mißtrauisch. Dann schwang er sich mit einer seiner charakteristischen hastigen Bewegungen halb im Sessel herum und zog seine Schnupftabakdose aus der Tasche. Er nahm eine Prise. »Da haben Sie ein Gemsenei gefunden«, sagte er lachend und nahm noch eine Prise.

Gerade als er das sagte, sprang Reggie plötzlich auf und stieß ihn dabei am Arm. »Entschuldigung – tut mir leid. Ein Gemsenei, sagen Sie? Was meinen Sie eigentlich damit genau?«

Kimball stand ebenfalls auf. »Ich meine damit, daß Sie meine Zeit vergeuden«, sagte er.

»Also, das nenne ich nicht gerade eine Erklärung«, murmelte Reggie. »Wollen Sie etwa sagen, Sie hätten Mason nicht besucht?«

»Jetzt aber Schluß mit dem verdammten Getue«, rief Kimball. »Sicher habe ich Mason besucht.«

»Gut! Wer ist es?«

»Jack Mason ist einer, den ich von früher kenne. Ich hab Karriere gemacht und er nicht. Ich hab ihn in den letzten zehn Jahren selten gesehen. Als er die Operation hatte, der arme Kerl, schrieb er mir, und ich habe ihn aus alter Freundschaft besucht. Aber was zum Teufel hat das mit Scotland Yard zu tun?«

»Mason ist der Mann, den man mit zertrümmertem Gesicht im Montmorency-Haus gefunden hat.«

»Gott steh mir bei! Mason! Armer Kerl, armer Kerl! Aber was reden Sie da? In der Zeitung steht doch, der Mann hieß Rand.«

»Mason, genannt Rand. Rand, genannt Mason. Wer war Mason, und wieso hat ihn jemand umgebracht?«

Kimball machte wieder eine hastige Geste. »Umgebracht hat man ihn? Ich dachte, er sei aus dem Fenster gefallen.«

»Er wurde ermordet.«

»Lieber Gott! Der alte Jack Mason! Da muß ich passen. Ich hab keine Ahnung. Wissen Sie, das nimmt mich ganz schön mit. Ich hab ihn lang nicht gesehen. Ich kann's kaum glauben, daß er nicht mehr lebt. Aber warum zum Teufel nannte er sich Rand?«

»Was war er?« fragte Reggie scharf.

»Herrje, wenn ich Ihnen das sagen könnte«, sagte Kimball lachend. »Er war immer sehr verschlossen. Irgendein kleiner Handelsvertreter, als ich ihn noch kannte – Kolonialwaren und anderes. Ich glaube, er ging dann in die Immobilienbranche. Hat immer gut gelebt, aber nie den Durchbruch geschafft. Sehr zurückhaltender Bursche. Tat gern geheimnisvoll. Nein. Ich nehme an, es ist kein Wunder, daß er zwei Namen benutzte.«

»Warum wurde er ermordet?« fragte Reggie.

»Da kann ich Ihnen nicht weiterhelfen.«

»Ist das alles, was Sie zu sagen haben?«

»Ja. Ich fürchte ja. Ja. Benachrichtigen Sie mich, sobald Sie was Neues haben. Guten Morgen allerseits.« Er eilte davon.

»Ein bißchen überstürzt, würde ich sagen«, meinte Chefinspektor Bell.

Reggie nahm einen Brieföffner und kniete auf den Boden. Er erhob sich wieder; auf der Klinge befanden sich Spuren eines weißen Pulvers. »Sie haben doch gesehen, wie ich ihn am Arm gestoßen habe«, sagte er. »Das hier ist Kokain.« Er schüttete Lomas' Büroklammern aus der Schachtel und gab das Pulver hinein. »Erinnern Sie sich, als er zum ersten Mal hier war, nahm er doch Schnupftabak? Ich fand, er benahm sich ziemlich komisch dabei und danach, und ich ging ans Fenster, wo er gestanden hatte, um zu sehen, ob ich vielleicht was von dem Zeug finden würde. Aber er hatte aufgepaßt. Er ist vorsichtig, dieser Kimball.«

»Er ist verdammt vorsichtig«, pflichtete Lomas ihm bei und fing an, sich auf einem Schreibblock Notizen zu machen; dabei schaute er sich jedes Wort eingehend an.

Es entstand eine Pause. »Ich bitte um Verzeihung, Sir«, sagte Chefinspektor Bell. »Sie sagten, der Mord sei von einem Wahnsinnigen ausgeführt worden. Wollen Sie also behaupten, Mr. Kimball sei als Drogenabhängiger unzurechnungsfähig?«

»O Gott, nein. Kimball ist kein Drogenabhängiger. Er benutzt das Zeug so, wie unsereins Whisky trinkt. Er ist noch nicht hörig. Sagen wir, er ist ein starker Trinker. Es fängt gerade erst an, seine Funktionstüchtigkeit zu beeinträchtigen. Deswegen hat er die Dose im Badezimmer gelassen; deswegen ist er ein bißchen hastig. Aber er hat sich noch ziemlich gut im Griff.«

»Sie haben was von wahnsinnig gesagt. Sie haben sich, finde ich, recht deutlich ausgedrückt«, sagte Bell beharrlich. »Worauf wollen Sie eigentlich hinaus, Sir? Mr. Kimball wird allgemein für ungewöhnlich tüchtig gehalten.«

»Er ist nicht wahnsinnig im üblichen Sinn«, sagte Reggie. »Er hält sich nicht für Julius Cäsar oder für ein verlorenes Ei. Er läuft nicht ohne Hose herum. Er sieht nicht plötzlich rot und rennt drauflos. Aber er hat etwas Schräges an sich.

Ich bezweifle, daß sie sich körperlich äußern, diese Perversionen. Nennen Sie es eine Krankheit der Seele.«

»Ach ja, seine Seele«, sagte Bell ernst. »Ich schätze, er ist kein Christenmensch.«

»Ich gäbe viel drum, wenn ich wüßte, woran er glaubt«, sagte Reggie ebenso ernst. »Das wäre sehr aufschlußreich.«

Lomas tippte ungeduldig mit dem Bleistift auf den Tisch. »Wir sind keine Evangelisten, sondern Polizisten«, sagte er. »Und was kommt als nächstes?«

»Einen Haftbefehl ausstellen und Kimball festnehmen«, sagte Reggie unbekümmert.

Bell und Lomas schauten einander an und sahen dann zu Reggie hinüber. »Ich glaube, das können wir uns nicht leisten«, sagte Lomas.

»Die Leiche kann als Mason identifiziert werden. Ich beschwöre die Operation. Totteridge wird bezeugen, daß es der Mann ist, den er unter dem Namen Mason operiert hat. Kimball gibt zu, Mason ein paarmal besucht zu haben. In dem Zimmer, aus dem die Leiche geworfen wurde, war eine goldene Schnupftabakdose, die Kokain enthielt – Shortman's wird beschwören, daß die Dose ihr Fabrikat ist und identisch mit der, die Kimball verkauft wurde. Und Kimball nimmt Kokain. Ein guter *Prima-facie*-Fall.«

»Ja. Schon mal eine Jury gesehen, die einen Mann daraufhin an den Galgen bringt?«

»Wir müssen ja so vorsichtig sein«, murmelte Bell.

Reggie lachte. »Und Kimball ist Minister.«

»Verdammt noch mal, Fortune, bleiben Sie fair!« rief Lomas. »Wenn ich klare Beweise gegen den Mann hätte, käme er vor Gericht, ganz egal, wer er ist. Ich drücke kein Auge zu, bloß weil einer Einfluß hat. Das wissen Sie. Aber man muß doch vernünftig bleiben. Ich kann keinen Minister des Mordes anklagen mit solchen Beweisen. Was haben wir denn schon?« Er nahm seinen Notizblock und las vor: »›Drei Indizien: Kimball kannte den Ermordeten; eine Schnupftabakdose wie die von Kimball wurde am Tatort gefunden; die Schnupftabakdose enthielt Kokain, und Kimball nimmt Kokain.‹ Indizienbeweise im schwächsten Sinn. Kein Richter und keine Jury würde auch nur einen einzigen Blick drauf werfen. Es gibt kein Motiv, keine Erklärung des Tathergangs. Mein lieber Freund, nehmen wir mal an, Sie wären auf der anderen Seite, – die Sache würden Sie doch in Nullkommanichts zerfetzen.«

»Auf der anderen Seite?« wiederholte Reggie gedehnt. »Ich bin kein Anwalt, Lomas. Ich bin immer auf derselben Seite. Ich bin für Gerechtigkeit. Ich bin für den Geschädigten.«

Lomas starrte ihn an. »Ja. Stimmt – stimmt. Aber das setzen wir doch im allgemeinen voraus, nicht? Mein lieber Freund, nehmen Sie es mir nicht übel, aber in diesem Fall predigen Sie ein bißchen viel.«

»Das ist mir auch aufgefallen«, sagte Chefinspektor Bell, und beide sahen Reggie erwartungsvoll an.

»Warum ich so moralisch bin? Weil diese Geschichte so verdammt unmoralisch ist«, sagte Reggie heftig. »Was sind denn die meisten Verbrechen? Menschlich. Menschliche Habgier, menschliche Wollust, menschliche Feindseligkeit. Aber das hier ist teuflisch. Das reine Böse um des Bösen willen. Lomas, ich schwöre Ihnen, wenn wir alles rausgekriegt haben, werden wir sehen, daß es immer noch unsinnig aussieht, die reine Lust am Unrecht.«

»Was bedeutet, Kimball ist wahnsinnig. Sie fangen immer wieder davon an«, sagte Bell.

»Nicht juristisch gesehen wahnsinnig. Wahrscheinlich nicht einmal medizinisch gesehen wahnsinnig. Ich will damit sagen, in ihm steckt der Teufel.«

»Also wirklich, mein lieber Fortune, Sie überraschen mich«, sagte Lomas. »Ich merke, daß Sie allgemein zu abergläubisch sind. Der rechtschaffene, ehrbare Gentleman hat den Teufel in sich! So geht das nicht, wissen Sie. Wir befinden uns im zwanzigsten Jahrhundert. Und Sie sind doch Wissenschaftler. Denken Sie mal an Ihren Ruf – und meinen, wenn's recht ist. Was, zum Teufel, sollen wir denn tun? Es mit Exorzismus probieren?«

»Sie klagen Kimball also nicht an?« Lomas winkte ungeduldig ab. »Na gut. Sie behaupten, Sie ließen einen Mann nicht laufen, bloß weil er in der Regierung sitzt. Nehmen wir an, Sie hätten einen *Prima-facie*-Fall wie diesen gegen einen Niemand. Nehmen wir an, ich würde Ihnen genau solche Beweise beschaffen, um Sandford festzunehmen. Würden Sie ihn nicht auf die Anklagebank bringen? Jetzt seien Sie mal ehrlich!«

Wieder sahen Bell und Lomas einander ratsuchend an. »Ich frage mich, warum Sie Sandford hier reinziehen?« sagte Lomas langsam.

»Er ist doch schon drin. Ich hab Sie was gefragt.«

»Also, wenn Sie darauf bestehen. Man könnte einen schon anklagen in einem *Prima-facie*-Fall, nur um zu hören, was er zu seiner Verteidigung zu sagen hat.«

Reggie schlug auf den Tisch. »Da haben wir's! Ein Niemand – der kann vor Gericht gebracht werden. Ein Minister nicht. Das darf doch nicht wahr sein!«

»Mein lieber Junge, die Welt ist eben so. Sie wissen ganz genau, wenn ich Kimball aufgrund dieser Beweise anklagen wollte, würde es abgelehnt. Ich könnte nichts erzwingen, ohne mehr in der Hand zu haben. Machen Sie sich doch die Gegebenheiten mal klar.«

Reggie lächelte. »Ich mache Ihnen ja keine Vorwürfe. Ich will Sie nur mit der Nase draufstoßen.«

»Herzlichen Dank. Wir sollen also Kimball verdächtigen, wenn ich das richtig sehe.«

»Wie den Leibhaftigen, und beschatten Sie ihn.«

»Verstehe. Ja, ich glaube, wir haben guten Grund, Mr. Kimball zu beschatten. Aber, mein Lieber, Sie sind heute früh aber seltsam. Wenn Sie wollen, daß Kimball beschattet wird, wieso zum Teufel behandeln Sie ihn dann so unsanft? Wissen Sie, Sie haben ihn beinahe des Mordes angeklagt. Etwas Geeigneteres, damit er von jetzt an aufpaßt, kann ich mir nicht denken.«

»Ja, ja. Ich glaube auch, damit habe ich ihm eins versetzt«, sagte Reggie voller Zufriedenheit. »Das war Absicht, Lomas, altes Haus. Aufpassen wird er jetzt schon. Aber er hat keine Ahnung, wie wenig wir wissen. Ich wollte ihm ein bißchen Angst einjagen. Ich will mal sehen, wozu die Angst ihn treibt.«

Lomas sah ihn prüfend an. »Für einen so moralischen Menschen«, sagte er, »haben Sie was ganz schön Teuflisches.«

»Ich möchte mal sagen, Mr. Fortune«, sagte Bell, »wir

hatten es alle recht eilig, Mr. Kimball zu verurteilen. Ich hab auch so manches gesagt. Und ich meine immer noch, er ist kein Christenmensch – ein Ungläubiger, fürchte ich. Aber ich sollte dazu sagen, er lebt sehr anständig. Schon immer. Zurückhaltend, sehr ruhig, ein gewissenhafter, guter Vorgesetzter, großzügig gegenüber seinen Angestellten, und immer hat er eine noble Spende für einen guten Zweck.«

»Wer ist Kimball, Bell?« sagte Reggie gelassen.

»Sir?« Bell starrte ihn an. »Er war schon immer bekannt, Sir. Fing in Liverpool beim Baumwollhandel an. Machte dann in Gummi. Kam nach London. Das ist seine Laufbahn. Alles ganz offen und gradlinig.«

»Und wir wissen verdammt gar nichts über ihn.«

»Nun, Fortune, Sie sind aber streng. Sie sind hinter seiner Seele her, glaube ich«, sagte Lomas mit leicht höhnischem Lächeln.

»Wer ist Kimball?« beharrte Reggie. »Es gibt da zwei unbekannte Größen. Wer ist Kimball? Wer ist Sandford?«

»Ich fürchte, was Sie wollen, ist das Jüngste Gericht, mein Lieber«, sagte Lomas. »›Der alles weiß und alle kennt‹ – so auf die Art. Nun, von hier aus können wir den Erzengel nicht anrufen. Das ist ein Ferngespräch.«

»Ich weiß, Sie sind ein weltlich gesinnter Mensch. Aber Sie sollten Ihre Welt eigentlich kennen. Sehen Sie sich um, Lomas, alter Junge. Ich habe mich umgesehen.« Er zog einen Zeitungsausschnitt aus der Tasche.

Lomas las vor: »SANDFORD. Jeder, der Auskunft geben kann über Mrs. Ellen Edith Sandford, Einwohnerin von Llanfairfechan von 1882 bis 1900, vorher Lancashire, wird dringend gebeten, sich mit XYZ in Verbindung zu setzen.« Er sah auf. »Lancashire? Ist das Ihre Vermutung?«

Reggie nickte. »Die meisten Leute in Nordwales sind von Lancashire.«

»Na, kann nicht schaden. Wollen Sie, daß wir eine Anzeige für Kimballs Amme aufgeben?«

»Und seine Geschwister und Cousins und Tanten. Ja. Immer der Reihe nach. Aber zunächst mal beobachten Sie ihn. Beobachten Sie beide.« Er nickte ihnen zu und schlenderte hinaus.

Lomas zündete sich eine Zigarette an und schob Bell die Schachtel hinüber. Beide rauchten eine Weile schweigend. Dann sagte Lomas: »Ein verdammt cleverer Bursche, Bell.«

»Ja, Sir.«

»Ich habe schon oft gedacht, er ist vielleicht zu clever. Aber, verdammt noch mal, ich kann mich nicht erinnern, daß ich ihn je so unheimlich erlebt habe.«

»Ich schon«, sagte Bell zurückhaltend, »sozusagen. Er weiß natürlich eine ganze Menge, dieser Mr. Fortune, einen Haufen ungewöhnliche Dinge. Aber das ist normal, sagen wir. Was einen beunruhigt, ist die Art, in der er die Menschen erfühlt. Als hätte er den sechsten Sinn. Seltsam, wie er Menschen kennt.«

## *Phase V – Die Antwort*

Am nächsten Tag wurde ihre Bewunderung für Reggie erschüttert. Und zwar telefonisch. Gleich nach einem späten, faulen Frühstück bekam Reggie einen Anruf von Scotland

Yard. Bell war am Apparat. Mr. Lomas dachte, es interessierte Mr. Fortune vielleicht, daß Sandford Mr. Kimball aufgesucht hatte. Reggie antwortete: »Ach, du meine Güte!« Eine Viertelstunde später stand er bei Lomas im Büro und wollte eine Bestätigung. Es gab keinen Zweifel. Der Detektiv, der Sandfords Wohnung beobachtete, war ihm bis zur Victoria-Station nachgegangen, hatte gehört, wie er eine Fahrkarte nach Alwynstow, Kimballs Wohnort, verlangte, und war ihm gefolgt.

»Das ist also der nächste Schritt«, sagte Lomas, »und wenn Sie mir sagen können, was das bedeutet, bin ich Ihnen sehr dankbar.«

Reggie senkte die Hand auf den Tisch. »Keine Ahnung«, sagte er. »Was soll man da ahnen? Wir wissen ja nicht einmal, wieviel die wissen oder ob der eine weiß, was der andere weiß. Ich könnte mir denken, Sandford – was soll's?

> Dies ist mein Traum. Doch was bin ich?
> Ein Kind, das schreit wohl in der Nacht
> Ein Kind, das schreit wohl nach dem Licht.
> Es schreit und hat doch Worte nicht.

So wie Sie, Lomas.«

»Ich stelle fest, heute früh sind Sie nicht so ganz der Moralapostel«, sagte Lomas säuerlich.

»Lomas, mein Lieber, nicht so unfreundlich. Ich halt's nicht aus. Ich wünschte bei Gott, ich wäre auch dort!«

»Verdammt, jetzt haben wir zwei Mann da unten – einen für Sandford, einen für Kimball. Die rennen sich noch die Köpfe ein. Was zum Teufel wollen Sie denn da noch ausrichten?«

»Nichts. Herrgott, als ob ich das nicht wüßte! Nichts. Darum bin ich ja so griesgrämig.«

Lomas sagte streng, er habe zu tun, und Reggie verließ ihn, nachdem er versprochen hatte, später wiederzukommen und ihn zum Mittagessen auszuführen, was Lomas wie eine Androhung aufnahm.

Aber als Reggie dann wiederkam, war Chefinspektor Bell im Büro, und Lomas lauschte am Telefon. Bell sah Reggie seltsam an. Lomas hob sein leeres, bleiches Gesicht vom Hörer. »Sandford hat Kimball ermordet«, sagte er.

»Ach, du meine Güte! Ich fragte mich schon, ob er's fertigbringt«, murmelte Reggie. »Hat er's endlich geschafft?« Er biß sich auf die Lippen. Jetzt sprach Lomas am Telefon. Fragte nach Einzelheiten, gab Anweisungen. »Halt. Hören Sie auf damit«, sagte Reggie. »Wir fahren hin, Lomas, bitte. Sagen Sie Ihrem Mann, er soll uns vor dem Haus treffen. Ich habe den Wagen da.«

Lomas ordnete es an und legte dann auf. »Ich muß ja wohl hin«, meinte er zustimmend. »Nicht jeden Tag wird ein Minister ermordet. Umso schlimmer. Verdammter Fall! Ist aber nichts zu machen, Fortune. Sandford war auf dem Weg zum Haus. Er traf Kimball unterwegs. Sie gingen gerade über den Zierteich im Park, als sie anfingen zu streiten. Kimball wurde reingeworfen. Er rief: ›Du Schuft, du hast mich umgebracht.‹ Als sie Kimball rauszogen, war er bereits tot. Das ist alles. Ich fürchte, damit geht Ihre Theorie über Kimball baden.«

»Na ja«, sagte Reggie gelangweilt und warf ihm einen

umflorten Blick zu. »Der Bescheid weiß, ja, wo steht er, Lomas? Aus der Tiefe kommt er, in die Tiefe geht er, Lomas. Wir kommen voran.«

»Was ist mit Mittagessen?«

»Zum Teufel damit!« sagte Reggie und ging.

Die beiden anderen, die gutes Essen viel weniger schätzten als er, aber ohne nicht auskamen, verspäteten sich, weil sie noch belegte Brote holten, und fanden ihn gereizt auf dem Fahrersitz.

Sie wechselten erschreckte Blicke. »Ich bin zu alt für Mr. Fortunes Fahrkünste, ehrlich«, brummte Bell.

»Als ich damals in Woking lebend ausstieg, hab ich mir geschworen, nie wieder mit ihm zu fahren«, sagte Lomas.

Sie gaben jedoch angesichts von Reggies boshafter Aufforderung klein bei, als er sie bat, doch bittesehr einzusteigen. Lomas sagte später aus, sie hätten nur einmal gebremst, und zwar, als eine alte Dame mitten in Croydon ihr Taschentuch hatte fallenlassen. Er befindet sich im Widerspruch zu Bells Aussage, was den schrecklichsten Augenblick anbelangt. Er wählt die Episode an der Kreuzung von Alwynstow, den Traktor mit dem Anhänger voller Rollwagen, während Bell die Geschichte mit dem Autobus und dem Wohnwagen in Merstham vorzieht. Sie stimmen jedoch darin überein, daß sie in Alwynstow Park schweißgebadet ankamen.

Ein Detektiv erschien an der Treppe, um sie in Empfang zu nehmen, und sah ehrfürchtig zu, wie Bell und Lomas sich gegenseitig aus dem Wagen halfen. Reggie lief auf ihn zu. »Welcher sind Sie?«

»Wie bitte, Sir? Oh, ich bin Hall, Ich hatte Mr. Kimball.

Parker hatte Mr. Sandford.« Er wandte sich an Lomas. »Guten Morgen, Sir. Ich versuchte, Sie telefonisch zu erreichen, aber man sagte mir, Sie seien schon unterwegs.«

»Ach, dann haben Sie auch angerufen?«

»Als ich hörte, was Parker zu sagen hatte, hab ich schnell angerufen, Sir. Eine äußerst seltsame Geschichte, Sir.«

»Wo ist Parker? Und wo ist Sandford? Ich nehme an, Sie haben ihn festgenommen?«

»Nun, eigentlich nicht, Sir. Nicht direkt. Wir halten ihn bis auf weitere Anweisungen fest.«

»Verdammt noch mal, sind Sie aber vorsichtig. Parker hat den Mord beobachtet, nicht wahr?«

»Also, Sir, wenn ich mal so sagen darf, das hieße bereits, Schlußfolgerungen zu ziehen. Ich verstehe nicht ganz, wie Parker das behaupten konnte.«

»Du lieber Gott!« sagte Lomas. »Wo zum Teufel ist Parker?«

»Bewacht Sandford, Sir, wie angeordnet. Verzeihen Sie, Sir. Ich hab seine Version gehört, und ich stimme mit ihm überein, daß es sich so zugetragen hat. Aber Sie haben meine noch nicht gehört.«

Lomas sah sich um. Sie waren zu nah am Haus. »Gehen wir auf den Rasen«, meinte er. »Also. Parker sagt, die beiden haben auf der Brücke über dem Teich gestritten, Kimball wurde reingeworfen und rief im Fallen: ›Du Schuft, du hast mich umgebracht!‹ Und Sie behaupten, es sei kein Mord.«

»Hat Sergeant Parker gesagt ›reingeworfen‹?« fragte Hall mit Überraschung in Ausdruck und Stimme.

»Ich glaube nicht«, sagte Lomas zögernd. »Nein. Er

sagte, Kimball wurde runtergeworfen, und im Fallen hatte er gerufen.«

»So ist es, Sir«, sagte Hall nachdrücklich. »Aber ich gehe davon aus, daß da noch mehr dahintersteckt. Als Mr. Kimball heute früh aus dem Haus kam, wartete ich schon im Park auf ihn. Es war ziemlich brenzlig, denn ein paar von seinen Arbeitern waren drüben am Teich beschäftigt. Er ging von dort zum Bahnhof. Als er die Brücke überquerte, probierte er das Geländer aus. Es ist komisch, Sir, aber ein Stück des Geländers – so eine Verzierung – war so lose, daß es ihm in der Hand blieb. Er steckte es wieder hin und ging weiter. Er traf Mr. Sandford auf der Straße, und sie kamen zusammen zurück. Ich mußte schleunigst verschwinden. Ich rechnete damit, daß sie ins Haus zurückgingen, darum rannte ich los und sprang über den Zaun auf die andere Seite des Teichs. Dann versteckte ich mich in den Rhododendronbüschen und wartete, bis sie vorbeikamen. Wissen Sie, Sir, Parker mußte sich dort hinten außer Sicht halten, und ich war so nah dran wie möglich. Also, glauben Sie mir, Mr. Kimball war derjenige, der mit dem Streit anfing, und zwar aus heiterem Himmel. Erst spazierten sie noch recht freundlich miteinander, und im nächsten Moment drehte er sich blitzschnell zu Mr. Sandford um und beschimpfte ihn. Ich konnte nicht alles verstehen, er redete so schnell, aber es waren häßliche Ausdrücke. Dann wollte er Mr. Sandford schlagen, Mr. Sandford wehrte sich und stieß ihn zurück, und da fiel er ins Wasser, genau da, wo das lose Geländer von vorher war. Aber soviel stimmt, daß er nämlich im Fallen rief: ›Du Schuft, du hast mich umgebracht!‹«

»So, so. Also hat er's am Ende doch nicht geschafft«, sagte Reggie. »Wir haben seine letzte Karte getrumpft.«

»Sir?« sagte der Detektiv.

»Sie waren der Trumpf«, erwiderte Reggie. »Menschenskind, jetzt ist mir besser! Ich möchte wissen, ob es hier in der Gegend wohl etwas zum Mittagessen gibt. Wie wär's, Lomas, altes Haus?«

»Der Teufel soll mich holen, wenn ich daraus schlau werde«, sagte Lomas. »Ich muß jetzt mit Sandford reden. Gehen wir doch ins Haus.«

Sie fanden Sandford in der Bibliothek des Toten im Sessel sitzend. Er las; Reggie bemerkte mit unbeschreiblicher Bewunderung, daß er ein Buch von Mr. Sidney Webb über die Geschichte der Gewerkschaften las. Sergeant Parker, der Detektiv, saß verlegen am Tisch und brütete über seinem Notizbuch.

»Schon gut, schon gut, Parker. Ist schon recht.« Lomas winkte ab. »Guten Tag, Mr. Sandford. Tut mir leid, daß wir Sie aufhalten. Eine höchst unangenehme Angelegenheit.«

»Guten Tag. Sie brauchen sich nicht zu entschuldigen«, sagte Sandford vollkommen gefaßt. »Ich bin mir im klaren darüber, daß die Polizei meine Stellungnahme zu der Sache aufnehmen muß. Gestern nachmittag rief mich Mr. Kimball zu Hause an. Ich konnte nicht feststellen, von wo aus er anrief. Er sagte, daß meine Geschichte – wie er sich ausdrückte –, daß meine Geschichte eine neue Wendung genommen habe, und bestellte mich auf heute früh zu sich hier draußen. Er teilte mir mit, welchen Zug ich nehmen sollte. Ich fand es etwas eigenartig, daß er mich raus aufs Land bestellte, hatte aber keinen guten Grund zu widersprechen.

Also kam ich heute früh hierher. Ich fand es seltsam, daß er keinen Wagen schickte, um mich abzuholen. Ich machte mich zu Fuß auf den Weg zum Haus. Auf der Straße begegneten wir uns. Er redete über alles mögliche, war, fand ich, ziemlich unkonzentriert, aber das war nichts Besonderes bei ihm, und doch wunderte ich mich, warum er nicht zur Sache kam. Er war jedoch recht freundlich, bis wir zu der Brücke über den Teich kamen. Dann drehte er sich urplötzlich und ohne Grund zu mir um und fing an, mich heftig zu beschimpfen. Er benutzte vulgäre und sogar anstößige Ausdrücke. Er versuchte, mich zu schlagen, und ich wehrte mich. Ich bekam es tatsächlich mit der Angst, denn er war, wie Sie wissen, viel größer und kräftiger als ich, und er raste vor Wut. Zu meiner Überraschung, ich kann wohl sagen, zu meiner Erleichterung, gelang es mir, ihm Widerstand zu leisten. Ich stieß ihn weg – es war recht einfach, wissen Sie –, das Geländer hinter ihm gab nach, und er fiel ins Wasser. Im Fallen rief er: ›Du Schuft, du hast mich umgebracht!‹ Ich kann mir nur denken, daß er nicht mehr zurechnungsfähig war.«

»Wir danken Ihnen sehr«, sagte Lomas. »Ich fürchte, Sie hatten eine Menge Unannehmlichkeiten durch die Sache.«

»Es war eine bemerkenswerte Erfahrung«, erwiderte Sandford. »Darf ich fragen, ob irgend etwas dagegen spricht, daß ich nun in die Stadt zurückfahre?«

»Nein, nein.« Lomas sah ihn skeptisch an. »Sie haben einen ungewöhnlich kühlen Kopf. Natürlich wird man Ihre Aussage vor Gericht prüfen. Aber ich kann wohl sagen, daß mir Ihre Geschichte durchaus einleuchtet.«

»Ich danke Ihnen«, sagte Sandford überrascht, als ob er

sich nicht vorstellen könnte, jemandem würde seine Geschichte nicht einleuchten. »Man sagte mir, daß um 15.35 ein Zug fährt. Guten Tag.«

»Moment mal. Moment mal«, sagte Reggie. »Können Sie sich einen Grund denken, warum um alles in der Welt Kimball Sie gehaßt haben sollte?«

»Ganz sicher nicht«, sagte Sandford mit verletzter Würde. »Unsere Beziehungen bestanden erst seit kurzem und waren rein geschäftlicher Natur. Ich kann mir nicht denken, daß er irgendeinen Grund hatte, sich über meine Arbeit zu beklagen.«

»Und doch wollte er Sie umbringen oder Sie wegen des Mordes an ihm an den Galgen bringen.«

»Wenn er das vorhatte, dann kann ich nur sagen, er war verrückt.«

»War er verrückt, als er den Kohlenschwindel anzettelte, um Sie zu ruinieren?«

»Du liebe Güte«, sagte Sandford, »wollen Sie damit wirklich sagen, daß Mr. Kimball für diese skandalöse Finanzgeschichte verantwortlich war?«

»Wer sonst?«

»Also wirklich – das erstaunt mich. Soll das heißen, daß er als Minister Regierungsgeheimnisse verriet?«

»Nun, er schreckte doch vor nichts zurück, oder?«

»Der Arme muß wahnsinnig gewesen sein«, sagte Sandford mit echtem Mitgefühl.

»Ja, ja. Aber warum war er wahnsinnig? Warum haßte er Sie? Mein Lieber, bitte versuchen Sie, sich zu erinnern. Können Sie sich irgendeine Verbindung zwischen Kimball und Ihnen denken?«

»Ich hatte nie von ihm gehört, bis er ein wichtiger Mann im Parlament wurde. Ich hatte ihn nie vorher gesehen, bis er dieses Amt übernahm. Unser Verhältnis war immer äußerst korrekt. Nein, ich kann mir nur denken, daß er geisteskrank war. Lohnt es sich denn, die Ursache der Haßgefühle eines Wahnsinnigen herausfinden zu wollen? Ich habe mich mit der Materie nie befaßt, aber es scheint klar, daß sie irrational sein müssen. Es tut mir leid, daß ich Ihnen bei der Untersuchung nicht weiterhelfen kann. Ich glaube, ich muß jetzt auf den Zug. Guten Tag.«

»Wissen Sie, der Bursche wird mir allmählich sympathisch. Er ist so verdammt ehrlich«, sagte Reggie.

»Eiskalter Fisch«, erwiderte Lomas. »Junge, Junge, er weiß gar nicht, wie knapp er am Tod vorbeiging. Haben Sie schon mal so was Unglaubhaftes gehört wie diese Geschichte? Wenn wir nicht wüßten, daß es stimmt, würden wir doch kein Wort davon glauben. Lieber Gott, angenommen Hall wäre nicht dort gewesen und hätte alles gesehen! Wir hätten lediglich die äußeren Fakten gehabt. Sandford, von Kimball angeklagt und suspendiert, kommt plötzlich zu Kimball nach Hause, trifft ihn, streitet sich mit ihm und wirft ihn in den Teich.«

»Und die Arbeiter ein bißchen weiter unten im Park sahen nur den Kampf und hörten, wie Kimball rief, man habe ihn umgebracht«, sagte Reggie. »Lassen Sie nicht die Arbeiter außer acht. Das ist höchst interessant. Er dachte aber auch an alles, dieser Mr. Kimball. Er hatte sie da plaziert, genau in der richtigen Entfernung für die Aussage, die er wollte. Ich weiß nicht, ob Sie sich ganz im klaren darüber sind, wie wichtig diese Arbeiter im Park waren.«

Lomas setzte sich. »Ich gebe zu, daß ich dachte, sie seien rein zufällig da gewesen.«

»Mein lieber Freund! Ach, mein lieber Freund, im Umkreis des seligen Kimball gab es kaum etwas rein Zufälliges. Die waren da, um später Aussagen zu machen, aufgrund derer Sandford an den Galgen kommen würde. Und das beweist auch, daß Kimball nicht die Absicht hatte, Sandford in den Teich zu werfen. Er wollte reingeworfen werden, er wollte getötet werden, und er wollte, daß Sandford dafür gehängt würde.«

»Kann schon sein«, sagte Lomas zustimmend. »Der Fall ist schon mal dagewesen. Und man kann nicht immer behaupten, daß die Burschen, die das geplant haben, wahnsinnig waren.«

»Nicht juristisch gesehen wahnsinnig. Nicht medizinisch gesehen wahnsinnig. Das habe ich schon mal gesagt. Nein, ich finde nicht einmal, daß es besonders ungewöhnlich ist. Eine Menge Leute wären bereit zu sterben, wenn sie dadurch ihre Feinde töten könnten. Nur wissen sie nicht, wie sie's anstellen sollen. Aber er war ein geschickter Bursche, der selige Kimball.«

»Geschickt! Das will ich wohl meinen. Wenn unsere Leute nicht hiergewesen wären, wäre Sandford so gut wie geliefert. Niemand hätte ihm seine Geschichte geglaubt. Wieso ist er hierhergekommen? Es gab keine Beweise für Kimballs Anruf. Was wollte Sandford hier? Es gibt keinen vernünftigen Grund. Kimball hat ihn verunsichert, er war wütend, er wollte ihn umbringen und tat es auch. Die Geschworenen würden das in einer Sitzung erledigen.«

»Das stimmt, Sir«, sagte Chefinspektor Bell. »Wenn Mr.

Fortune nicht gewesen wäre, säße er jetzt ganz schön dumm da. Eine Seltenheit bei unserer Arbeit, könnte man sagen, sozusagen einen Mann vor der Anklage wegen Mordes retten, noch bevor sie erhoben wird.«

»Wie meinen Sie das?« Reggie war anscheinend in Gedanken versunken gewesen. »Ach, weil ich gesagt hatte, Sie sollten Kimball beschatten lassen. Nun, es war ziemlich klar, daß er nicht einer von der Sorte war, die ohne Anstandsdame etwas in Angriff nehmen. Wir übernahmen diesen Trick. Ich glaube, daß Kimball, wo immer er sein mag, denkt, wir hätten das Spiel gewonnen. Aber das würde ich nicht sagen – das würde ich nicht sagen. Warum haßte er Sandford?«

»Mein lieber Junge, der Mann war wahnsinnig.«

»Sie meinen, er konnte Sandfords Frisur nicht leiden – oder er dachte, Sandford sei ein deutscher Spion. Nein. Er war nicht auf diese Art wahnsinnig. Es gibt da etwas, das wir nicht wissen, Lomas, altes Haus. Ich glaube, es ist etwas ganz Verrücktes. Ich wette mein Lieblingshemd darauf, es ist etwas, das auch ein gewöhnlicher, geistig normaler Mensch fühlt.«

»Und wir sollen jetzt nach was Verrücktem suchen, das auch normale Menschen fühlen!« sagte Lomas.

»Im weitesten Sinn, alle menschlichen Gefühle«, sagte Reggie. »Haben Sie noch nie einen anderen Mann dafür gehaßt, daß er ein hübsches Mädchen geheiratet hat? Tun Sie nicht so heilig.«

»Keiner der beiden war verheiratet, Sir«, sagte Bell überrascht.

»Woher wissen Sie das?« schnappte Reggie. »Nein, ich

glaube auch nicht. Aber wir wissen es nicht. Wir wissen gar nichts. Und darum sage ich, wir haben das Spiel nicht gewonnen. Nun ja. Gehen wir jetzt um Gottes willen etwas essen! Im Ort gibt's ein einfaches Gasthaus. Das habe ich gesehen, als Sie vorhin Ihren unnötigen Schrei ausstießen wegen des Traktors. Gehen wir. Ich glaube nicht, daß ich Kimballs Fraß essen möchte.«

## *Phase VI – Jane Brown*

Ein paar Tage später wurde Lomas zum Mittagessen in die Wimpole Street eingeladen.

»Ich bin Ihnen eins schuldig«, schrieb Reggie. »Mir selbst bin ich auch eins schuldig. Die Teestunde in Alwynstow möchte ich vergessen. Erinnern Sie sich an die Essiggurken? Und den Speck? Was hatte das Schwein angestellt? Nervenschwäche, fürchte ich. Herzlichst, Ihr Nematoden-Spezialist.«

Als Lomas kam, war seine erste Frage natürlich, was Nematoden seien.

»Lassen wir das«, seufzte Reggie. »Ein schmerzliches Thema. Ein scheußliches Thema. Wie das, womit wir unser Brot verdienen. Sie gehören zu den Verbrechern der Tierwelt. Ganz üble Genossen. Eine traurige Welt, Lomas, alter Junge. Vergessen wir das Verbrechen heute mal.«

Das taten sie auch. Für ungefähr anderthalb Stunden. Schließlich sagte Lomas verträumt: »Sie sind ein bemerkenswerter Bursche, Fortune. Ich weiß nicht, wie Sie überhaupt noch geistig funktionieren. Sie führen so ein genußvolles Leben. Ja, einen sehr verführerischen Lebensstil haben Sie. Ich wollte eigentlich etwas sagen, als ich kam. Was war es noch gleich? Ich glaube, von allem anderen auf Gottes Erdboden haben Sie bereits gesprochen. Ach ja, schon mal was vom Kimball-Fall gehört? Nun, ich glaube, da haben wir jetzt alles durchgekämmt.«

»Tatsächlich?« Reggie richtete sich auf.

»Ja. Wir haben mit ein paar Börsenmaklern gesprochen. Ich fürchte, da war wirklich ein bißchen Einschüchterung im Spiel. Wir haben angedeutet, daß da was mit einem gewissen Mordfall im Schwange war. Und zwei von ihnen fingen an zu reden. Wir haben jetzt Rand-Masons Geschichte.«

»Ach, die!« meinte Reggie. »Ziemlich offensichtlich, nicht? Kimball wollte den Kohlenschwindel dazu benutzen, Sandford zu ruinieren. Er schickte Mason, der wahrscheinlich schon bei anderen Finanzgeschäften sein Mittelsmann war, los, er sollte den Börsenmaklern den Tip geben. Rand-Mason war auch derjenige, der das Geld auf Sandfords Konto einzahlte. Sie erinnern sich an den untersetzten Mann mit Brille. Dann wollte er wahrscheinlich mehr Belohnung, und sie stritten sich. Jedenfalls drohte er damit, die Sache auffliegen zu lassen. Kimball konnte ihm nicht mehr trauen. Wagte es nicht mehr, ihm zu trauen. Darum erledigte er Rand-Mason. Stimmt's, Sir?«

»Ich bin selbst nicht allwissend. Aber fest steht, daß Rand-Mason derjenige war, der den Börsenmaklern den Tip gegeben hat. Es gibt kaum Zweifel dran, daß er derjenige war, der auf Sandfords Bank ging. Übrigens, Kimball besaß mehrere schwere Stöcke. Sein Hausdiener sagt, er liebte schwere Gegenstände.«

»Das glaube ich. Hatte Kimball irgendwelche Papiere?«

»Nicht eine Zeile, die Licht in die Sache bringen würde. Und weil Sie doch alles wissen, würde ich jetzt gern erfahren, warum Kimball diesen Mordplan als letztes ausführte statt als erstes?«

»Warum sind Sie nur so unfreundlich, Lomas? Ich sagte doch schon, daß ich nichts weiß. Ich schreie es Ihnen bald noch ins Ohr. Die entscheidende Tatsache weiß ich auch nicht. Wer war Kimball? Wer ist Sandford? Was ist er für ein Mensch, daß Kimball ihn nicht leiden kann? Ich sagte es doch schon ganz zu Anfang. Ich sage es noch mal, fettgedruckt. Du lieber Gott, ich kann Kimball direkt hören, wie er über uns lacht!«

»Sagen Sie sowas Grausiges nicht.«

»Nun, so ganz sicher bin ich mir nicht, ob er über uns lacht. Warten Sie's ab! Warum führte Kimball also diesen Mordplan als letztes aus statt als erstes? Oh, das ist einfach. Er kostete seinen Haß genüßlich aus. Er wollte nicht einfach nur Blut sehen. Der Kerl sollte leiden, das wollte er – sollte ruiniert sein, nicht nur tot. Deswegen wollte er Sandford zugrunde richten. Und dann komplizierte Rand-Mason die Sache. Kimball hatte einen Mord auf dem Gewissen, und ich jagte ihm Angst ein. Er dachte, wir hätten schon genug in der Hand, um ihn zu überführen, oder würden es jedenfalls kriegen. Er sagte sich: ›Ich bin sowieso geliefert. Ich muß dran glauben. Nun, warum sollte mein Tod nicht Sandford an den Galgen bringen?‹ Und so spielte er seine letzte Karte aus.«

»Das glaub ich auch«, pflichtete Lomas ihm bei. »Jedenfalls ist das alles ziemlich rational, nicht?«

»Das habe ich doch schon immer gesagt. Wir gehen davon aus, daß ihm jedes Mittel recht war, um Sandford zu ruinieren; außerdem ist Kimball ein sehr gründlicher Bursche. Aber warum war ihm jedes Mittel recht, um Sandford zu ruinieren?«

»Ach, weiß Gott warum«, sagte Lomas ernst.

»Ja. Ich frage mich, ob Jane Brown es weiß.« Er reichte Lomas einen Brief.

*»Sehr geehrter Herr,*
*Ihre Anzeige bezüglich Auskünften über Mrs. Ellen Edith Sandford. Ich habe etwas, das Ihnen weiterhelfen könnte, falls Sie mir verraten, wozu Sie es brauchen.*

*Hochachtungsvoll*
*Jane Brown.«*

»Ich würde sagen, Jane ist ein Original«, sagte Lomas.

»Ja, sie hat mich ganz bezaubert. Ich sagte ihr, wer ich bin, und sie meinte, sie käme zum Tee.«

Sie hielt die Verabredung ein. Reggie sah sich mit einer kräftigen jungen Frau konfrontiert. Bei ihrer Schöpfung hatte die Natur eine glückliche Hand bewiesen. Sie hatte deren Leistung auf bewundernswerte Weise noch verschönt. Sie sah wirklich bezaubernd aus, hatte einen heiteren Blick, und ihre Kleidung war nicht nur hübsch, sondern von raffinierter Eleganz.

Reggie, darüber gibt es keinen Zweifel, starrte sie eine geraume Weile an. »Miss – Jane – Brown«, sagte er schließlich.

»Ich habe meine Patinnen und Paten nicht mitgebracht, Mr. Fortune«, sagte sie lächelnd. »Aber ich bin tatsächlich Jane Brown. Ich hatte immer das Gefühl, ich könnte diesem Ruf nicht gerecht werden. Ich sehe, Sie kennen mich.«

»Wenn sehen kennen bedeutete, dann sollte ich Miss Joan Amber bestens kennen. Es freut mich außerordentlich, ihr für die einzig wahre Rosalind danken zu können – Rosalind in ihrer ganzen Pracht.«

Sie machte einen Knicks. »Da habe ich aber Glück. Ich hätte nicht gedacht, daß Sie so sind. Ich habe mit einem alten Mann mit Brille gerechnet und –«

»Das hier«, sagte Reggie hämisch, »das hier ist der Chef des Kriminalkommissariats – Mr. Lomas.«

Lomas ließ sein Monokel fallen. »Ich bin ebenfalls jung genug, um ins Theater zu gehen. Ich bleibe so lange jung, wie Miss Amber auf der Bühne steht.«

»Darf ich mich setzen?« fragte sie pathetisch. »Sie überwältigen mich ja ganz. Ich dachte schon, es würde ganz fürchterlich ernst und wie bei einem Verhör werden. Aber, wissen Sie, Sie sind schmeichlerisch – ganz einfach schmeichlerisch.«

»Daran sind Sie schuld, Lomas«, sagte Reggie streng. »Man hat mich schon oft frivol und sogar läppisch genannt, aber noch nie schmeichlerisch – noch nie.«

»Das ist ein Tribut an Ihre Reife, mein lieber Fortune.«

Sie warf Reggie einen Blick aus ihren goldbraunen Augen zu. »Reif!« sagte sie. »Sie sind doch echt, oder? Ach, Spaß beiseite. Ich heiße Jane Brown, wissen Sie. Amber – natürlich mußte ich mir einen anderen Namen zulegen fürs Theater – Amber wegen meines Haars.« Sie berührte es.

»Und Ihrer Augen«, sagte Reggie.

»Lassen wir das«, sagte sie und warf ihm noch einen Blick zu, aber die Heiterkeit war aus ihren Augen gewichen. »Mein Vater war Arzt in Liverpool. Er ist zwanzigtausendmal soviel wert wie ich, und er hatte nie genug zum Leben. Eine armselige Mittelklasse-Praxis, und mit fünfzig hatte ihn die Arbeit bereits ausgelaugt, und jetzt ist er Invalide und lebt in Devonshire. Er kann nicht mal mehr treppensteigen – das Herz, wissen Sie. Und dabei lechzt er geradezu nach Arbeit. Oh, ich weiß, daß das hier nichts zur Sache tut, aber ich kann's einfach nicht vergessen. Wenn die Leute bloß danach bezahlt würden, was sie wert sind! Entschuldigen Sie, bitte. Das klingt nicht geschäftsmäßig. Nun, er war der Arzt, zu dem die Kimballs gingen. Der alte Mr. Kimball war Buchhalter, und der Sohn, das ist der Mann, der kürzlich ertrunken ist, fing auch so an. Die alten Leute starben, als Mr. Kimball und seine Schwester gerade erwachsen waren. Sie führte ihrem Bruder den Haushalt. Er fing als Börsenmakler an und machte Karriere. Auf eine ganz spezielle Art – das sagt mein Vater immer –, auf eine ganz spezielle Art war er ihr ergeben. Nichts, was er sich leisten konnte, war zu gut für sie. Er wollte sie immer um sich haben. Aber er stellte riesige Ansprüche an sie. Sie durfte keine eigenen Interessen haben. Sie durfte sich mit niemand anfreunden. So wie manche Männer mit ihren Frauen sind, wissen Sie. Schrecklich, nicht?« Sie wandte sich an Reggie.

»Ganz gewöhnliche Form von Egoismus. Grenzt an Manie. Nicht nur männliche Eigenschaft, wissen Sie. Manche Mütter sind genauso.«

»Ja, ich weiß. Aber am schlimmsten ist es bei Männern und ihren Ehefrauen.«

»Eine Ehefrau kann nicht erwachsen werden. Kinder schon«, sagte Reggie zustimmend.

»Genauso ist es«, sagte sie eifrig. »Sie verstehen mich. Ach ja, das klingt auch nicht gerade geschäftsmäßig. Ellen Kimball verliebte sich. Er war ein einfacher Mann, ein Buchhalter oder so – Sandford hieß er. Horace Kimball war außer sich vor Wut. Mein Vater meint, Sandford war gar nichts Besonderes. Es gab eigentlich keinen Grund, warum sie ihn hätte heiraten sollen oder warum nicht. Er war unscheinbar.«

»Vererbung.« Reggie nickte Lomas zu.

»Wie bitte?«

»Ihr Vater ist ein Menschenkenner, Miss Amber.«

»Das stimmt. Natürlich benahm sich Horace Kimball nun absurd, sagte, sie dürfe ihn nicht heiraten, beleidigte Sandford undsoweiter, und natürlich heiratete sie ihn da erst recht. Leider – und das ist wirklich das einzige, was gegen sie spricht – leider heiratete sie heimlich, still und leise. Sie sagte ihrem Bruder nichts davon, daß sie sich entschieden hätte, oder wann die Hochzeit stattfinden sollte und das alles. Sie schlich sich einfach aus dem Haus und ließ es ihn selbst herausfinden. Ich nehme an, er hat sie tyrannisiert, die Ärmste, oder seine Einschüchterungen haben sie trotzig gemacht«, sagte Miss Amber. »Es war jedenfalls moralisch ziemlich schwach von ihr. Nur, man kann ihr doch nicht die Schuld in die Schuhe schieben. Ihr Bruder war furchtbar wütend. Mein Vater sagt, er hat noch nie einen Fall erlebt, wo ein Mensch seine leidenschaftliche

Wut derart unterdrückte. Einmal dachte er sogar, Horace Kimball sei wahnsinnig geworden. Die ganze Sache war eine fixe Idee. Ist das nicht erbärmlich? Ein Mann wird wild vor Zorn, nur aus Eifersucht, weil seine Schwester heiratet!«

»Eifersucht ist meistens erbärmlich.« Lomas zuckte die Achseln.

»Eifersüchtig, weil seine Schwester heiratet«, wiederholte Reggie. »Ja, ich glaube, von zehn Männern sind sieben da eifersüchtig. Ein ganz normales, menschliches Gefühl. Gewöhnlich findet man es in Form von Müttern, die die Frauen ihrer Söhne hassen, Miss Amber. Trotzdem, Männer tun auch ihren Teil dazu. Die Ablehnung von Vätern, wenn ihre Töchter heiraten wollen, ist ja schon sprichwörtlich. Brüder – nun, es ist ja ziemlich viel überliefert von Brüdern, die die Liebhaber ihrer Schwestern umbringen. Nun ja, ein ganz gewöhnliches, menschliches Gefühl.«

»Ich finde Eifersucht einfach abscheulich«, sagte Miss Amber, und ihr reizendes Näschen bebte dabei. »Also, man muß sagen, Horace Kimball schien über das Schlimmste hinwegzukommen. Er vergrub sich einfach in seine Arbeit, sagte mein Vater. Er wollte seine Schwester nie mehr sehen, nicht einmal, als ihr Kind zur Welt kam, ein Junge. Er strich sie ganz einfach aus seinem Leben. Selbst als Sandford in Schwierigkeiten kam, fiel es ihm nicht ein, ihr zu helfen. Mein Vater legte sich deswegen mit ihm an. Da sagte er zu meinem Vater: ›Sie hat sich ihr Bett gemacht, und von mir aus sollen sie alle drin abkratzen.‹ Oh, ich weiß, er ist tot, und man soll nichts sagen. Aber ich nenne das einfach teuflisch.«

»Ja, ich glaube auch an den Teufel«, sagte Reggie. »Teuflisch! Sie haben vollkommen recht, Miss Amber. Sandford kam also in Schwierigkeiten? Inwiefern?«

»Da war irgendein Skandal in seinem Geschäft. Ein Vertrauensbruch oder so. Seine Arbeitgeber haben ihn nicht gerichtlich belangt, aber sie haben ihn unehrenhaft entlassen. Mein Vater erinnert sich nicht mehr an die Einzelheiten. Es ging darum, daß Geschäftsgeheimnisse verraten worden waren.«

Reggie sah Lomas an. »Das ist ja interessant«, sagte er.

»Interessant! Die armen Leute, für die war es furchtbar. Sandford war ruiniert. Mein Vater sagt, er habe nie versucht, wieder richtig anzufangen. Er starb, einfach weil er nicht mehr weiterleben wollte. Und seiner Frau hat es das Herz gebrochen. Sie kam ihm vor, als sei sie vor lauter Angst verrückt geworden, sagt mein Vater. Sie redete sich ein, ihr Bruder sei an allem schuld, und daß er die ganze Sache eingefädelt hätte. Es war natürlich absurd, aber wen wundert das schon?«

»Mich wundert es nicht«, sagte Reggie.

»Sie hatte eine Todesangst vor ihrem Bruder. Sie war auch überzeugt, daß er für ihr Baby den Tod bedeuten würde. Und so floh sie aus Liverpool und verbarg sich in einem kleinen Ort in Nordwales, Llanfairfechan, und niemand wußte, wohin sie gegangen war. Sie hatte ein bißchen eigenes Geld, und ihr Mann war gut abgesichert gewesen. Sie hatte gerade genug zum Leben und wohnte ziemlich einsam in einem Häuschen an der Straße, die in die Berge führt, und dort starb sie auch. Mein Vater sagt, ihr Sohn war recht erfolgreich. Er bekam Stipendien für Oxford, und mein Vater glaubt auch, er sei in den Staatsdienst gegangen, aber er hat ihn nach dem Tod der Mutter aus den Augen verloren.«

»Ich bin Ihnen zu unendlichem Dank verpflichtet, Miss Amber«, sagte Reggie und klingelte nach dem Tee.

»O nein, bitte nicht! Ich fand immer, daß die Geschichte dieser armen Frau so furchtbar traurig war. Ich weiß nicht, warum Sie sie hören wollten – nein, nein, ich frage ja gar nicht danach –, aber wenn ich irgend etwas richtigstellen oder jemandem damit helfen konnte, dann hat es doch etwas genützt. Dann wäre es nicht so sinnlos und grausam.«

»Nicht einmal die Götter besitzen Macht über die Vergangenheit«, sagte Reggie. »Wir können ihr nicht mehr helfen, der armen Seele. Ich glaube aber, es würde sie freuen, zu wissen, daß ihr Sohn in Sicherheit ist und Erfolg hat – trotz all der teuflischen Machenschaften.«

»Es würde sie freuen – ganz bestimmt!« sagte Miss Amber und sah verklärt aus.

»Das hätten wir«, sagte Reggie und betrachtete sie.

»Wenn ich das mal ganz professionell sagen darf, Sie haben uns sehr geholfen, Miss Amber«, sagte Lomas. »Sie haben ein äußerst unangenehmes Geheimnis gelüftet. Es lag mir recht schwer im Magen. Und das ist eine schlimme Störung in der Maschinerie des Empire.« Er wollte das Gespräch auf leichtere Themen lenken, was ihm auch gelang. Er sorgte dafür, daß Miss Amber wieder heiter dreinblickte. Er konnte nicht verhindern, daß Reggie sie ansah.

»Sie müssen mir versprechen, daß ich mich ein andermal bei Ihnen bedanken darf«, sagte er, als sie sich verabschiedete.

»Du liebe Zeit, das haben Sie doch gerade getan«, sagte sie höflich und sah mit Entzücken über den Tisch. »Oh, Mr. Fortune, was für eine Teestunde! Mein ganzer Ruf ist dahin. Männer hassen es, wenn Frauen so viel essen, nicht wahr? Aber geben Männer immer solche Tees?«

»Ich habe ein einfaches Gemüt. Ich führe ein einfaches Leben.«

Sie sah ihn freundlich an. »Einfach, sagten Sie? Wissen Sie, wie ich mich fühle? Ich fühle mich, als hätte ich Ihnen mein Innerstes preisgegeben«, und damit rauschte sie davon. Er brauchte ziemlich lange, um sie hinauszubegleiten.

»Das hätten wir also«, sagte Reggie, als er zurückkam.

»Wirklich?« Lomas saß hinter einer dichten Zigarrenrauchwolke.

»Jetzt ist doch alles ganz einfach, nicht?«

»Mein Lieber, Sie wußten alles, und Sie haben sich nicht geirrt. Genau, wie Sie mir gesagt haben. Freundchen, Freundchen.«

Reggie zündete seine Pfeife an. »Eifersucht, Haß, krankhafte Leidenschaft. Er hat den Mann, den das Mädchen heiratete, zugrunde gerichtet. Schon eine seltsame Sache, was? Selbst der großartigste Verbrecher bleibt im gewohnten Gleis, hält sich an eine Art von Verbrechen. Dieselbe Methode beim Sohn, die er schon beim Vater angewendet hat. Dann hat er entweder die Spur der Mutter verloren, oder er zog es vor, ihr durch den Sohn Schaden zuzufügen. Er kostete seine kleinen Freuden genüßlich aus. Dann tauchte der Sohn auf. Ich möchte fast behaupten, Kimball übernahm das Ministerium, weil der Sohn da arbeitete. Und dann war er bereit, alles zusammenzuschlagen um seines Hasses willen – seine eigene Karriere zu zerstören, einen gemeinen Mord zu begehen, selbst umzukommen, wenn er nur das Kind seiner Schwester damit quälen konnte. Ja. Der Teufel hat große Macht, Lomas.«

»Ich glaube, Sie ärgern ihn ein bißchen, mein lieber Fortune. Aber wie können Sie an den Teufel glauben? Sie haben doch gerade – sie gesehen.«

Reggie lächelte. »Das ist eine Frau, was?«

»Ich glaube, auf die Erkenntnis hin könnten Sie tätig werden. Wann ist's denn soweit?«

»Lomas, altes Haus, Sie sind nicht schmeichlerisch, Sie sind überdeutlich. Was viel schlimmer ist.«

## *Margery Allingham im Diogenes Verlag*

*Die Handschuhe des Franzosen*
Kriminalgeschichten
Aus dem Englischen von Peter Naujack
Zeichnungen von Georges Eckert
detebe 20929

*Trau keiner Lady*
Roman. Deutsch von Gerd van Bebber
detebe 21567

*Gefährliches Landleben*
Roman. Deutsch von Brigitte Mentz
detebe 21568

*Süße Gefahr*
Roman. Deutsch von Peter Fischer
detebe 21569

*Judaslohn*
Roman. Deutsch von Edith Walter
detebe 21570

*Wenn Geister sterben*
Roman. Deutsch von Brigitte Mentz
detebe 21616

*Überstunden für den Totengräber*
Roman. Deutsch von Theda Krohm-Linke
detebe 21630

*Tänzer in Trauer*
Roman. Deutsch von Irene Holicki
detebe 21691

*Polizei am Grab*
Roman. Deutsch von F.A. Hofschuster
detebe 21744

## *John Buchan im Diogenes Verlag*

*Die neununddreißig Stufen*
Roman. Aus dem Englischen von Marta Hackel
Mit Zeichnungen von Edward Gorey
detebe 20210

*Grünmantel*
Roman. Deutsch von Marta Hackel
Mit Zeichnungen von Topor
detebe 20771

*Mr. Standfast oder Im Westen was Neues*
Roman. Deutsch von Marta Hackel
Mit Zeichnungen von Topor
detebe 20772

*Die drei Geiseln*
Roman. Deutsch von Marta Hackel
Mit Zeichnungen von Tatjana Hauptmann
detebe 20773

*Der verhaßte Gegner*
In *Das Diogenes Lesebuch englischer Erzähler*
detebe 20272

*Basilissa*
Roman. Deutsch von Otto Bayer
detebe 21249

## *Robert van Gulik im Diogenes Verlag*

Kriminalfälle des Richters Di,
alten chinesischen Originalquellen entnommen
Mit Illustrationen des Autors im
chinesischen Holzschnittstil

*Mord im Labyrinth*
Roman. Aus dem Englischen von Roland Schacht
detebe 21381

*Tod im Roten Pavillon*
Roman. Deutsch von Gretel und Kurt Kuhn
detebe 21383

*Wunder in Pu-yang?*
Roman. Deutsch von Roland Schacht
detebe 21382

*Halskette und Kalebasse*
Roman. Deutsch von Klaus Schomburg
detebe 21519

*Geisterspuk in Peng-lai*
Roman. Deutsch von Irma Silzer
detebe 21622

*Mord in Kanton*
Roman. Deutsch von Klaus Schomburg
detebe 21623

*Der Affe und der Tiger*
Roman. Deutsch von Klaus Schomburg
detebe 21624

*Poeten und Mörder*
Roman. Deutsch von Ulrike Wasel und
Klaus Timmermann
detebe 21666

*Die Perle des Kaisers*
Roman. Deutsch von Hans Stumpfeldt
detebe 21766

*Mord nach Muster*
Roman. Deutsch von Otto P. Wilck
detebe 21767

*Das Phantom im Tempel*
Roman. Deutsch von Klaus Schomburg
detebe 21768

# *Maurice Leblanc im Diogenes Verlag*

*Arsène Lupin – Der Gentleman-Gauner*
Roman. Aus dem Französischen von Erika Gebühr
detebe 20127

*Die hohle Nadel oder Die Konkurrenten des Arsène Lupin*
Deutsch von Erika Gebühr
detebe 20239

*813 – Das Doppelleben des Arsène Lupin*
Roman. Deutsch von Erika Gebühr
detebe 20931

*Der Kristallstöpsel oder Die Mißgeschicke des Arsène Lupin*
Roman. Deutsch von Erika Gebühr
detebe 20932

*Die Gräfin von Cagliostro oder Die Jugend des Arsène Lupin*
Roman. Deutsch von Erika Gebühr
detebe 20933

*Arsène Lupin kontra Herlock Sholmes*
Roman. Deutsch von Erika Gebühr
detebe 21026

*Die Insel der 30 Särge*
Roman. Deutsch von Lothar Schmidt und Ulrike Simon
detebe 21198

*Die Uhr schlägt achtmal*
Roman. Deutsch von Erika Gebühr
detebe 21254